Madeleine Giese
Der kleine Tod

Madeleine Giese hat Darstellende Kunst studiert und wirkte u. a. an den Bühnen von Saarbrücken, Bamberg und Regensburg. Seit 2002 ist sie auch als Autorin tätig und hat bereits mehrere Kriminalromane veröffentlicht. Sie lebt in Kaiserslautern.

Eine neblige Novembernacht in Saarbrücken. Vier junge Leute brechen in das Museum ein und stehlen vier wertvolle Bilder. Zufällig lassen sie noch ein älteres, unsigniertes Bild mitgehen. Es zeigt einen kleinen Jungen und trägt den Titel »Der kleine Tod«. Was die Einbrecher nicht wissen: Angeblich liegt ein Fluch auf dem Bild – jedem, der es zu lange betrachtet, soll es den Tod bringen. Wenig später ist einer der Einbrecher tot, und die Restauratorin des Museums, die um den Fluch weiß, hat eine Spur, die sie der Polizei nicht verrät. Als die Ermittler Büchner und Boger eingreifen, hat schon ein dramatischer Wettlauf um das mysteriöse Bild begonnen.

Madeleine Giese

Der kleine Tod

Kriminalroman

aufbau taschenbuch
AUFBAU VERLAGSGRUPPE

ISBN 978-3-7466-2436-5

Aufbau Taschenbuch ist eine Marke
der Aufbau Verlagsgruppe GmbH

1. Auflage 2008

Umschlaggestaltung capa, Anke Fesel
unter Verwendung eines Fotos von Werner Otto/AGE/F1 Online
Druck und Binden CPI Moravia Books, Pohořelice
Printed in Czech Republic

www.aufbau-taschenbuch.de

01.

Ganz normal gehen, nicht rennen, nicht schlendern. Wer schlendert schon nachts um drei bei dem Mistwetter? Unauffällig. Vor allem nicht rennen.

Seine Füße hörten die Stimme im Kopf, versuchten zu gehorchen. Unbeholfen stolperten sie vorwärts, über den nassen Asphalt, die glitschigen Blätter.

Im Nachtwind lauerte Frost. Wütend rüttelte er an den Bäumen rechts und links der Straße, fegte über die freie Rasenfläche vor dem Museum, jagte Blätter und kleine Zweige gegen die hochmütigen, stuckverzierten Häuserfassaden und fuhr ihnen in die Kragen.

Sebastian fröstelte, versuchte tiefer in seine Fleecejacke zu kriechen.

Wilhelmina, neben ihm, starrte einfach nur geradeaus. Sie würde ihm den Kopf abreißen, wenn sie wüsste, dass er sie heimlich Wilhelmina nannte. Willi, so wollte sie genannt werden. Aber er fand, sie sah manchmal einfach wie Wilhelmina aus. Jetzt zum Beispiel. Die Hände tief in den Taschen ihrer grünen Jacke, das blonde Haar unter der Pudelmütze. Er versuchte, im Gleichschritt mit ihr zu gehen.

Bewegt euch unauffällig! Das hatte Wolf tausend Mal gesagt. Sebastian schnaubte. Unauffällig! Er fühlte sich so unauffällig wie die Maus, die sich neulich in die Gaststube verirrt hatte. Mitten in eine Damengesellschaft. Vom Gekreische alarmiert, waren Willi und er hochgerannt. Für die Damen war es ein Witz. Immer wenn die Maus einen Weg zwischen ihren Beinen suchte, trampelten sie und johlten.

Irgendwann raste die Maus nur noch im Kreis – bis sie tot umfiel. Herzinfarkt, hatte Armin gemeint. Er hatte nie gewusst, dass Mäuse einen Herzinfarkt kriegen können. Menschen schon, aber Mäuse?

Sein Puls raste im Hals, hart und unregelmäßig. Wir sind auf dem Weg nach Hause. Kein Drama, wenn uns jemand begegnet.

Sie waren allein auf der Straße. Die kalte Oktobernacht hatte alle zufälligen Passanten längst nach Hause getrieben. Oder?

Vorsichtig lugte Sebastian die Hausfassaden hoch. Was, wenn jemand am Fenster stand? Schlaflos auf die dunkle Straße glotzte? Sie beobachtete? Wenn sich plötzlich ein Fenster öffnete? Eine Stimme nach unten schrie? Hinter anderen Fenstern Licht anging? Nicht rennen!

»Alles okay«, murmelte Willi neben ihm. Sofort wurde er ruhiger. Wenn Willi okay sagte, war es okay. Wie in der Küche. Willi wusste, was sie tat. Die Fenster blieben dunkel.

Sie waren am Museum vorbei.

Vor ihnen überquerten Wolf und Armin die Straße.

Im Gleichschritt mit Willi folgte er den beiden. Er zwang sich, nicht über die Schulter zu spähen, nicht zurückzuschauen.

»Auf dem Weg nach Hause. Ganz normal«, hallte es in seinem Kopf.

Er bog mit den anderen um die Ecke, hielt die Luft an. Rechts neben ihnen war nur noch die graue Wand des Museums, links die Wiesen, die zur Saar führten. Tief atmete er durch. Sie waren in Sicherheit. Nachts um drei trieb sich hier niemand rum. Bei dem Wetter war sogar der Schwulenstrich hinter dem Theater ausgestorben.

Ein Schrei zerriss die Nacht, fuhr ihm in die Glieder. Nicht rennen!

»Ein Käuzchen«, stieß Willi zwischen geschlossenen Zähnen vor. Wenn ein Käuzchen schreit, stirbt ein Mensch, hatte seine Oma immer gesagt. Verdammt, warum musste ihm nur immer so ein Mist einfallen? Bärbels Vater hatte recht. Er war eine Memme, ein Idiot.

Der Gedanke an seinen Schwiegervater in spe half. Er würde es dem Scheißkerl zeigen. Bärbel und er würden eine eigene Wohnung haben. Einen neuen Kinderwagen für seinen Sohn. Sogar eine Einbauküche, wenn Bärbel wollte. Ohne die großzügigen Spenden von dem Blödmann. Ohne danke sagen zu müssen. Ohne in die hellen Augen zu sehen, die ihm entgegenschleuderten: »Du kleines, mieses Stück Scheiße. Besteigst meine Tochter, bist nichts, kannst nichts.«

Er würde durchhalten. Das hier durchziehen.

Wolf und Armin hielten inne, drückten sich eng an die Wand. Wolf stellte den Rucksack mit den Werkzeugen ab und kramte das Stemmeisen vor.

Stimmen in der Nacht.

»Verdammt!«, zischte Wolf.

Mit schreckgeweiteten Augen starrten sie ins Dunkel. Sebastian spürte, wie Übelkeit ihm in die Kehle schoss.

Ein entschlossener Griff an seiner Hand. Fast hätte er aufgeschrien, bis er merkte, dass es Willi war. Sie zog ihn von der Hauswand weg auf den schwach beleuchteten Pfad, schlang beide Arme um seinen Hals und flüsterte: »Los, knutschen.«

Sein Körper war starr, als sie sich an ihn presste, mit fahrigen Lippen sein Gesicht suchte. Ihr Atem roch minzig und kalt.

Die Stimmen kamen näher. Über Willis Schulter blinzelte er ihnen entgegen. Zwei Männer. Hand in Hand. Genauso ertappt wie sie. Ein streifender Blick, ein hastiges Lösen der Hände. Die beiden eilten vorbei.

Sebastians Knie wurden weich. Er hatte das Gefühl, gleich kotzen zu müssen. Aber Willi hielt ihn fest umklammert und bearbeitete seinen Rücken, als wäre er ein Stück Fleisch, das in die Pfanne musste.

Die Männer verschwanden um die Ecke.

Sebastians Knie gaben endgültig nach, als Willi sich von ihm löste. Er strauchelte, fing sich wieder, taumelte ihr nach.

Wolf und Armin klebten bewegungslos an der Hauswand, als wollten sie mit dem Beton verschmelzen. Atemlose Sekunden.

»Die haben nichts gemerkt«, flüsterte Wolf. Seine Stimme klang heiser. Armin griff das Stemmeisen und setzte an. Der Rahmen des Kellerfensters knirschte. Neues Ansetzen und Knirschen. Endlich gab das Fenster nach, sprang aus den Angeln, ließ sich nach innen drücken.

»Los«, kommandierte Wolf.

Wie verabredet schwang sich Armin als Erster in die Öffnung. Ein Plumpsen, ein geflüstertes »Okay«.

Dann verschwand Willi. Sebastian kroch hinterher. Mit stockendem Atem ließ er sich in die Tiefe fallen. Rollte sofort beiseite, damit Wolf, der als Letzter kam, nicht auf ihm landete.

Schwer atmend saßen sie auf dem Betonboden.

Sebastian schluckte. Sein Puls jagte davon, so laut und schnell, dass er das erleichterte Glucksen von Wolf, dessen knappe Kommandos nur gedämpft hörte. Das Licht der Taschenlampe kroch in Zeitlupe über die kahlen Wände. Sogar die Luft war wattig und leistete Widerstand.

Betäubt folgte er den anderen durch dunkle Gänge, bis sie an einer schweren Eisentür Halt machten. Das Klirren des Dietrichs, das Klacken des Schlosses tönten unwirklich laut.

Ein kahler Raum, große Tische in der Mitte, ein Neonlicht an der Decke, von Wolf angeschaltet, das sirrend sein Licht ergoss.

Sebastian schluckte, kniff die Augen zusammen. Weiß – weiße Wände, weiße Stellagen mit weißen, viereckigen Gegenständen darauf. In weiße Leintücher gehüllte Bilder.

Verhüllte Gespenster. Lauernd. Verbargen ihr Innenleben. Geheimnisvoll wie ein lange nicht genutzter Raum, der, unter Schutzhüllen verpackt, sein eigenes Leben führt. Ihn fröstelte.

Mit fliegenden Händen durchwühlte Wolf die Bilder, hob die Leintücher an. Farben blitzten. Ein Baum, ein Stück nackte Haut, ein Tier. Zu schnell, um etwas genau zu erkennen.

Bei aller Hast schien Wolf zu wissen, wonach er suchte. Grunzte dann und wann befriedigt und reichte ein Bild an Armin und Willi weiter.

Überrascht merkte Sebastian, dass auch er ein Bild hielt. Er fühlte den harten Rahmen, das Kratzen des Leintuches.

»Los, du Idiot«, schnarrte Wolf ihn an.

Als Einziger stand er noch in der Mitte des Raums, unbeweglich. Wieder mal bekam er nichts auf die Reihe. Die kalten Augen von Bärbels Vater.

Ohne nachzudenken, griff er sich ein schmales Bild, dessen Goldrahmen aus der Hülle blitzte. Es stand direkt neben der Tür, als wollte es mitgenommen werden. Schob es sich zu dem anderen unter den Arm, den Blick fest auf Willis Rücken gerichtet, die vor ihm durch den dunklen Gang huschte. Der Kellerraum.

Wolf, der mit beiden Händen einen Tritt bildete. Wie in Trance setzte Sebastian seinen Fuß in die bereitgestellten Hände, zog sich nach oben, zwängte sich durch die enge Öffnung des Kellerfensters.

Die kalte Nachtluft brachte ihn wieder zu sich. Die Zeit nahm ihre gewohnte Geschwindigkeit auf.

Von unten wurden die Bilder nach oben gereicht. Er stapelte sie an der Hauswand. Griff nach Willis Hand und zog sie nach oben. Dann Armin. Zu zweit knieten sie an der Fensteröffnung. Wolf sprang, ein heftiger Ruck und sie zogen auch ihn ins Freie.

Plötzlich hatte Sebastian das Gefühl, alles würde klappen. Wie in der Küche, wenn es rund lief. Es konnte einfach nicht schiefgehen. Gierig sog er die Nachtluft ein, roch den Frost, die Feuchtigkeit. Hörte das Plätschern der Saar, das Rauschen der Stadtautobahn, ihre eiligen Schritte. Mit traumwandlerischer Sicherheit erreichten sie Wolfs Wagen, verstauten die Bilder im Kofferraum. Wolf startete sein Taxi, und sie verschwanden im spärlichen Nachtverkehr.

02.

»Wow! Ich fasse es nicht. Wir haben's geschafft. Ich fasse es nicht.« Armin tanzte durch den Raum, ließ sich prustend auf das schiefe Sofa fallen, sprang sofort wieder hoch, lachte wild und stieß die Faust in die Luft. »Wir haben's geschafft!«

»Ein Kinderspiel – habe ich euch das nicht gesagt?« Behutsam schob Wolf den Bilderstapel, der am Regal lehnte, ein Stückchen zur Seite.

Willi, die an Armin vorbei zum Sessel wollte, wurde gepackt und herumgewirbelt.

Sie strampelte. »Lass das!«

Armin dachte gar nicht daran. Auch wenn es nur Willi war – es tat einfach gut, ein Mädchen im Arm zu haben. Im Moment könnte er …

Willi winkelte das Bein an und stieß ihm ihr Knie in seine Weichteile. Sofort ließ er sie los.

»Selbst schuld.« Ungerührt schälte sie sich aus ihrem Anorak und ließ sich aufs Sofa fallen.

Armin krümmte sich theatralisch auf dem Fußboden zusammen.

»Du bist grässlich.«

Willi grinste breit. »Weiß ich.«

Als Armin in ihre lachenden Augen sah, musste er zurückgrinsen. Verdammte Schnepfe! Aber man konnte ihr einfach nicht böse sein. Er wusste ja, dass sie sich nicht gerne anfassen ließ.

»Einfach großartig«, murmelte Wolf selbstvergessen und strich über die eingepackten Bilder.

Sebastian lehnte an der Eingangstür und beobachtete seine Freunde. Es hatte geklappt. Wieso konnte er sich nicht freuen?

»Na, alte Küchenschabe, heiße Nummer, die ihr da abgezogen habt. Cool, Mann«, wandte sich Armin ihm zu.

Sebastian sah ihn verständnislos an.

»Die Typen waren so verblüfft, Heteros beim Knutschen zu sehen, die haben gar nicht gecheckt, was los ist.«

»Hoffentlich«, war alles, was Sebastian herausbrachte.

»Klar«, schoss Armin zurück. »Sonst hätten die doch Alarm geschlagen. Na, wie war's mit Willi? Gute Gelegenheit, die Chefin zu befummeln. Hast es genossen, was?«

»O Mann.« Sebastian ließ sich an der Tür zu Boden gleiten. »Du bist so bescheuert, das gibt's nicht.«

»Na komm, Willi. Wie war's mit deiner Küchenschabe?«, wandte sich Armin an Willi, die sich auf dem schäbigen Sofa zusammengekauert hatte.

Sie sah ihn nur mit abschätzig nach unten gezogenen Mundwinkeln an.

Armin zwinkerte ihr zu, ging zu der kleinen Küchenzeile, die nur durch einen Vorhang vom Zimmer getrennt war, kramte im Kühlschrank und kam mit vier Flaschen Bier zurück.

»Statt Schampus. Auf uns!«

Sie ließen den Henkelverschluss ploppen und tranken.

Armin hatte gar nicht gemerkt, wie durstig er war. Langsam entspannte er sich. Während der ganzen Autofahrt nach Kaiserslautern hatte er darauf gewartet, Blaulicht hinter sich zu sehen, das schrille Heulen der Polizeisirenen zu hören. Auch die anderen hatten still und verkrampft dagesessen. Erst jetzt, hier in seiner Bude fühlte er sich sicher. Der Alkohol stieg ihm sofort in den Kopf. Als er die Flasche absetzte, fühlte er sich schwindelig. Gar nicht schlecht, nach der Aufregung. Hunger hatte er auch. Ein Loch im

Magen wie nach gutem Sex. Mit wohligem Seufzen ging er vor seinem Kühlschrank in die Hocke. Natürlich nichts da. Dann eben noch ein Bier.

»Wir haben Schwein gehabt«, meinte Wolf von drüben. »Wir hatten eine Riesenauswahl, wegen der Wechselausstellung. Morgen bringen sie den ganzen Krempel rüber ins alte Haus. Und da kommst du nicht mehr dran.«

Willi setzte sich aufrecht. »Du hast gut Bescheid gewusst, oder? In dem Museum, meine ich.«

»Na klar. Denkst du, ich bin ein Dilettant?«, feixte Wolf.

»Wir drei wissen verdammt wenig über die ganze Geschichte«, hörte er Willi sagen. »Nur du weißt Bescheid. Langsam könntest du mal ein bisschen was ausspucken. Wer sind denn die Abnehmer der Bilder?«

Armin spürte ein Kribbeln im Nacken. Scheiße, wenn Willi so weiter bohrte, würde Wolf sauer werden. Und wenn er sauer war, gab es Ärger. Hastig schloss er die Kühlschranktür und ging zurück. Wolfs Lächeln war festgefroren. Seine hellen Augen blickten starr auf Willi.

»Leute, ist doch ein bisschen spät, sich jetzt drüber Gedanken zu machen«, ließ sich Armin gut gelaunt vernehmen. »Hauptsache, es hat geklappt, oder?«

»Noch hat gar nichts geklappt«, sagte Willi, ohne den Blick von Wolf zu wenden. »Wir haben einen Bruch gemacht. Das hat geklappt.«

»Einen ›Bruch‹ – was soll denn das? Als wären wir kriminell. Wir haben dem Museum ein bisschen Ballast abgenommen«, fuhr Wolf sie an.

»Das war Einbruch, oder? Wir haben geklaut.«

Mit einer federnden Bewegung war Wolf auf den Beinen. Langsam ging er auf Willi zu.

Armin sah unruhig von einem zum anderen.

Vor Willis Sessel angekommen, beugte sich Wolf herunter, umfasste mit beiden Händen die Armlehnen und sagte leise:

»Hör zu, Mädchen. Für kalte Füße ist es zu spät. Klar?«

»Sie hat recht«, rief Sebastian dazwischen. Mit hochrotem Kopf hockte er an der Tür. »Ich meine, wir wissen gar nichts.«

Wolf trat einen Schritt zurück, so dass er die anderen drei im Blick hatte.

Würde er springen oder den Schwanz einziehen? Er sprang.

»Damit das klar ist: Ich bin hier der Chef.«

»Jetzt macht doch nicht so einen Stress«, ließ sich Armin vernehmen. Seine Stimme klang nicht sehr fest.

»Hör zu, Wolf«, sagte Willi. »Ich habe mich auf diesen Schwachsinn eingelassen, okay. Aber ich will wissen, was läuft. Das Chefgefasel kannst du dir sparen.«

Als die Stille langsam unerträglich wurde, verzog Wolf sein Gesicht zu einem Raubtiergrinsen. »Gut. Kein Stress. Mein Informant ist einer von den Security-Typen vom Museum. Den hab ich in der Kneipe aufgetan. Er hat keine Ahnung von der Geschichte, hat nur gequatscht. War froh, dass sich jemand für seinen Scheiß interessiert.«

»Und die Abnehmer?«, bohrte Willi weiter.

Mit einer ruppigen Handbewegung griff Wolf Willi in ihr Haar. »Mach dir keine Gedanken. Wir sollten lieber mal die Beute inspizieren.«

Er zog sich die Jacke von der Schulter und ließ sich im Schneidersitz auf den abgewetzten Teppich nieder. »Na los, ihr Banausen. Kunst ist angesagt.«

Erleichtert setzte sich Armin neben ihn. Willi zögerte, aber Armin zog sie mit einem schiefen Grinsen neben sich auf den Boden. Sebastian kauerte sich hinter sie.

Mit großer Geste schlug Wolf die Leinwand zurück, die das erste Bild bedeckte. »Alfred Sisley«, bemerkte er mit Kennermiene.

Ratlos musterte Armin das Ölbild. Vor allem sah er viel

dunkles Grün und Braun – und einen kleinen, hellen Strohhut. »Was soll das sein?«

»Ein Maler, du Pfeife. Der mit dem Strohhut. Vor sich hat er eine Staffelei, siehst du? Er sitzt im Wald bei Paris und malt.«

»Und ein anderer Maler malt ihn, wie er malt?«, wollte Sebastian wissen.

»Clever, die Küchenschabe«, sagte Wolf und enthüllte das nächste Bild.

Armin pfiff durch die Zähne. »Geil.«

Interessiert beugte sich Sebastian vor. Auf dem Bild war eine nackte Frau zu sehen, die nur ein Tuch über ihren Unterleib gelegt hatte und sich nach vorne beugte. Sie trug so etwas wie einen Turban über dem Haar, ihr Gesicht war abgewandt.

»Die ist aber fett«, meinte er leise.

»Die ist nicht fett. Das ist ein Corinth. Lovis Corinth. So um 1900 gemalt.«

»Der Busen ist geil«, sagte Armin.

»Das ist Kunst, ihr Idioten«, meinte Wolf.

»Sag ich doch«, feixte Armin. »Ich mag dicke Busen.«

Verstohlen blinzelte Sebastian zu Willi, die unbeweglich die Bilder betrachtete. Er mochte lieber dünne Mädchen. So wie Wilhelmina. Der dicke Schwangerschaftsbauch, den Bärbel stolz vor sich hertrug, war ihm unheimlich. Nicht, dass er sich nicht auf das Kind freute. Manchmal, wenn er nachts wach lag, fühlte er sogar so etwas wie Stolz. Sein Sohn. Dann stellte er sich vor, ihm Radfahren beizubringen, mit ihm zu reden. Sein Sohn könnte ihn alles fragen. Und er würde sich bemühen, Antworten zu geben, richtige Antworten. Aber Bärbels Bauch war eine andere Sache.

Wolf hatte sich schon das nächste Bild gegriffen und die Leinwand freigelegt.

»Max Slevogt. ›Die weiße und die schwarze Dame‹.«

Auf dem Bild saßen zwei Frauen auf irgendwas Braunem. Eine war tatsächlich weiß angezogen, mit so einem hellen Schleier über dem Kopf, die andere schwarz. Die Schwarze sah die Weiße an, die den Kopf gesenkt hielt.

»Was machen die da?«, wollte Sebastian wissen.

»Das ist symbolisch«, erklärte Wolf. »Anfang und Ende, verstehst du?«

»Eine Braut und eine Witwe?«

»So ähnlich. Siehst du die Rose, die da unten gemalt ist?«

Sebastian nickte. Langsam begannen ihm die Bilder Spaß zu machen.

»Die Rose steht für Schönheit und Vergänglichkeit. Sie taucht in der Grabkunst auf. Im Totenkult.«

»Und der Maler will erzählen, wie nah das so beieinander ist.«

»Kluges Kerlchen. In ihren Bildern erzählen die Maler Geschichten. Man muss sie nur lesen können.«

»Und woher kannst du das?«, fragte Willi dazwischen. »Ich dachte, du hast Physik studiert?«

»Allgemeinbildung«, gab Wolf zurück.

Sebastian nickte. Klar, Wolf hatte Ahnung. Mehr als sie alle. Auch mehr als Willi. Trotzdem war Wolf kein aufgeblasener Kopfgesteuerter, mit dem man sich nicht unterhalten konnte, weil er immer in höheren Sphären schwebte.

»Passt auf! Jetzt kommt das Prunkstück. Tatatata!«

Langsam zog Wolf das Leinentuch von dem nächsten Bild:

»Das blaue Pferdchen. Von Franz Marc.« Seine Stimme klang triumphierend.

»Sieht ein bisschen wie ein Kinderbild aus«, meinte Armin. »So bunt. Oder?«

»Blaue Pferde. So ein Quatsch«, rief Sebastian. Eben hatte er noch gedacht, an der ganzen Kunst sei was dran.

»Ihr Idioten. Das ist das wertvollste Bild der ganzen

Sammlung. Allein dafür kriegst du eine Million. Dollar oder Euro. Was du willst.« Wolf hob das tablettgroße Bild an und betrachtete es liebevoll.

»Für ein blaues Pferd?«, fragte Armin ungläubig.

»Und dein Security-Mann hat dir gesagt, dass das blaue Pferd da unten liegt?«, fragte Willi.

Sebastian sah sie an. Irrte er sich, oder war da Misstrauen in ihrer Stimme?

»Allein dafür hat es sich gelohnt, Leute«, meinte Wolf, ohne Willi zu beachten. »Der ganze Krempel ist ein paar Millionen wert. Auch auf dem Schwarzmarkt.«

Ein paar Sekunden lang herrschte ehrfurchtsvolles Schweigen. Nur Armins kleiner Wecker tickte vor sich hin.

»So viel?«, hauchte Sebastian in die Stille.

Wolf drehte sich zu ihm um und grinste. »Jetzt heißt es: Nerven bewahren. In den nächsten Tagen meldet sich der Abnehmer der Bilder bei mir. Dann sehen wir weiter.«

»Unser Restaurant. *Armins.* Allerbeste Lage. Bestes Essen.« Armin sprach mit halblauter Stimme. Seine blauen Augen glänzten, als würde er in weiter Ferne etwas Wunderbares sehen. »Was glaubst du, wann kriegen wir die Kohle?«, wandte er sich an Wolf.

»Dauert ein bisschen«, sagte der vage.

»Nächste Woche könnte ich einen Termin mit der Brauerei machen, die sind scharf drauf, wieder jemanden reinzukriegen. Immerhin steht das Restaurant seit einem Jahr leer. Der Brauereityp macht uns mit Sicherheit gute Konditionen. Ein paar hübsche Mädels für den Service …«

»Mal halblang«, unterbrach ihn Wolf.

»Nichts halblang«, sagte Armin und wandte sich an Sebastian. »Du musst das Lokal mal sehen. Okay, die Lage ist nicht der Bringer, aber ’ne schöne Gaststube und ein super Innenhof fürs Sommergeschäft. Fast so geil wie in der *Goldenen Gans*, bisschen kleiner vielleicht.«

»Und du meinst echt, ich kann Koch werden?«, fragte Sebastian.

»Klar.« Willi lächelte ihn an. »Mit einem eigenen Restaurant hole ich mir einen Ausbilder-Schein. Du wirst mein erster Apprenti cuisinier.«

»Das wär … Ihr wisst gar nicht … Apprenti cuisinier. Ich meine, Bärbels Vater hält mich echt für einen Idioten …«

»Hat er doch nicht unrecht«, sagte Wolf. »Das ist doch die Frage, ob du überhaupt die Schule packst.«

»Klar packt er die«, sagte Armin und sah Wolf erstaunt an. »Was quatschst du denn? Die Schabe ist doch nicht behindert.«

Wolf grinste nur. In Sebastians Magen grub sich ein tiefes Loch. Die Schule! Rechnen hatte er noch nie gekonnt. Vielleicht hatte Wolf recht. Vielleicht war er zu blöd. Und der ganze Einbruch hatte gar nichts genutzt. Hilflos sah er zu Willi.

Sie machte eine wegwerfende Handbewegung in Wolfs Richtung und fragte nur: »Und das letzte Bild?«

Wortlos schlug Wolf die Leinwand zurück.

»Was ist das denn?« Er hob das Bild an.

Aus einem dunklen Hintergrund in verschiedenen Brauntönen strahlte eine weißgekleidete Gestalt mit Kerze in der Hand. Ein kleiner Junge. Seine schreckensstarren Augen schienen den Betrachter zu fixieren.

Irritiert untersuchte Wolf das Bild. »Keine Signatur.«

»Keine was?«, fragte Armin.

»Signatur. Die Unterschrift des Malers, du Depp. Wer hat das Bild da mitgenommen?«

»Du hast doch die Bilder ausgesucht.«

»Aber nicht das da!« Wütend blickte Wolf in die Runde.

Sebastian biss sich auf die Unterlippe. Der weiße Raum. Die Bilder, die, verhängt wie Gespenster, überall herumstanden. Das kleine Bild am Eingang.

Besser, er sagte nichts.

»Ist doch egal, oder?«, ließ sich Armin wieder vernehmen. »Haben wir eben eins mehr.«

»Verdammt, wer hat das Bild mitgenommen?«

»Der Kleine sieht komisch aus«, sagte Sebastian schnell. »Als hätte er einen Geist gesehen.«

»Vielleicht ist er aufgewacht und hat gemerkt, dass er allein im Haus ist. Und jetzt rennt er durch den dunklen Flur und sucht seine Eltern.«

Dankbar nahm Sebastian Armins Kommentar auf. Bloß von der Frage ablenken, wer das Bild genommen hatte. »Ist mir früher auch passiert. Aber ich wusste, wo die Alten waren: in der Kneipe.«

Armin lachte.

»Der Kleine hat was angestellt. Der ist auf der Flucht«, sagte Willi.

Alle vier starrten auf den kleinen Jungen, der mit aufgerissenen Augen zurück starrte.

»Der hat aber ein Nachthemd an«, beharrte Armin. »Und die Kerze, guck mal. Der geistert durchs Haus und sucht seine Alten.«

Tatsächlich sah das weiße Gewand, das der Kleine trug, wie ein weites Hemd aus. Man konnte sogar die Struktur des Stoffes erkennen. Sah steif aus. Leinen, tippte Sebastian.

»Da ist Dreck drauf«, bemerkte Armin und zeigte auf einen Ärmel. »Vielleicht guckt er deshalb so. Hat sich sein bestes Hemd versaut und wartet auf Prügel.«

Sebastian beugte sich weiter vor. Tatsächlich waren dort braune Spritzer zu sehen.

»Das Bild ist auch mehr wie ein Foto«, fügte Armin mit Kennermiene hinzu. »Der Typ konnte besser malen als die anderen. Nicht so breite Striche mit dem Pinsel.«

»Quatsch«, unterbrach ihn Wolf. »Das ist einfach ein anderer Stil. Das hat nichts mit besser oder schlechter zu tun. Eine andere Zeit, versteht ihr? Das da sieht aus wie von einem holländischen Porträtmaler. Auch das Licht. Wie die Kerze auf sein Gesicht scheint.«

»Sieht unheimlich aus, mit der Kerze«, meinte Sebastian, froh, dass Wolf nicht mehr darauf herumhackte, wer das Bild genommen hatte.

Die großen, braunen Augen sahen ihn an, als wollte der Junge ihm etwas sagen, ihm etwas anvertrauen. Mühsam löste er den Blick.

»Ich finde, er sieht traurig aus.« Willis Stimme klang nachdenklich. »Mir tut er leid.«

»Mal sehen, was wir mit ihm machen.« Wolf federte hoch und stellte das kleine Bild an das Bücherregal. Sebastian wäre es lieber gewesen, wenn er wie bei den anderen die Leinwand wieder heruntergeklappt hätte.

»Also. Die Bilder bleiben erst mal bei Armin. In ein paar Tagen meldet sich der Kontaktmann. Dann sehen wir weiter.«

Auch die anderen beiden standen auf und setzten sich um Armins kleinen Couchtisch. Nur Sebastian blieb auf dem Boden hocken und betrachtete den kleinen Jungen. Nir halb verfolgte er die Gespräche, die in Fetzen an sein Ohr drangen.

»So normal wie möglich ...« »Nur ein paar Tage ...« »... Übergabe ... «

Der Junge auf dem Bild starrte ihn mit weit aufgerissenen Augen an. Sein mittelbraunes, halblanges Haar war nach hinten gekämmt. Nur eine Strähne fiel ihm in die Stirn. Sebastian konnte jedes Härchen auf der glatten Kinderstirn sehen. Die vollen Lippen hatte der Kleine abwehrend zusammengepresst – als dürften sie nicht sagen, was die Augen erzählten.

»Hey, Küchenschabe«, riss ihn Willis Stimme in die Realität. Blinzelnd wendete er sich den anderen zu.

»Morgen um sieben ist die Nacht zu Ende. Spätestens um acht müssen wir zum Großmarkt. Alles klar?«

Sie hatte sich vom Sofa erhoben und zog ihre Jacke an. Sebastian nickte und stand auf.

»Wir sehen uns heute Nacht. Nach eurer Schicht. Und nicht quatschen. Alles klar?« Wolf bedachte jeden in der Runde mit einem forschenden Blick.

»Hey! Alles wird gut«, sagte Armin und zwinkerte ihnen zu.

Sebastian hätte ihm gerne geglaubt.

03.

Der Wind hatte sich gelegt.

Willi hob ihr Gesicht in den Himmel und betrachtete den Mond, der rund und kalt am Ende der Häuserschlucht stand.

»Was heißt das eigentlich, wenn der Mond so einen großen Hof hat?«, fragte Sebastian, der neben ihr stehen geblieben war.

Sie zuckte die Achseln. »Keine Ahnung. Guck mal, ganz bunt.«

Ein Farbenkranz hatte sich um den hellen Hof des Mondes gelegt. Willi kniff die Augen zusammen. Farben wie in einem Hallenbad. Ein schmutziges Kachelgrün ging in giftiges Blau über, durchbrochen von violetten Streifen.

»Bestimmt heißt das was Gutes«, meinte Sebastian. Seine Stimme klang nicht sehr fest. »Schönes Wetter oder so.«

Willi wandte den Kopf. Der vierschrötige Junge neben ihr mit der eingedellten Boxernase und der sorgenvoll gerunzelten Stirn starrte weiter in den Himmel.

»Was ist los?«, fragte sie leise.

Sebastian grub die Hände in seine Hosentasche. »Es ist auf einmal, ich weiß nicht … so wirklich. Der Einbruch. Die Bilder.«

Sie nickte. Es hatte wie ein Witz begonnen. Eine harmlose Idee, um an Kohle zu kommen. Geld für ein eigenes Restaurant, den Traum, den sie schon seit Jahren träumten.

»Aus dem Restaurant kann wirklich was werden«, sagte sie schließlich. »Armin ist super, der geborene Gastronom, auch wenn er oft Schwachsinn quatscht. Er hat einen Riecher, was angesagt ist, und er kann ackern wie ein Bekloppter.«

»Wenn all seine Weiber kommen, die Verflossenen und Zukünftigen, dann haben wir jedenfalls keine Umsatzprobleme.« Sebastian grinste.

Willi lachte. »Stimmt.«

Beide sahen wieder zum Mond hoch.

»Sieht unheimlich aus«, sagte Sebastian nach einer Weile.

Sie sah ihn an. »Es wird alles gut, bestimmt. Versuch noch ein bisschen zu schlafen. Und sei pünktlich morgen früh.«

»Soll ich dich mitnehmen?«, fragte er.

Sie schüttelte den Kopf.

»Dann bis später.«

Sie nickte und ging die leere Straße hinunter.

Sebastian steckte mit klammen Fingern den Schlüssel in sein Motorradschloss. Mit einem Ruck bockte er die Maschine herunter und schwang sich auf den Sattel. Wider Erwarten sprang sie sofort an.

Als er in die Hauptstraße bog, waren schon die ersten Autos unterwegs. Fünf Uhr. Wenn er Glück hatte, konnte er sich noch ein halbes Stündchen hinlegen, bevor er wieder los musste. Idiotisch, dafür durch die Nacht zu fahren.

Die letzten Häuser von Kaiserslautern verschwanden und er ließ seine Gedanken schweifen. Hier musste er sich nicht mehr auf das Fahren konzentrieren. Um diese frühe Stunde waren im Wald keine Autos unterwegs, und die Kurven kannte er im Schlaf.

Zwischen den Bäumen war es noch kälter als in der Innenstadt. Rechts von ihm lagen Wiesen, über denen der Nebel dampfte. Vielleicht hatten sie zu Weihnachten schon eine Wohnung in Lautern. Und im Februar wären sie zu dritt.

Sein Sohn. Hoffentlich würde der nie so gucken, wie der

Junge auf dem Bild. So erschreckt und allein. Wie ein kleines aufgescheuchtes Tier. Komisch, dass die braunen Augen so lebendig wirkten. Gar nicht wie gemalt.

Ohne es zu merken, war Sebastian auf die Mitte der Fahrbahn geraten. Die Scheinwerfer eines entgegenkommenden Autos leuchteten auf. Hastig zog er die Maschine an den Rand zurück.

Mist! Warum ging ihm das Bild nicht aus dem Kopf? Dieser kleine Kerl mit den komischen Augen hatte ihn beobachtet – aus dem Bild heraus.

Schwachsinn. Das ging doch gar nicht.

Trotzdem – da war das Gefühl gewesen, der Kleine würde ihm direkt in die Augen sehen. Um Hilfe rufen. Dieses Braun, wie Schatten. Da war noch etwas. Auf dem Grund dieser Augen. Etwas Kaltes, ein hart schimmernder Glanz.

Vor Konzentration kniff Sebastian seine Augen zusammen. Irgendetwas war da gewesen. In den Augen. Etwas, das ihn frösteln ließ. Und dieses Frösteln kam nicht von der Nachtluft. Etwas Unbeugsames.

So unbeugsam, wie der Baum, der plötzlich vor ihm auftauchte. Das Letzte, was Sebastian sah, war braun. Aber nicht das Braun der Augen, sondern das harte, splitternde Braun von Holz.

04.

Hauptkommissar Büchner kniff die Augen zusammen, blies Luft durch die gespitzten Lippen und beobachtete die Wölkchen, zu denen sein Atem kondensierte. Die Kollegen von der Spurensicherung in ihren weißen Schutzanzügen huschten wie Gespenster durch den langsam steigenden Nebel. Die einzige Farbe in dieser farblosen Welt: eine schwarze Krähe auf einem blattlosen Baumgerippe und eine massige Gestalt in einer schwarzen Lederjacke.

Aus den Augenwinkeln musterte er den Mann, der wie eine Bulldogge die Absperrung umkreiste. Mindestens eins neunzig groß und eins neunzig breit. Manfred Boger, sein neuer Kollege. Natürlich hatte er ihn schon mal gesehen. In den Gängen des Landeskriminalamts, in der Kantine, bei irgendeiner Feier. Immer schon war ihm dieser Kollege aufgefallen. Zu groß. Zu massig. Körperlich zu präsent.

Die Komplexe eines kleinen Mannes. Vielleicht sollte er doch mal eine Therapie machen? Riet ihm seine Tante doch ständig.

Als eine der weißen Gestalten winkte, duckte sich die Bulldogge erstaunlich geschmeidig unter das Absperrband und hastete zum Gebäude.

Büchner schob seine Hände in die Taschen seines Kaschmirmantels und schlenderte zur Absperrung.

»Ahh! Die Herren vom Dezernat 42. Welche Ehre«, rief ihnen der winkende Weiße entgegen.

»Morgen, Thomas.« Büchner nickte kurz. Nicht nur ein

neuer Kollege, auch noch Thomas Lücke von der Kriminaltechnik. Ausgerechnet dieses Waschweib. Der Morgen konnte nur besser werden.

Die Bulldogge kam auf ihn zu. Eine Hand wie eine Kehrschaufel wedelte vor seiner Nase. Unwillkürlich reckte er sich, straffte die Schultern.

»Manfred Boger. Du weißt Bescheid?«

»Herr Boger! Mein Name ist Büchner.«

Der Angesprochene sah ihm in die Augen. Braune Augen, untermauert von wulstigen Tränensäcken, die ihn wach und penetrant musterten.

Merkwürdig, er hatte Boger noch nie wirklich ins Gesicht gesehen. Ein verlebtes Gesicht mit fleischiger Nase und einem erstaunlich großen Mund. Die blonden Haare, die in der Mitte gescheitelt waren und die er eine Spur zu lang trug, verliehen ihm etwas Jugendliches. Vor allem, wenn er sie sich, wie jetzt, mit einer Hand aus der Stirn strich. Nur mit Mühe konnte sich Büchner verkneifen, über die eigenen Geheimratsecken zu fahren. Was wollte dieser Boger? Herzlich Willkommen in der Abteilung? Das war ein bisschen viel verlangt.

»Hier sind sie rein?«, fragte Büchner mit einer Kopfdrehung den Kriminaltechniker.

Thomas Lücke wies auf ein zwanzig Zentimeter über dem Boden liegendes Kellerfenster. »Mit einem Meißel aufgestemmt. Haben wir schon untersucht, die Spuren sind mikroskopisch aufgenommen. Bringt mir einfach den richtigen Meißel, und ihr habt sie.«

»Fingerabdrücke?«

»Handschuhe. Leder und Wolle. Fasern jede Menge. Also, die richtigen Handschuhe tun's auch.«

»Witzbold«, knurrte Boger und spähte durch das Fenster.

»Nach den Fußspuren zu urteilen drei bis dreieinhalb

Mann. Allerdings kaum verwertbar. Keine Reifenabdrücke im erweiterten Tatumfeld«, fuhr Lücke fort.

»Dreieinhalb?«, hakte Boger nach.

»Ein Abdruck ist merkwürdig.« Mit der Hand deutete er vor sich auf den lehmigen Boden. Büchner beugte sich vor, konnte aber nur undeutlich mehrere Vertiefungen im Boden erkennen.

»Größe 38, schätze ich. Eine halbe Person. Oder ein Zwerg.«

Missmutig musterte Büchner den Fuß seines Kollegen, der überproportioniert neben dem schmalen Abdruck wirkte.

»Vielleicht eine Frau«, sagte er.

»Dann muss die Dame aber sportlich sein«, meinte Lücke munter. »Über zwei Meter bis runter zum Keller. Die mussten runterspringen. Und auf demselben Weg wieder raus.«

»Das ist doch kein Problem«, sagte Boger und bückte sich tiefer zum Fenster.

»Versuch's«, erklärte Lücke grinsend. »Aber bleib nicht stecken.«

Boger zögerte. Dann zwängte er sich mit einer geschickten Drehung in das schmale Fenster. Eine Sekunde lang sah es so aus, als würde er tatsächlich steckenbleiben. Dann gab es ein leises Ploppen, und wie ein befreiter Korken aus einem zu engen Flaschenhals flutschte Boger nach unten. Merkwürdigerweise hörten sie keinen Aufprall, kein Poltern, nichts.

»Na? Alle Gräten noch heil?«, rief Thomas Lücke nach unten. Dann wandte er sich an Büchner: »Echt sportlich bei dem Gewicht! Kommt unten an wie 'ne Katze. Auch Lust auf ein bisschen Frühsport?«

Büchner vergrub die Hände in seinem Wollmantel. »Danke. Ich gehe lieber außen herum.«

»Hätte ich mir denken können.«

Büchner konnte nicht erkennen, ob das abschätzig oder anerkennend gemeint war.

»Ist Boger jetzt zu euch strafversetzt worden?«, fragte der Spurensicherer, erhob sich aus der Hocke und begann, seine Tasche zu packen.

»Wie meinst du das?«

Mit einer Kopfbewegung wies der Techniker nach unten. »Gab doch eine polizeiinterne Untersuchung, oder? Von Drogen zu Eigentumskriminalität. Sie konnten Boger wohl nichts nachweisen, sonst wäre er doch weg vom Fenster. Stattdessen Dezernat 42. Aber ich sage immer: Kein Rauch ohne Feuer.«

Büchner zuckte die Achseln. Er hatte einfach keine Lust mit der Spurensicherung, die so tratschsüchtig wie eine Hausfrau beim Vormittagseinkauf war, seinen neuen Kollegen durchzuhecheln. Also fragte er: »Gibt es sonst noch etwas?«

Thomas Lücke kapierte. »Wenn ihr mich fragt: Das waren Amateure.« Er wies zum Fenster. »Der Meißel ist ein paar Mal abgerutscht. Und wer macht schon einen Bruch mit stinknormalen Winterhandschuhen?« Bedächtig zog er selber seine Latexhandschuhe aus.

Büchner nickte, hob grüßend die Hand und schlenderte um das Haus herum.

Unangenehm, aber er wusste nichts über diesen Manfred Boger. Es hatte keinen Einstand gegeben, keine Vorstellung, kein Geplauder. Nur die offizielle Mitteilung vom Dezernatsleiter, dass Kriminalkommissar Boger jetzt zu ihrer Abteilung gehörte. Und Büchner kannte Rainer Liebs. Wie der Chef dagestanden hatte, verschränkte Arme, die Mundwinkel nach unten, nein, Rainer war nicht glücklich über den Neuzugang. Und Boger? Hatte daneben gestanden wie ein geprügelter Hund, niemandem in die Augen gesehen, nichts gesagt. Ein Klotz von Mann mit hochgezogenen Schultern, als wolle er sich gegen hämische Bemerkungen abschirmen.

An der Eingangstür kam Büchner ein Trupp Uniformierter entgegen. Sie nickten, einer sagte: »Die Kellertreppe runter, geradeaus, dann rechts.«

Auch hier war alles weiß. Die Wände, der Fußboden und die Bilder, die, mit weißen Leinen abgedeckt, auf Holzstellagen lagerten. Alles weiß.

Ein weiterer Mann der Spurensicherung stand mit Boger neben der Eisentür. Büchner hörte, wie er erklärte: »Ein ganz normaler Dietrich. Den kriegen Sie in jedem Eisenwarengeschäft. Und die Tür ist auch kein Problem. Die würde ich sogar mit einem Zahnstocher aufbekommen. Alles völlig ungesichert. Sie kommen schwerer ins Häuschen ihrer Oma als in dieses Museum.« Kopfschüttelnd entfernte er sich.

Büchner stellte sich neben seinen neuen Kollegen. »Sieht wirklich nach Amateuren aus.« Er blickte sich in dem weißen Raum um.

»Schon komisch, das hier nichts gesichert ist. Keine Alarmanlage, keine Bewegungsmelder, keine Sicherheitsschlösser. Ist doch eine Einladung zur Selbstbedienung, oder?«, fragte Boger.

»Meine Herren«, rief eine Stimme, und aus den Tiefen des Raums, hinter einem Holzgestell, kam ein grauhaariger Mann in grauem Anzug auf sie zu.

»Sie sind … ?«

»Landeskriminalamt. Büchner, mein Kollege Boger.«

Der graue Herr straffte sich. »Doktor Zink, stellvertretender Museumsdirektor. Eine Katastrophe, kann ich nur sagen. Eine regelrechte Katastrophe.« Unglücklich schüttelte er sein graues Haupt. »Nach erster Durchsicht würde ich sagen, die Einbrecher haben alles mitgenommen, was

Rang und Namen hat. Unseren Sisley. Einen Corinth. Und das Schlimmste: Unser blaues Pferdchen. Einen echten Franz Marc.«

»Eine genaue Übersicht ...«

»Wenn Frau Günther, die Leiterin unserer Restaurierungswerkstatt, kommt. Sie muss jeden Augenblick hier sein.«

Büchner nickte. Boger neben ihm musterte den Direktor und fragte: »Sie haben hier keine Sicherheitsanlagen?«

Hilflos zuckte der Direktor mit den Schultern und sah sich in dem Raum um, als würde er die Alarmanlage suchen, die, normalerweise hier installiert, gerade Ferien machte. Dann meinte er: »In den Ausstellungsräumen, natürlich. Da sind Bewegungsmelder. Wir beschäftigen auch einen privaten Sicherheitsdienst. Aber hier ...«

»Hier lagern Sie doch wertvolle Bilder?«, beharrte Boger.

»Ausnahmsweise. Gestern Abend wurden die Bilder der festen Ausstellung abgehängt. Wir haben in den nächsten Tagen eine Wechselausstellung in den Räumen. Eine gute Gelegenheit, unsere Stammbilder zu untersuchen. Da fällt immer etwas an für unsere Restaurierung. Säubern, neue Aufnahmen, etc. Und ausgerechnet gestern. Glauben Sie, dass das ein Zufall ist?«

»Wer wusste denn, dass Sie ausgerechnet gestern die Bilder wechseln?«

Doktor Zink legte seine ohnehin faltige Stirn in noch stärkere Runzeln.

Ein trauriger Pavian, schoss es Büchner durch den Kopf.

»Unser Personal. Also, das Museumspersonal. Die Leute von der Security-Firma. Sonst niemand.«

»Könnten wir eine Liste der gestern anwesenden Personen haben?«

»Sicher, obwohl ... Für unser Personal lege ich meine Hand ins Feuer.«

»Passen Sie auf, dass Sie sich da nicht die Finger verbrennen.«

Die schmalen Pavianaugen weiteten sich. »Also bitte, Herr ...?«

»Boger.«

»Herr Boger, ich muss schon sagen.«

»Was müssen Sie schon sagen?«

»Dass unser Personal damit zu tun hat, ist undenkbar.«

»Undenkbar ist nichts.«

Büchner räusperte sich. »Herr Doktor Zink, wie lange war es schon geplant, an diesem Abend den Austausch der Bilder zu bewerkstelligen?«

Verwirrt wandte sich der Direktor ihm zu. »Etliche Wochen vorher. Die Leute müssen sich ja einrichten. Im laufenden Betrieb geht das nicht. Sie können ja nicht mit Bildern unter dem Arm an den Besuchern vorbeigehen.«

Büchner nickte. Begütigend, wie er hoffte.

»Normalerweise werden die festen Bilder auch sofort von einem städtischen Fahrzeug in unser sogenanntes altes Haus in die Bismarckstraße gebracht ...«

»Die werden rübergefahren?«, unterbrach Boger den stellvertretenden Direktor. »Ist doch grade mal die andere Straßenseite.«

»Ja, aber die Sicherheit ...«

»Mir ist das egal, wie Sie Steuergelder verschwenden. Was mich interessiert ist, warum gestern Abend die Bilder nicht gleich über die Straße gebracht wurden.«

Büchner verdrehte die Augen. Steuergelder, das ewige Thema. Als müsste Boger alles aus eigener Tasche bezahlen. Hielt Kunst wahrscheinlich sowieso für unnötig.

Der Museumsdirektor erklärte bedächtig, als spräche er zu einem dummen Kind: »Es war spät gestern. Normalerweise machen wir so etwas montags, da ist die Galerie für den Publikumsverkehr geschlossen, aber die letzten Bilder

der Wechselausstellung sind erst Mittwochmorgen hier eingetroffen. Schwierigkeiten mit den französischen Partnern, verstehen Sie? Manche der Bilder kommen aus Paris …«

»Aha«, unterbrach Boger.

Irrte sich Büchner, oder machte es ihm Freude, den Direktor in Bedrängnis zu bringen?

»Sie konnten also erst mittwochs die Bilder wechseln. Aber das wussten Sie schon länger?«

»Schon. Aber alle haben sich bereit erklärt. Mittwochs haben wir bis zweiundzwanzig Uhr Publikumsverkehr. Und bis unsere Bilder abgehängt und die Neuen installiert waren … Ich glaube, wir waren erst um ein Uhr fertig. Und da … Ich meine, es war doch nur für eine Nacht.«

»Eine Nacht zuviel«, knurrte Boger.

»Kam so etwas häufiger vor?«, fragte Büchner.

Doktor Zink sah ihn verständnislos an.

»Kam es häufiger vor, dass Bilder nicht sofort in ihr Lager gebracht wurden, sondern in einem Kellerraum dieses Gebäudes verblieben?«, präzisierte Büchner.

»Ab und an. Aber nie unter meiner Verantwortung. Ich bin ja bloß stellvertretend. Und ausgerechnet …« Kummervoll blickte der Direktor auf den Fußboden, als würde er dort die Erklärung für die Ungerechtigkeit des Schicksals finden, dass der Einbruch ausgerechnet in seine Zuständigkeitszeit fiel.

»Da haben Sie ja eine schöne Scheiße am Hals«, erklärte Boger und grinste.

Büchner sah ihn von der Seite an. Die Art, wie die Befragung verlief, gefiel ihm nicht. So konnte Boger mit Junkies umspringen, aber nicht mit Bürgern, die bestohlen worden waren.

»Es wird natürlich eine Untersuchung geben. Die volle Verantwortung … Muss ich natürlich … Ah, Frau Günther. Endlich!«

Büchner drehte sich um. Plötzlich schien es bunt im Raum zu werden: Eine Frau mit rötlichem Haar näherte sich. Sie hatte auffallend grüne Augen und einen großen, roten Mund. Der hellgelbe Wollmantel fiel da schon fast nicht mehr auf.

Doktor Zink flüchtete sich zu seiner Kollegin. »Eine Katastrophe. Die Frau mit Turban, die weiße und die schwarze Dame, Maler im Park, das blaue Pferdchen … Einfach weg.«

Die Restauratorin hörte aufmerksam zu, und Büchner hatte die Gelegenheit, sie näher zu betrachten. Eine schöne Frau. Eine kurze, gerade Nase, hohe Wangenknochen, ein makelloser Mund und vor allem die Augen …

Eine riesige Lederjacke schob sich in sein Gesichtsfeld. »Guten Morgen. Landeskriminalamt, Kriminalkommissar Boger.«

Büchner räusperte sich vernehmlich. Der Rücken vor ihm zuckte kurz, wandte sich halb um. »Das da ist mein Kollege Büchner.«

Die Restauratorin sah nur Boger an. Unwillkürlich streckte Büchner sich.

»Ich mache mich sofort an die Sichtung«, kam es aus dem roten Mund. Eine angenehme, ein wenig rauchige Stimme. »In einer halben Stunde kann ich Ihnen eine genaue Schadensmeldung geben.« Während die Restauratorin redete, hatte sie schon den hellgelben Mantel aufgeknöpft und stellte ihre Tasche beiseite.

Plötzlich verharrte sie mitten in der Bewegung. Blieb einfach halb nach unten gebeugt stehen, direkt neben einem kleinen Stapel an die Wand gelehnter Bilder. Unvermittelt ging sie in die Hocke. Zog mit fahrigen Bewegungen die Leinwand von dem ersten Bild, dem nächsten, dem übernächsten. Dann wandte sie den Männern ihr Gesicht zu. Irrte er sich, oder war sie blasser geworden?

»Haben Sie die Bilder umgeräumt?« Ihre Stimme klang atemlos.

Büchner und Boger sahen sich an.

»Die Spurensicherung hat alles an ihrem Platz gelassen. Beziehungsweise es zurückgestellt«, gab Büchner Auskunft.

»Es ist weg«, flüsterte sie.

»Was ist denn noch weg, um Himmels willen?«, fragte Doktor Zink, den das seltsame Benehmen seiner Restauratorin augenblicklich in Panik versetzte.

Die Frau biss sich auf die Lippen. Ihre Augen waren aufgerissen. »›Der kleine Tod‹. Er ist weg.«

05.

Boger wippte mit dem rechten Fuß auf und ab.

Wo blieben diese Museumsleute? Schließlich hatten sie besseres zu tun, als herumzusitzen und zu warten, bis es den Herrschaften beliebte, ihre Hintern zu bewegen. Zum hundertsten Mal ließ er den Blick durch den Raum schweifen.

Ein Stahlschreibtisch, drei Stühle, grauer Teppichboden. Kein Bild an der Wand.

Und sein neuer Kollege. Büchner – ein komischer Typ, der unbeteiligt am Fenster stand und auf die Straße starrte. Schien ganz in Ordnung zu sein. Wenigstens keiner, der ihn schief ansah und blöde Fragen stellte. Eigentumskriminalität. Hatte er sich öder vorgestellt. Aber so ein Einbruch ins Museum. Ganz interessant. Sollte man häufiger machen, ins Museum gehen. Dieser Büchner ging bestimmt regelmäßig. War irgendwie der Typ.

Auf dem Schreibtisch vor ihm begann ein Telefon zu klingeln. Automatisch wollte er zum Hörer greifen.

»Nicht für uns«, rief Büchner vom Fenster.

»Die lassen sich verdammt viel Zeit«, sagte Boger in das Klingeln hinein.

Büchner zuckte mit den Schultern und starrte weiter nach draußen.

Boger lehnte sich in dem Besucherstuhl zurück und schlug die Beine übereinander. Automatisch begann sein Fuß wieder zu wippen.

Das Telefon verstummte.

»Schöne Frau, diese Museumsschnepfe«, meinte er, um irgendetwas zu sagen. Er hasste zuviel Stille.

Ohne sich vom Fenster abzuwenden, nickte Büchner.

Tatsächlich dachte auch er die ganze Zeit an die Restauratorin. Warum hatte sie das Fehlen dieses speziellen Bildes nur so entsetzt? »Der kleine Tod«. Ein merkwürdiger Titel. Le petit mort. So hieß doch der Orgasmus auf Französisch, oder? Vielleicht ein Akt. Impressionistische Akte lagen ihm nicht besonders. Da zog er die alten Meister vor.

»Was gibt es denn da draußen zu glotzen?«, unterbrach Boger die Stille.

Büchner drehte sich um und musterte seinen Kollegen mit hochgezogenen Augenbrauen. »Boger, eins will ich klarstellen: Bei uns sind Frauen keine Schnepfen, Diebstahlopfer werden nicht wie Verdächtige behandelt, und ich glotze nicht. Haben wir uns verstanden?«

Die Tür wurde aufgerissen, und Doktor Zink wehte herein. »Entschuldigen Sie. Die Bestandsaufnahme hat länger gedauert. Frau Günther kommt gleich mit der Liste und Fotografien der gestohlenen Bilder.« Umständlich postierte sich der stellvertretende Direktor hinter seinem Schreibtisch.

Müde sah er aus. Der Diebstahl nahm ihn offensichtlich mit.

Gerade als Büchner den Mund aufmachen wollte, um etwas zu sagen, stand sein Kollege auf und begann, durch den Raum zu tigern. Bei seiner Größe kam das einer Bedrohung gleich.

Als wäre ihre Unterhaltung nie unterbrochen gewesen, begann Boger: »Ich verstehe absolut nicht, wieso dieses sogenannte Zwischenlager völlig ungesichert ist.«

»Wie stellen Sie sich das vor?« Der Direktor seufzte. »Sollen wir das ganze Haus in Fort Knox verwandeln? Wissen Sie, was das kostet? Von wegen Steuergelder ...«

Büchner verzog amüsiert den Mund. Eins zu null für Zink.

Boger blieb unvermittelt stehen. »Haben Sie die Liste?«

»Frau Günther wird …«

»Die Liste Ihrer Mitarbeiter.«

»Hören Sie, meine Mitarbeiter …«

Abwehrend streckte der Kommissar beide Hände von sich. »Schon gut. Sie trauen ihnen. Aber eins ist klar: Jemand muss den Dieben einen Tipp gegeben haben, dass gestern Nacht sturmfreie Bude mit Selbstbedienung angesagt war. Und dieser Tipp kann nur aus Ihrem Haus gekommen sein.«

Eine Sekunde lang sah der Museumsdirektor sprachlos zu dem Kommissar, der sich bei seinen letzten Worten auf den Schreibtisch aufgestützt hatte. Dann seufzte er und verbarg sein Gesicht in den Händen.

Interessiert betrachtete Boger das Häufchen Elend, das da vor ihm saß.

Büchner wandte den Blick wieder zum Fenster.

Mit einem erneuten Seufzer nickte der Direktor und murmelte: »Ich werde Ihnen eine Liste mitgeben.«

Wieder öffnete sich die Tür. Die schöne Restauratorin legte einen Stapel Papiere auf den Schreibtisch. Im Gegensatz zu ihrem Chef hatte sie sich wieder gefangen. Kühl und selbstsicher blickte sie in die Runde: »Hier die Aufstellung der gestohlenen Bilder, inklusive Fotos und ungefähren Wertangaben. Damit Sie sich einen Überblick über den Schaden verschaffen können.«

Ihre Stimme klang trotz des rauchigen Timbres sachlich.

Boger bot ihr, in Ermangelung weiterer Stühle, mit einer Handbewegung seinen Platz an, den sie gelassen annahm.

Nach einem kurzen Blick durch den leeren Raum ließ sich Boger auf der Schreibtischkante nieder. Dass er dabei dem Museumsdirektor den Rücken zuwandte, schien ihn nicht weiter zu stören. Mit einer Hand griff er nach dem Stapel Papiere und blätterte sie durch – »Können Sie uns eine ungefähre Hausnummer der Schadenshöhe geben?«, fragte er.

»Nicht wirklich, Herr …?«

Zum zweiten Mal an diesem Morgen grunzte Boger: »Boger.« Nur dass er es diesmal mit einem Lächeln tat.

»Der Schaden lässt sich nur schätzen. Die Diebe haben alles mitgenommen, was Rang und Namen hat. Sisley, Corinth, Slevogt. Und natürlich unser Paradestück. Das blaue Pferdchen von Marc.«

»Ein Verlust in Millionenhöhe.« Mühsam arbeitete sich der Direktor hinter Bogers Rücken vor.

»Da wird sich Ihre Versicherung ja freuen«, meinte der Kommissar trocken.

Isabel Günther verzog spöttisch den Mund, während Doktor Zink freudlos auflachte.

Verwundert wechselten die Kommissare einen Blick.

»Wir sind hoffnungslos unterversichert. Wie fast alle Museen«, sagte der Direktor bitter.

Jetzt war es an Büchner, verblüfft zu sein. »Wieso das denn?«

»Den Trägern des Museums sind die Versicherungsprämien zu hoch«, erklärte die Restauratorin. »Außerdem nehmen die Versicherungsunternehmen bei Vertragsabschluss Einfluss auf die jeweiligen Sicherheitsvorkehrungen. Die hauseigene Alarmanlage muss auf dem neuesten Stand sein, Fenster müssen durch Sicherheitsglas und Erschütterungsmelder zusätzlich geschützt werden. Das können die Städte und Kommunen einfach nicht zahlen.«

»Steuergelder«, fügte Dr. Zink mit einem beziehungsvollen Blick zu Boger hinzu.

Boger grinste. »Ich hab's kapiert. Aber die Täter waren wahrscheinlich Amateure, sagt zumindest unsere Spurensicherung. Die können doch nicht einfach losziehen und wertvolle Bilder verkaufen?«

»Die Diebe brauchen Abnehmer«, pflichtete ihm der Direktor bei. »Der Kunstmarkt hat seine schwarzen Schafe. Ein Diebstahl auf Bestellung, das gibt es natürlich.«

»Für einen privaten Sammler?«, fragte Büchner nach.

Doktor Zink schüttelte den Kopf. »Darüber wird viel spekuliert, aber in den seltensten Fällen ist das so.«

»Es sind doch nur wertvolle Bilder gestohlen worden? Impressionisten. Die meisten sehr bekannt und damit unverkäuflich, oder?«

»Bis auf eine Ausnahme«, sagte die Restauratorin und biss sich auf die Lippen.

Bei ihrem Tonfall horchte Büchner auf. Ein wenig von der Panik, die sie eben im Keller gezeigt hatte, schwang in ihrer Stimme mit.

»Ein unbedeutendes Bild«, warf Doktor Zink schnell ein – ein wenig zu schnell. »Unbekannter Maler, Ende sechzehnhundert vielleicht. Eine ärgerliche Sache, aber kein wirklicher Verlust.«

»Inwiefern ärgerlich?«, wollte Büchner wissen.

»Das Bild ›Der kleine Tod‹ gehört zu einer Stiftung. Das Uninteressanteste der Stiftung, wohlgemerkt. Der Stifter hat zur Bedingung gemacht, dieses Bild nicht auszustellen, sondern sicher zu verwahren. Und jetzt ist es weg. Das ist natürlich peinlich.«

»Warum sollte es nicht ausgestellt werden?«

»Mein Gott, das weiß ich nicht«, fuhr der Direktor auf. »Vielleicht, weil es eben kein besonderes Stück war. Vielleicht wollte er seinen Namen nicht mit so einem minderwertigen Gemälde in Verbindung gebracht sehen.«

Büchner sah zu Isabel Günther, die angelegentlich ihre Hände betrachtete.

»Die Diebe haben also nur wertvolle, eigentlich unverkäufliche Bilder mitgenommen. Und ein einziges unbekanntes eines unbekannten Malers«, hakte Büchner nach. »Warum?«

Der Direktor zuckte abwehrend die Schultern. »Es stand direkt neben der Tür. Wahrscheinlich war das Zufall. Einfach Pech.«

»Fragt sich nur: Pech für wen?«, sagte die Restauratorin.

Wieder ließ etwas in ihrer Stimme Büchner aufhorchen. Irrte er sich, oder hatte sie ganz leicht gelächelt? Ein böses Lächeln.

»Gut.« Mit einem Ruck stieß sich Boger vom Schreibtisch ab. »Vielleicht ergibt sich ja etwas aus der Befragung der Anwohner. Oder ein Zeuge, ein zufälliger Passant meldet sich. Wir bleiben in Verbindung.«

»Wir haben bei der Polizei auch Experten für solche Sachen. Wir sollten unser Vorgehen miteinander abstimmen«, sagte Büchner zu Isabel Günther gewandt.

Sie sah ihn an. »Wir müssen vorsichtig sein.« Unvermittelt legte sie ihre Hand auf seinen Arm. »Wenn die Täter Amateure sind und zu sehr unter Druck geraten – es ist schon vorgekommen, dass Bilder zerstört wurden.«

Bei ihren letzten Worten spürte er, wie sich ihre Hand in seinem Ärmel festkrallte.

Sie hatte ganz offensichtlich Angst – Angst um die Bilder, als wären es lebendige Wesen. Oder nur Angst um eines von ihnen?

»Wir werden die Pressearbeit genau absprechen«, sagte er leise. Den Impuls, ihre Hand zu tätscheln, unterdrückte er.

»Heraushalten können wir die Presse nicht«, meinte Boger schon an der Tür. »Die kann manchmal ganz nützlich sein.«

»Die Presse, natürlich.« Doktor Zink seufzte mit geweiteten Augen, als würde er schon die Schlagzeile von morgen vor sich sehen.

Als sie den Flur entlang gingen, fühlte Büchner sich unbehaglich. Bestimmt sah er neben Boger wie ein Zwerg aus. Unwillkürlich ging er ein wenig schneller.

Plötzlich blieb Boger stehen. Ungeduldig drehte sich Büchner zu ihm. »Was ist denn?«

»Ich denke, Sie haben recht.«

Sein neuer Kollege stand vor ihm und strich sich mit einer Hand die blonden Haare zurück. Wieder hatte Büchner das Gefühl, hinter dem erwachsenen Mann den Jungen zu sehen, der er einmal gewesen war.

»Meine Wortwahl«, fuhr Boger fort. »Aber egal ob Junkie oder Museumsdirektor. Ein falscher Fuffziger ist ein falscher Fuffziger. Und hier stinkt es, das spüre ich.«

»Der Tippgeber aus dem Museum kann der Direktor nicht sein«, antwortete Büchner. »Diese Sache kann ihm das Genick brechen. Aber interessant ist, was sie gesagt hat.«

»Wer?«

»Die Restauratorin. ›Pech für wen?‹ – als Zink meinte, es sei Pech, dass die Diebe diesen Kleinen Tod mitgenommen haben.«

Eine Sekunde lang sah Boger die schöne Restauratorin vor sich. Ihr Entsetzen, als sie feststellte, dass »Der kleine Tod« auch gestohlen war.

»Es stinkt! Sag ich doch«, erklärte er vergnügt.

06.

Verwundert sah Armin den Eisenkeil, der den schmaleren Seitenflügel des Holztores offenhielt. Normalerweise achtete Willi peinlich darauf, dass das Tor möglichst lange geschlossen war. Schon um verfrühte Mittagsgäste abzuwehren, die sich womöglich in ihre Küche verirrten. Fremde in ihrer Küche. War für sie furchtbar. Wie für ihn ein Urologentermin.

Ein Blick auf die Uhr. Halb zwölf, jetzt aber fix. Um zwölf kamen die ersten Reservierungen.

Während er den efeuumrankten Innenhof zur Küche durchschritt, ging er im Kopf die Liste durch.

Schilder für die aktuellen Tagesgerichte schreiben, Vorbestellungen eindecken. Wie viele Reservierungen für heute Mittag? Hatte Christel genug Servietten vorgefaltet? Theke kontrollieren, Kaffeemaschine nachfüllen. Ob die Küche an neuen Rooibuschtee gedacht hatte? Der Stammtisch von Frau Schmidt war heute dran. Die tranken das Zeug eimerweise.

Als Armin sich der Küche näherte, hörte er schon das Klappern von Töpfen und das Scharren von Kisten. Mit Schwung öffnete er die Tür und sah Willi gerade noch im Tiefkühlraum verschwinden.

»Morgen«, rief er fröhlich.

Ihr strubbeliger Haarschopf tauchte hinter der dicken Stahlwandtür auf. »Weißt du, wo die Schabe steckt?«

»Sebastian?«

»Nee, der Papst.« Damit tauchte sie wieder ab.

Gott, hatte die eine Laune! »Keine Ahnung«, rief er ihr nach und schlenderte zu dem verchromten, mit Lebensmitteln beladenen Anrichtetisch, der die Mitte der Küche beherrschte. In dem mannshohen Heißluftherd neben ihm bräunten schon Brotlaibe und frische Brioches.

»Bisschen spät dran, heute?«, fragte er und durchsuchte flüchtig einen Karton, um etwas zu essen zu finden.

»Finger weg«, schallte es aus den Tiefen des Kühlraumes.

»Schon gut.« Beschwichtigend hob Armin beide Hände.

»Wenn er kommt, reiß ich ihm den Kopf ab«, rief Willi in den Raum. Sie schob sich an ihm vorbei zum Tisch und wuchtete einen Karton hoch. »Eine halbe Stunde stehe ich wie ein Idiot vor dem Großmarkt. Dabei weiß er, dass ich ihn heute zum Einkaufen gebraucht hätte.«

»Sebastian hat verpennt. Kein Wunder nach gestern.« Armin grinste. »Oder er denkt, er hat's nicht mehr nötig, deinen Sklaven zu spielen.«

Statt einer Antwort hievte sie ihren Karton zum Kühlraum.

»Mensch, Willi. Ich kann es noch gar nicht glauben. Wir sind so dicht dran.«

»Wir sollten nicht darüber reden, bis das Ganze vorbei ist«, kam es scharf vom Ende der Küche.

»Aber wir müssen planen. Langsam in die Gänge kommen. Für die Brauerei brauchen wir ein Konzept, wie unser *Armins* überhaupt funktionieren soll. Wen wir ansprechen wollen, wie unsere Karte aufgebaut ist.«

Mit einem Arm voll Lauch kam Willi aus dem Kühlhaus.

»Fünf, sechs offene Rotweine, genauso viele Weißweine. Nur Pfälzer Winzer. Flaschenweine auch international. Cocktails. Nichts Großspuriges, aber ein bisschen flippig. Elsässer Cremant, ein paar gute Champagnersorten, gehobene Küche.«

»Die Küche geht dich nichts an.«

Nun hatte er sie. Zufrieden lächelnd fuhr er fort: »Austern, Hummer, ein paar schicke Krebsschwänzchen ...«

»Saisonale Küche mit regionalem Bezug. Nicht nur in der Karte, sondern auch die Produkte.« Entschlossen lud Willi ihren Lauch auf den Tisch. »Nix Hummer und Krebsschwänzchen! Ausgesuchte Produkte ohne lange Zulieferwege, alles frisch.« Sie schüttelte den Kopf.

»Hummer und Krebsschwänzchen. So ein Quatsch! Saisonale Küche mit perfekter Zubereitung. Ich kann das so kalkulieren, dass es sich rechnet. Nur zehn, zwölf Gerichte auf der Karte, dazu zwei Tagesessen. Und alles erstklassig.«

»Ich dachte, du wolltest nicht planen?«

Überrascht sah Willi ihn an. Als sie sein Grinsen sah, rief sie: »Blödmann.«

»Hey, dein Brot ...«

Auf Armins Warnruf drückte sie schnell eine Taste am Herd und öffnete die Glastür. Sofort füllte der Geruch von warmem Brot die Küche. Armin schnupperte begehrlich.

Sie hüllte die warmen Brotlaibe und Brioches in frische Tücher, ohne ihm auch nur einen Krümel abzugeben.

Armin seufzte und zog einen zusammengefalteten Zettel aus seiner schwarzen Kellnerhose. »Ich habe eine ungefähre Kostenaufstellung gemacht.«

»Lies vor«, sagte sie, immer noch mit dem Brot beschäftigt.

»Also: Die Konzession kostet uns ungefähr 3.500 Euro, Kaution an die Brauerei würde ich fünf Monatsmieten schätzen, also 10.000. Anschaffungen für den Betrieb, Geschirr, Besteck, Gläser, Servietten, Tischdecken – eine Kasse müssen wir leasen, das heißt Sicherheiten bei der Bank, das Drucken der Karten, Geräte für die Cocktailecke, rechnen wir mal großzügig mit 15.000 bis 20.000, oder?«

»Die Küche muss ich mir noch mal ansehen. Da brauchen wir auch einiges. Neue Pfannen, Töpfe und unbedingt einen Kombidampfer.«

Alarmiert hob Armin den Kopf. »Wie teuer ist so ein Teil?«

»10.000 Minimum.«

»Mist. Aber wenn wir vorsichtig kalkulieren und es am Anfang zu dritt schaffen, also ohne Aushilfspersonal …«

»Hallo?«, rief jemand laut über den Hof.

Mit einem weiteren »Mist« stieß Armin sich vom Tisch ab. »Die ersten Gäste. Ich wimmele sie ab. Schreib mir die Tagesgerichte auf.«

Er zauberte ein freundliches Lächeln auf sein Gesicht und ging hinaus.

Doch sein Lächeln erstarrte sofort. Vor ihm standen zwei Männer. Einer in Zivil, der andere in Uniform. Der erste Impuls war rennen, wegrennen, so schnell und so weit wie möglich.

»Sind Sie der Besitzer?«, erkundigte sich der Zivile.

Mit trockenem Mund schüttelte Armin den Kopf.

»Ist der Besitzer zu sprechen?«, hakte der Fremde nach.

Wieder ein Kopfschütteln. Er musste sich zusammenreißen. Mit Mühe öffnete er den Mund und krächzte: »Der Chef kommt erst heute Abend. Kann ich Ihnen helfen?« Vielleicht wollten die ja nur einen Tisch reservieren. Eine Bullenfeier.

»Sie arbeiten hier?«

»Armin Hirschfeld – ich bin Kellner«, quetschte er heraus.

»Arbeitet bei Ihnen ein Sebastian Huber?«

»Moment.« Abrupt drehte er sich um und hastete zur Küche. »Willi!«

Bei seinem eindringlichen Flüstern drehte sie sich mit dem Messer in der Hand zu ihm um.

»Draußen sind Bullen. Die fragen nach der Schabe …«

»Bullen?«

Er nickte und sah, wie Willi blass wurde und das Messer sorgfältig auf den Tisch legte. Sie wischte sich die Hände an der Küchenschürze, die sie über den blau karierten Kochhosen trug, und wandte sich zur Tür.

Er trat ihr in den Weg. »Glaubst du, die sind wegen gestern da?«, flüsterte er.

Sie schob ihn mit einer Hand beiseite und ging zu den wartenden Polizisten.

Mit einem kurzen Nicken sagte sie: »Wilhelmina Dachs – ich bin die Küchenchefin. Worum geht's?«

Obwohl er seinen Herzschlag bis in den Hals fühlen konnte, registrierte Armin den leicht irritierten Blick des Zivilen. Eine Küchenchefin hatte er sich wohl anders vorgestellt.

»Ich bin Kommissar Koldehoff. Arbeitet bei Ihnen ein gewisser Sebastian Huber?«

Willi nickte. »Er ist noch nicht da. Was wollen Sie denn von ihm?«

»Nun …« Der Zivile sah an Willi vorbei. »Leider muss ich Ihnen mitteilen, dass Herr Huber einen Unfall hatte. Mit seinem Motorrad.«

Willi starrte ihn an.

»Vielleicht können wir uns setzen?«, fragte der Kommissar und machte einen Schritt auf sie zu, als wolle er sie stützen.

»Die Gaststube. Oben.« Wie in Trance zeigte Armin auf die steinerne Treppe und ging voraus. Die anderen folgten.

Plötzlich blieb er stehen. Mit weit aufgerissenen Augen sah er die beiden Polizisten an. »Ist ihm …? Ich meine, ist er …?«

Sein Blick blieb an Willis Gesicht hängen. Mehr denn je sah sie wie ein Junge aus. Ein hübscher Junge mit einem auffallend blassen Gesicht.

Der Kommissar nickte.

Armin stolperte weiter und schloss mit zittrigen Fingern die Tür auf. Er durchquerte den Raum zum Sicherungskasten hinter der Theke. Mechanisch drückte er die Hebel nach unten. Licht flammte auf.

Verloren sah Armin durch den leeren Gastraum. Die Holztische mit ihren Blumenvasen, die Butzenfenster und die schweren Dachbalken wirkten fremd und gleichgültig. Der säuerliche Geruch nach Alkohol und verwehten Essensdüften drängte sich in seine Nase. Merkwürdig, er hatte Mühe, die drei Gestalten zu erkennen, die sich an einem der runden Tische nahe beim Ausgang niederließen. Er blinzelte und setzte sich zu ihnen.

»Wann?«, fragte Willi gerade mit ausdrucksloser Stimme.

»Vermutlich in den frühen Morgenstunden. Auf der Strecke nach Otterberg. Im Eselsbachtal.«

»Er war auf dem Weg nach Hause. Wir waren vorher mit ihm zusammen«, gab Willi an.

»Hatten sie getrunken?«

»Ein Bier. Bei Armin.«

Armin nickte. »Wolf, Willi, ich und ...«

»Würden Sie uns Namen und Adressen geben?«, hakte Kommissar Koldehoff ein.

Armin leierte die Adressen herunter. In seinem Kopf herrschte Leere. Erst als Willi ihm die Hand auf die Schulter legte, wischte er sich mit dem Handrücken die Augen. Gott, er würde doch nicht losheulen wie ein kleines Kind. War bestimmt der Schock.

»Sie waren also den ganzen Abend zusammen und haben nur ein Bier getrunken?« Die Stimme von Kommissar Koldehoff klang ungläubig.

»Vorher haben wir gearbeitet. Bis zwei Uhr nachts. Während der Arbeitszeit ist Alkoholverbot. Und dann noch das Aufräumen, Vorbereitungen für den nächsten Tag …« Willis Stimme verlor sich.

Aber so genau wollten es die Polizisten auch gar nicht wissen.

»Ist Ihnen bekannt, ob Sebastian Huber Drogen konsumierte?«, fragte der Kommissar.

»Moment, Moment.« Willi hob beide Hände und fixierte diesen Koldehoff. »Alkohol. Drogen. Was, zum Teufel, ist mit der Küchen …, mit Sebastian passiert? Warum fragen Sie das alles?«

»Der Hergang des Unfalls wirft Fragen auf.«

»Das heißt?«

Kommissar Koldehoff stützte sich auf die Tischplatte. »Das heißt, dass wir nicht nachvollziehen können, wie der Unfall passiert ist. Es gibt keine Erklärung.«

»Wie? Keine Erklärung?«, insistierte Willi.

»Der Unfall hat sich auf gerader Strecke ereignet«, erklärte Koldehoff. »Die Vermessung der Reifenspuren ergibt, dass Sebastian Huber nicht gebremst hat. Auf schnurgerader Strecke hat er sein Motorrad nach links, quer über die gesamte Fahrbahn auf einen einzeln stehenden Baum gelenkt.«

Armin sah zu Willi, die konzentriert dem Kommissar zuhörte – als würde der in einer fremden Sprache reden und ihr Leben hinge davon ab, ihn zu verstehen.

»Sie meinen also, Sebastian ist absichtlich auf den Baum gerast?«

»Eine Möglichkeit.« Koldehoff nickte. »Oder Drogen. Möglich wäre auch ein Flashback. Von früherem Drogenkonsum.«

Eine Sekunde lang saß Willi ganz still da, den Blick auf die Tischplatte gesenkt. Als würde sie in sich hineinhorchen. Armin kannte das. So verhielt sie sich immer, wenn sie eine Entscheidung traf. Als würde sie mit sich selber diskutieren.

Endlich hob sie den Kopf und blickte dem Kommissar fest in die Augen. »Nein. Sebastian hat sich bestimmt nicht umgebracht. Er wird in ein paar Wochen Vater. Er hat sich gefreut, verstehen Sie? Okay, das war nicht locker. Und sein Schwiegervater ist echt krass. Aber er hätte sich niemals umgebracht. Und Drogen? Da hatte er gar keine Zeit für. Und kein Geld. Er hat geschuftet und irgendwie versucht durchzukommen. Nein, keine Drogen.«

»Das wird die Obduktion entscheiden«, gab der Kommissar zurück.

Willi schürzte verächtlich die Lippen und schüttelte den Kopf. »Wir haben zusammengearbeitet. Manchmal vierzehn Stunden pro Schicht. Das hätte ich gewusst.«

»Aber irgendeinen Grund muss es geben«, beharrte Koldehoff. »Eine schnurgerade Strecke und ein einziger Baum, auf den man genau zusteuern muss, um ihn nicht zu verfehlen. Kein Defekt am Motorrad. Kein weiterer Verkehrsteilnehmer. Kein Hindernis auf der Straße. Sie sagen, kein Suizid, keine Drogen. Aber Sebastian Huber ist tot.«

Armin fröstelte. Irritiert merkte er, wie sich die Härchen an seinem Unterarm aufstellten. In seinem Kopf hallte es: »Aber Sebastian Huber ist tot.«

07.

»Jetzt, meine Damen und Herren, wäre der Augenblick gekommen, Ihnen einfach viel Vergnügen beim Betrachten der Bilder, bei der Diskussion mit unseren Mitarbeitern und beim Genießen von Kunst zu wünschen. Aber ich habe Ihnen eine Mitteilung zu machen, die vielen von Ihnen den Abend verderben wird …«

Es wurde totenstill im Saal. Das Füßescharren und Gläserklirren verklang. Gespannt reckte Isabel Günther den Kopf. Mal hören, wie Zink sich aus der Affäre zog.

Der Redner am Pult griff sich sein Glas und nahm einen Schluck. »Dieser Abend, meine Damen und Herren, hat Geld gekostet. Wände wurden neu gestrichen, Bilder platziert, Blumen und Sekt gekauft. Es gab hohe, sehr hohe Transportkosten, Katalogkosten, Versicherungskosten für die ausgestellten Bilder …«

Amüsiert verzog die Restauratorin das Gesicht. Sie ahnte, worauf er hinauswollte. Geschickter Hund, das musste ihm der Neid lassen.

»Gelder, meine Damen und Herren, die für solche Events zur Verfügung gestellt werden. Nicht aber für den laufenden Museumsbetrieb. Die Sicherungssysteme unseres Museums sind über dreißig Jahre alt. Die Security-Firma, die für die Bewachung des Museums zuständig ist, kontrolliert seit Monaten nur noch zweimal in der Nacht. Alle Bilder sind unterversichert. Und warum?«

Wieder eine spannungsvolle Pause. Mittlerweile durfte sich Zink sicher sein, die Aufmerksamkeit aller zu haben.

Mit der Presse war dieser Coup de théatre bestimmt abgesprochen. Die wussten mit Sicherheit von dem Einbruch. Aber der gesamte Museums-Förderkreis, all diese welken Hälse streckten sich ihrem Leithammel begierig entgegen. Beinahe hätte Isabel Günther laut aufgelacht.

»Der Grund ist: Dafür ist kein Geld da. Obwohl die Versicherungsprämien niedriger sind als die Kosten einer solchen Ausstellung, weigert sich das Land, die Kommune, sie zu bezahlen. Und das ist Fakt bei fast allen Museen. Die politischen Institutionen nehmen ihre Verantwortung für unsere Kulturgüter nicht mehr wahr.«

Aufgeregtes Gemurmel von allen Seiten.

»Und jetzt haben wir die Quittung für diese Verantwortungslosigkeit. Gestern Nacht wurde in unser Museum eingebrochen und ein Teil unserer namhaftesten Bilder geraubt ...«

Auf einmal gab es kein Halten mehr. Augenblicklich brach ein Tumult los, wie ihn die großartigste Ausstellung niemals hervorrufen könnte. Aufgeregte Fragen, laute Stimmen, ratlose Gesichter, Menschen, die sich, mit dem Sektglas in der Hand, zum Rednerpult drängten. Titel von Bildern und von Malern wurden gerufen. Schildkrötenhälse schluckten, schmale Anzugschultern und faltige Dekolletés bebten, begleitet von einem wahren Blitzlichtgewitter der örtlichen Presse.

Hastig zog Isabel Günther sich in den Hintergrund des Geschehens zurück und beobachtete den Trubel. In der Mitte, quasi im Auge dieses gesellschaftlichen Hurrikans, sah sie immer mal wieder die gedrungenen Schultern des Hauptdarstellers aufblitzen. Für diesen Auftrieb hatte sich der Einbruch fast gelohnt. Im selben Augenblick sah sie wunderbar gemalte, braune Augen vorwurfsvoll aufblitzen. Mit einem hohlen Gefühl im Magen ging sie zur Sektbar.

Offensichtlich hatten sich die Bedienungen den Tumult

für eine kleine Pause ausgesucht. Da niemand da war, schlüpfte sie hinter die Bar und goss sich selber ein Glas ein.

»Wären Sie so freundlich …«, sagte plötzlich eine vertraute Stimme.

Als sie aufsah, stand Doktor Zink ihr gegenüber und hielt bittend ein leeres Glas hoch. Sie fand, er hatte den Alkohol redlich verdient. Als sie ihm einschenkte, beugte er sich zu ihr herüber und flüsterte: »Sie sehen wunderbar aus.«

Isabel Günther lächelte. »Und Sie sind ein wunderbarer Schurke.«

Sofort verwandelte sich der Bohemien ihr gegenüber in den entrüsteten Spießer, der er im Grunde war. Mit hochmütiger Miene fragte er: »Wie soll ich das verstehen?«

Weit beugte sie sich über den Tisch, so dass er genau in ihr Dekolleté sehen konnte: »Diese Abwälzen der Verantwortung. Den Volkszorn schüren. Die ›ungeschützten Kulturgüter der Allgemeinheit‹ – wirklich beeindruckend.«

»Ich bin nicht verantwortlich für den Einbruch, meine liebe Frau Günther«, gab er mit rotem Kopf zurück.

»Sie sind verantwortlich für den späten Austausch der Bilder. Für das Lagern im ungeschützten Keller. Es war Ihnen doch wichtig, dass die Ausstellungseröffnung in die Abwesenheit von Direktor Meyer fiel, nicht wahr? Ihr Bild auf allen Titelseiten. Mit dem Einbruch gleich doppelt so groß?«

»Und wer war dafür verantwortlich, dass ›Der kleine Tod‹ im Zwischenlager stand?«, zischte Zink zurück. »Da haben sie sich selber ins Aus geschossen, liebe Kollegin. Keine Träume mehr, einen unentdeckten alten Meister auszugraben. Das Bild ist fort.« Er lächelte zufrieden. »Übrigens werden Sie persönlich unserem hochverehrten Stifter die Mitteilung machen, dass sein Bild verschwunden ist. Er wird nicht erfreut sein.«

Ein letzter Blick auf ihr angespanntes Gesicht, dann drehte er sich triumphierend um.

Isabel sah ihm nach und biss sich auf die Lippen. Verdammter Kerl! Aber sie war ja selbst schuld. Nie konnte sie der Versuchung widerstehen, diesen aufgeblasenen Luftballon anzupieksen. Er hatte recht. Sie musste es de la Haye sagen – am besten gleich.

Ihr Blick glitt suchend über die Menge und blieb an einer großen, hageren Gestalt hängen. Der Alte sah aus, als könne ihn ein Lufthauch umwehen, nur Haut und Knochen, von einem teuren Anzug zusammengehalten. Ein Skelett im Smoking. Der haarlose Schädel, die fehlenden Augenbrauen und die farblosen Wimpern verstärkten diesen Eindruck noch.

Sie zögerte. In einem Zug leerte sie ihr Glas, stellte es ab und begab sich auf ihren Gang nach Canossa.

»Frau Günther, schön, Sie zu sehen.« Das Skelett lächelte sie an. Zwischen den ganzen aufgeregten und sensationslüsternen Menschen in dem Raum wirkte de la Haye merkwürdig gelassen, so als würde ihn, den Vorsitzenden des Fördervereines und einen der namhaftesten Stifter, der Trubel nichts angehen.

Sie lächelte zurück, ein bisschen angestrengt, wie er offenbar sofort bemerkte. »Sollen wir uns ein wenig setzen?« Mit seiner knochigen Hand wies er auf den leeren Eingangsbereich, in dem ein paar Besucherstühle standen.

Dankbar nickte sie. Was sie ihm zu sagen hatte, war nicht für fremde Ohren bestimmt.

Höflich wie immer wartete er, bis sie Platz genommen hatte. Erst dann setzte er sich. »Unangenehme Enthüllungen von unserem Doktor Zink«, eröffnete er das Gespräch. »Aber recht geschickt, die Verantwortung der öffentlichen Hand zuzuschieben.«

Nun fiel ihr Lächeln weniger verkrampft aus. Der Alte ließ sich nichts vormachen. Dazu war er zu clever.

»Was wollen Sie denn mit mir besprechen, meine Liebe?«

Jetzt hätte sie etwas für eine Zigarette gegeben, aber im Museum herrschte Rauchverbot. Sie zwang sich, ihm ins Gesicht zu sehen, in seine alten Reptilienaugen. »Es geht um den ›Kleinen Tod‹«, begann sie vorsichtig.

»Sie kennen meine Einstellung«, sagte er nicht unfreundlich, aber sehr bestimmt.

»Sie wissen, ich wollte das Bild nach Haarlem schicken. Eine genauere Leinwand- und Farbanalyse …«

»Das kommt nicht in Frage.«

Isabel Günther merkte, wie er sich versteifte. Sie holte tief Luft und sagte: »Ich weiß, dass Sie damit nicht einverstanden sind. Ich hätte es trotzdem getan. Das Bild stand im Zwischenlager. Zum Versenden und …« Sie brach ab.

Er starrte sie an. Obwohl es eigentlich gar nicht möglich war, war sein Gesicht noch bleicher geworden. Er schnappte nach Luft. Besorgt wollte sie aufspringen, einen Arzt rufen, irgendetwas tun. Mit einer schnellen Bewegung hielt er sie am Arm fest. »Soll das heißen …?«

Sie nickte.

Er sah an ihr vorbei, blicklos in das leere Foyer. Sein fester Griff tat ihr weh. Trotzdem wagte sie nicht, sich zu bewegen.

Endlich schien er sich wieder gefangen zu haben.

»Ich muss zur Polizei. Ihnen sagen …«

»Nein!«

Verständnislos sah er sie an.

»Ich werde den ›Kleinen Tod‹ zurückholen. Ich verspreche es Ihnen. Lassen Sie mir ein bisschen Zeit. Nur ein paar Tage.«

Der alte Stifter sah sie an, als hätte er sie noch nie gesehen. »Sie verstehen nicht. ›Der kleine Tod‹ ist wieder frei. Ich muss die Leute warnen.«

Mit beiden Händen griff sie seinen Arm. Sie musste ihn einfach überzeugen. »Bitte. Nur ein paar Tage. Glauben Sie mir, ich hole das Bild zurück.«

08.

Als Wolf das Esszimmer betrat, bot sich ihm ein ungewöhnliches Morgenbild: sein Vater, versteckt hinter einer Zeitung.

Wieso war der Alte noch nicht in seinem heiligen Büro verschwunden? War doch schon neun Uhr durch? Sonst hatte er um die Zeit seine Ruhe. Ein leichter Stich Missmut trübte sein morgendliches Hochgefühl. Hauptsache, der Alte ließ ihn in Ruhe.

Ohne ein Wort angelte er sich die Thermoskanne und goss sich Kaffee ein.

Roch gut.

Er hielt die Tasse in beiden Händen, stützte die Unterarme bequem auf den Tisch und sah aus dem Fenster in den Nebel draußen.

Heute würde er erst um fünf mit dem Fahren anfangen. Ganz guter Abend zum Fahren gestern, aber im Endeffekt Kleinkram. Kein Vergleich zu dem Bilderdeal. Warum hatten die Abnehmer ihn gestern nicht angerufen? Eigentlich hatte er fest damit gerechnet, dass sie sich melden würden. Wenigstens fragen, ob alles glatt gelaufen war. Wahrscheinlich wussten sie das schon. Hatten bestimmt Kontakt zu den Bullen.

Blöd, gestern nach der Schicht noch in die Disco zu fahren. Aber als sie sich telefonisch nicht meldeten, war es naheliegend, dass sie auf anderem Weg Kontakt suchen würden. In der Disco, wo er zum ersten Mal gehört hatte, dass zuverlässige Leute für einen ungewöhnlichen Job gesucht wurden. Eigentlich Quatsch, wo er sich für den Kontakt mit ihnen sogar ein extra Handy kaufen musste. Nicht angemeldet, nicht nachprüfbar. Hatte bestimmt seinen Grund, dass sie nicht anriefen. Cool bleiben.

»Du bist spät nach Hause gekommen«, sagte der Alte hinter der Zeitung.

Wolf grunzte.

»Den ganzen Nachmittag warst du auch nicht da.«

»Was soll das werden? Ein Verhör?«, schnauzte er die Zeitung an.

Langsam ließ sein Vater die Zeitung sinken und faltete sie sorgsam zusammen. »Es gab Anrufe für dich. Ein gewisser Armin Hirschfeld hat den ganzen Nachmittag versucht, dich zu erreichen. Mehrere Male. Abends auch noch.«

Armin? Was wollte der denn?

»Nachts um zwölf hat er es das letzte Mal probiert.«

Klar, er hätte den anderen Bescheid geben sollen, dass er nicht zum vereinbarten Treff nach ihrem Feierabend aufkreuzen würde. Aber schließlich musste sich ja einer um die Kontakte mit den Auftraggebern kümmern. Hatte sie bestimmt nervös gemacht, die Weicheier. Aber noch lange kein Grund, ihn daheim zu belästigen.

In dieser Sekunde fiel ihm sein privates Handy ein, das oben in seinem Zimmer zum Aufladen am Netz hing.

Natürlich. Hatte er gestern Mittag dort vergessen. War ja auch nicht wichtig. Nur das Handy für die Auftraggeber zählte.

»Hast du dein Handy verloren?«

Ging den Alten gar nichts an, diesen Kontrollfreak.

Wolf antwortete nicht.

»Wer ist überhaupt dieser Armin? Ein Freund von dir?«

Wollte der jetzt auch noch Rechenschaft über seinen Umgang?

»Mein Gott, Junge. Jetzt rede doch mit mir.«

»Was willst du hören? Schönes Wetter heute?«, erwiderte er.

In diesem Augenblick läutete das Telefon.

Die beiden Männer sahen sich über den Tisch hinweg an. Schließlich gab Peter Pruckner auf, warf seine Serviette auf den Tisch und eilte in die Diele. Durch die geöffnete Tür konnte Wolf ihn sprechen hören, dann rief er: »Für dich.«

In der Dielentür trafen sie zusammen. Seitlich und mit eingezogenem Bauch quetschte sich Wolf an seinem Vater vorbei. Eine Sekunde sah es so aus, als wolle Pruckner seinen Sohn berühren, ihm die Hand an die Schulter legen. Als Wolf ihm ins Gesicht sah, ließ er es bleiben. Mit einem Knall schlug die Tür vor seiner Nase zu.

»Wolf Pruckner.«

Armins aufgeregte Stimme drang an sein Ohr. »Verdammt, Wolf! Wo warst du? Seit gestern versuche ich dich zu erreichen. Willi und ich haben bis halb drei auf dich gewartet. Dein Handy …«

Angewidert hielt Wolf den Hörer ein Stück von seinem Ohr weg. Die Stimme redete weiter. Plötzlich wurde er aufmerksam. Hielt den Hörer näher. Lauschte.

Sein Vater hinter der geschlossenen Tür lauschte ebenfalls.

»Echt? Abgekratzt?«, hörte er seinen Sohn sagen.

Dann wieder Stille.

»Die Bullen? Du hast den Bullen meine Adresse gegeben?« Laut und aggressiv.

Vorsichtig öffnete der Vater die Tür. Sah den Rücken seines Sohnes. Der schien etwas gespürt zu haben, wandte sich halb um. Mit bösen Augen sah er zu ihm hin, ohne den Hörer vom Ohr zu nehmen.

Peter Pruckner betrachtete diesen fremden jungen Mann. Mit den streng zurückgegelten Haaren, den scharfen Gesichtszügen hatte er fast etwas Mönchisches an sich. Abgenommen hatte er doch auch schon wieder. Die ausgebleichte Jeans schlackerte nur so an seinem Körper. Aber die Augen beunruhigten ihn am meisten. Bei seiner Mutter waren sie bernsteinfarben gewesen. Ihr Sohn hatte gelbe Augen, Raubtieraugen ohne Wärme, die ihn abschätzig musterten.

»Wir reden heute Nacht über alles. Ich muss Schluss machen.« Ohne ihn aus den Augen zu lassen, legte er den Hörer auf.

»Hast du Probleme, Junge?«

»Wie kommst du darauf?«

»Die Bullen ... Hast du Ärger mit der Polizei?« Er konnte nicht verhindern, dass sich Besorgnis in seine Stimme schlich.

Sein Sohn verschränkte die Arme über der Brust. »Das hättest du wohl gerne, was? Der missratene Sprössling des ehrbaren Professors. Klar, wenn einer das Studium schmeißt, heißt das automatisch schiefe Bahn, was? Darauf wartest du doch nur.«

Gequält wandte er den Blick ab. »Du weißt, dass das nicht stimmt. Ich mache mir einfach Sorgen um dich. Dieses Taxifahren die ganze Nacht ... Das hat doch keine Perspektive.«

Überrascht sah er, dass Wolf den Kopf in den Nacken warf und lachte. Ein hässliches Lachen. So abrupt wie das Lachen begonnen hatte, endete es auch.

»Um meine Perspektive brauchst du dir keine Sorgen zu machen. Ich bin nicht der kleine Versager, für den du mich hältst.«

»Wolf, ich ...«

Langsam kam sein Sohn näher. »Schon gut, Vater!« Bei diesem »Vater« zuckte Peter Pruckner zurück, als hätte er eine Ohrfeige erhalten. »Wenn du es genau wissen willst:

Ein Freund von mir hatte einen Unfall. Vielleicht wird mich die Polizei dazu befragen.«

Eigentlich hätte er jetzt erleichtert sein müssen. Sein Sohn war nicht in Gefahr. Stattdessen spürte er fast so etwas wie Angst. Lächerlich. Das war sein Sohn. Trotzdem. Diese hellen Augen, die ihn unerbittlich musterten.

Als würde Wolf das Unbehagen seines Vaters spüren, lächelte er plötzlich: »Aber vielleicht bin ich bis dahin schon gar nicht mehr hier. Vielleicht habe ich ja doch noch ein paar andere Perspektiven.« Damit wandte er sich ab, griff seine Lederjacke vom Haken und zog sie über.

»Wolf, bitte. Renn doch nicht immer weg. Lass uns doch miteinander reden. So wie früher …«

Mit lautem Knall flog die Haustür ins Schloss.

09.

Kommissar Büchner stand auf dem Bürgersteig und betrachtete die Fassade der alten Villa. Hinter den meisten Fenstern war trotz der frühen Vormittagsstunde Neonlicht zu sehen. Wenn der Himmel weiter so dunkel bliebe, würde sich daran auch nichts ändern. Kein schöner Herbst dieses Jahr. Und die Aussicht auf einen langen Winter.

Fröstelnd zog er die Schulter hoch und stemmte sich gegen die Eichentür.

Erst nach Vorlage seines Polizeiausweises war die ältliche Pförtnerin bereit, ihm den Weg zu den Restaurierungswerkstätten zu zeigen.

Er sah sie sofort. In Jeans, einem schwarzen Rollkragenpulli, die kupferfarbenen Haare zu einem lockeren Knoten geschlungen, stand sie mit einer Art Okular bewaffnet vor einem Bild, das sie Millimeter um Millimeter absuchte.

Unschlüssig beobachtete er sie eine Weile. Wenn er nur wüsste, wie er beginnen sollte. Einfach fragen: Wie haben Sie das gemeint mit dem »Pech«?

Warum beschäftigte Isabel Günther ihn so? Da war ihre auffallende, fast panische Reaktion, als sie das Fehlen dieses einen Gemäldes bemerkt hatte. Dabei wirkte sie auf ihn sehr beherrscht. Und dann diese kryptische Bemerkung über das Pech. Er spürte, dass da etwas war, etwas, das sie verbarg, worüber sie nicht reden wollte.

»Frau Günther, kann ich Sie einen Moment sprechen?«, rief er durch den Raum, lauter und offizieller, als er beabsichtigt hatte.

Überrascht drehte sie sich ihm zu. Sie schien ihn nicht wiederzuerkennen – was ihn störte.

Dann nickte sie. »Kommissar Büchner, nicht wahr?«

Versöhnt entschuldigte er sich für die Störung.

»Gibt es etwas Neues von den Bildern?«, fragte sie. »Reden Sie schon!«

Verwundert sah er sie an. »Nein. Leider haben wir noch immer keine Spur. Ich wollte einfach noch einmal mit Ihnen reden.«

Die Restauratorin stieß die Luft aus. »Entschuldigen Sie, aber als ich Sie da stehen sah … Einen kurzen Moment habe ich geglaubt, Sie bringen schlechte Nachrichten.«

»Schlechte Nachrichten?«

»Nun ja, Sie hätten die Bilder gefunden, aber zerstört. Irgendetwas in der Richtung. Sie sahen so – grimmig aus.«

»Mein normaler Gesichtsausdruck.«

Isabel Günther lächelte. »Wollen wir uns setzen?«

Der Raum hatte die Ausmaße eines Ballsaales und war von einer ihm uneinsichtigen Ordnung beherrscht. Große, in der Höhe verstellbare Tische, Staffeleien, kleine Rollschränke mit Plexiglasplatten, auf denen sich ein Sammelsurium aus Pinseln, Farben und Fläschchen befand, in einer Ecke eine mannshohe Statue – anscheinend irgendeine heidnische Gottheit –, ein Hobeltisch, schwenkbare Scheinwerfer, Teile von vergoldeten Rahmen, Infrarotlichter und etwas, das wie eine altertümliche Röntgenanlage wirkte.

In der hintersten Ecke, von einem Schrank halb verdeckt, stand eine schmuddelige Sitzgruppe. Ein dreibeiniges Tischchen mit einer Kaffeemaschine, eine kleine Spüle und eine Ablage voll schmutziger Kaffeetassen und überquellender Aschenbecher.

»Mein Wohnzimmer, sozusagen.« Die Restauratorin zuckte die Achseln und warf einen gleichgültigen Blick über das Chaos.

Büchner nickte höflich und ließ sich auf dem farbverkleckstesten Sperrmüllsofa nieder.

»Für den Komfort der Angestellten fehlt dem Museum das Geld. Einen Kaffee?«

»Sie arbeiten alleine hier?«

Während sie ihre Zigarette anzündete, schüttelte sie den Kopf. Ein tiefer Zug, und mit dem ausströmenden Rauch sagte sie: »Was kann ich für Sie tun?«

Also kein nettes Anfangsgeplauder. Sie setzte sich noch nicht einmal. Wahrscheinlich hielt er sie von der Arbeit ab.

»Dieses Bild. ›Der kleine Tod‹ – erzählen Sie mir etwas darüber.«

»Warum?«

»Ich hatte den Eindruck, dass Ihnen mehr daran liegt als an den anderen Bildern. Sie haben gesagt, es sei Pech für die Diebe, dass sie den ›Kleinen Tod‹ mitgenommen haben. Oder habe ich da etwas falsch verstanden? Was genau haben Sie damit gemeint?«

Mit dem Ringfinger der Hand, die die Zigarette hielt, fuhr sie über ihren Mund. Unter halbgesenkten Lidern sah sie an ihm vorbei, als müsse sie nachdenken, ihre Antwort abwägen.

Endlich schien sie zu einem Entschluss zu kommen. Sie drückte die Zigarette auf einem leeren Unterteller aus.

»Kommen Sie!«

In einem Winkel des großen Raumes stand ein Tisch mit Beamer. Mit einer Hand zog sie einen zweiten Stuhl vor das Gerät und wies den Kommissar an, sich zu setzen. Sie durchquerte den Raum, schaltete das Neonlicht aus, das Dämmerlicht des grauen Tages machte sich breit.

Als sie sich neben ihn setzte, konnte er ihren Duft riechen. Etwas Blumiges, vermischt mit kaltem Rauch. Nicht unangenehm. Sie stützte die Ellbogen auf den kleinen Tisch und sah ihn an. »Wissen Sie etwas über Frans Hals?«

»Ein niederländischer Maler, oder? Berühmt vor allem durch seine Porträts«, erwiderte er.

Sie lachte, kein richtiges Lachen, eher ein Gurren.

»Ich mag alte Meister«, gestand er.

Immer noch lächelnd schaltete sie den Beamer an. Auf der weißen Leinwand vor ihnen erschien ein Bild.

»Et voilà! ›Der kleine Tod‹.«

Interessiert beugte sich Büchner vor. Doch kein Akt. Das Bild eines kleinen Jungen. Überlebensgroß.

Der Kleine sah ihn an. Zumindest hatte Büchner das Gefühl, als würden zwei Augen ihn direkt ansehen. Ein verstörter, gequälter Blick. Selbst in der Fotografie war etwas von dem Zauber des Bildes zu erkennen.

Mit leiser Stimme begann Isabel Günther: »Frans Hals war ein Meister des Porträts. Niemals sah es so aus, als würden seine Modelle Pose sitzen. Er zeigt sie überaus lebendig. Sehen Sie?«

Tatsächlich sah der Kleine so aus, als könne er jeden Moment aus der Leinwand steigen.

«Interessantes Modell«, sagte Büchner leise, so als könnte der Junge auf dem Bild hören, dass sie über ihn sprachen.

»Ein kleiner Mörder.«

Unwillkürlich wandte Büchner den Kopf und sah die Restauratorin an. Sie hielt den Blick auf die Leinwand gerichtet. »1663 gab es in Haarlem einen spektakulären Mordfall. Ein kleiner, achtjähriger Junge hat seinen Eltern im Schlaf die Kehle durchgeschnitten. Zu der Zeit, als der Mord geschah, hat Hals in Haarlem gelebt.«

Büchners Blick kehrte zu dem Bild zurück. Das also war des Pudels Kern. »Sie glauben, Frans Hals hat das Bild gemalt?«

»Ich bin fast sicher.«

Plötzlich verstand er ihre Aufregung. Ein unentdecktes Meisterwerk. Das war sensationell.

»Ich wollte das Bild nach Haarlem, ins Frans-Hals-Museum schicken. Um eine genaue Leinwand- und Farbanalyse zu machen, einen Abgleich mit seinen anderen Bildern. Dort sitzen die Spezialisten.«

»Ich bin ja wirklich kein Experte, aber ...« Unsicher brach Büchner ab.

Aufmerksam sah Isabel Günther ihn an. »Aber?«

»Die Hals-Bilder, die ich kenne, also die Porträts ... Sind die nicht irgendwie fröhlicher?«

Anerkennend nickte sie. »Sie haben wirklich Ahnung. Aber sehen Sie, als Hals dieses Bild malte, war er schon achtzig. Einsam und nicht mehr gesund. Seine Bilder wurden immer düsterer. Ein kleiner Mörder wäre mit Sicherheit das Sujet, das er sich ausgesucht hätte.«

Wieder sah Büchner den Kleinen an. Der Junge hatte tatsächlich etwas Grausames. Das Braun dieser Augen – da war eine Härte. Auch um die Mundwinkel. Oder las er das erst hinein, seit er die Geschichte dieses Modells kannte? Die Kehle durchschneiden. Ein gewaltsamer Mord und ein so kleines Kind. Man brauchte nicht viel Kraft. Nur ein gutes Messer und den richtigen Schnitt ...

»Das Opfer, sein Vater, war der Schächter von Haarlem. Mit dem Abschlachten von Tieren war der Kleine vertraut.«

Als hätte die Restauratorin seine Gedanken erraten.

»Blutige Angelegenheit«, sagte er.

»Sehen Sie sich das Hemd des Jungen an. Auf der Lochstickerei.«

Tatsächlich waren an den Ärmeln des Hemdes braune Spritzer zu sehen, braun wie angetrocknetes Blut.

»Ich habe mit meinen eher bescheidenen Mitteln eine Farbanalyse gemacht. Es ist mumienbraun.«

»Mumienbraun? Ein netter Ausdruck.«

»Die Farbe wurde tatsächlich aus Mumien hergestellt.«

»Sie meinen aus Leichen?«

»Kennen Sie sich mit Mumifizierung aus?«

»Unsere Leichen sind meist ein bisschen frischer.«

Isabel Günther saß so nah neben ihm, dass er trotz des trüben Lichtes das Blitzen in ihren Augen sehen konnte. Irritiert wandte er sich wieder zur Leinwand. »Ich weiß, dass die alten Ägypter das Gehirn mit einer Nadel aus der Nase gezogen haben und die Eingeweide entfernten. Und dann wurde der Körper eingewickelt, nicht wahr?«

»Sie verwendeten keine Nadel, sondern einen eisernen Haken. Der Körper wurde mit Weihrauch eingerieben und in späteren Dynastien mit Bitumen bestrichen und in Leinenstreifen eingewickelt.«

»Und dann wurde Farbe daraus gemacht?«

Sie lachte. »Der erste Bericht stammt von einem englischen Reisenden, der 1586 in Ägypten ein Massengrab besichtigte. Es muss ziemlich unheimlich gewesen sein. Aber dieser hartgesottene junge Mann brach den Leichen die Gliedmaße ab, aus den Köpfen, Armen und Beinen stellte er das Braun her. Erst 1712 setzte sich Mumienbraun als Farbe durch. Eine dicke, bitumenartige Substanz, die sich vor allem hervorragend zum Schattieren verwenden ließ.«

»Malern graust es vor nichts.«

»Um gute, haltbare Farben zu bekommen? Dafür haben sie schon immer viel gegeben. Und vielleicht hat sich der Ka an einigen von ihnen gerächt.«

»Der Ka?«

»Ägyptische Mythologie. Der Ka ist das feinstoffliche Abbild, eine Art Doppelgänger des Verstorbenen. Er lebt in Gestalt eines Vogels in den Gräbern, um eines Tages in den Körper zurückzukehren.«

»Und Sie meinen, jetzt irrt der Ka durch die Museumsgänge, auf der Suche nach seinen sterblichen Überresten, die irgendwelche Maler auf Leinwände gepinselt haben?«

Die Restauratorin zuckte die Achseln.

Verwirrt sah er wieder zu dem Jungen. »Der kleine Tod«. Ein achtjähriger Mörder. Gemalt mit Leichenteilen. Von einem achtzigjährigen, berühmten Künstler. Kein Wunder, dass sie das Bild faszinierte.

Je länger er es ansah, desto mehr schien es ein Doppelleben zu bekommen. Der Junge, der auf den ersten Blick verstört, fast verschreckt gewirkt hatte, bekam auf den zweiten Blick etwas Bösartiges, das sich wie eine zweite Leinwand über das kleine Gesicht legte. Aber vielleicht war das ja die Kunst. Das wahre Gesicht zeigen. Die Fratze über der Unschuld …

Vor seinem inneren Auge sah er den Maler, einen gebückten, weißhaarigen Alten, der in einem zugigen Atelier stand. Mit konzentriert zusammengekniffenen Augen malte er. Aus der Erinnerung? Von Skizzen? Stand da und malte das Böse.

Licht flammte auf. Ein junger Mann in weißem Arbeitskittel rief durch den Raum: »Bist du das, Isabel?«

Büchner blinzelte.

Die Frau neben ihm stand hastig auf. »Ich bin hier, Rainer. Hast du die Listen fertig?«

Der Mann schwenkte einen Ordner und kam näher. Als er das Bild, das nur noch als matter Abglanz im hellen Licht zu sehen war, bemerkte, sagte er: »Schon wieder?«

Isabel Günther schaltete den Beamer aus. »Herr Rath, ein Kollege – Herr Büchner von der Polizei. Wegen des Diebstahls.«

Der Mann nickte flüchtig in seine Richtung. »Hör mal, wir müssen die Listen durchgehen. Und zwar bald.«

Büchner stand auf. »Ich will Sie nicht länger aufhalten.«

Isabel Günther nickte ihm zu und war mit ihrer Aufmerksamkeit schon bei ihrem Kollegen. Er verabschiedete sich und wandte sich zum Gehen. Erst auf der Straße fiel ihm ein, dass sie seine Frage nicht beantwortet hatte.

10.

Herd und Boden geputzt, Grill gereinigt, Heißluftherd ausgespritzt. Die Geschirrspülmaschine ratterte ein letztes Mal vollgefüllt vor sich hin. Verderbliche Lebensmittel standen im Kühlhaus.

Aufatmend sah sich Willi in der sauberen Küche um. Die Spülkraft, die der Chef geschickt hatte, war willig, konnte aber allenfalls den Fettfänger ausleeren, Müllsäcke schleppen und Teller abkratzen.

»Mensch, Sebastian«, murmelte sie in die Chromanrichte.

Wo er jetzt wohl war? Nicht die körperliche Hülle, sondern er – Sebastian. Vielleicht war ein Teil von ihm immer noch hier, in der Küche. Jetzt, wo sie seine Arbeit mit erledigen musste, merkte sie erst, wie viel er geschuftet hatte, die alte Küchenschabe. Bis sie wieder jemanden so gut eingearbeitet hatte … Ach Unsinn, lange war sie sowieso nicht mehr hier.

Wieder betrachtete sie die Küche, sah die Messerspuren im Schneidetisch, die sauberen Pfannen mit ihren abgegriffenen Stielen, den halb abgebrochenen Knopf der fünften Flamme am Gasherd.

Ihre erste eigene Küche.

»Blöde Tusse, sentimentale Kuh«, beschimpfte sie ihr verwischtes Spiegelbild in den dunklen Fensterscheiben. Ihre Nasenflügel bebten, als sie tief den Geruch einsog. Ein wildes Konglomerat aus brutzelndem Fleisch, gedünsteten Zwiebeln, Koriander und Nelken, überdeckt von

Seifenlauge und Putzmitteln. Vertrauter Geruch, Feierabendgeruch, Heimatgeruch.

Los! Das Mise-en-place für morgen.

Sie ging zu ihrer Anrichte, kontrollierte die kleinen Schälchen und Flaschen. Meersalz war noch in Ordnung, genug weißer gemahlener Pfeffer. Der Mörser für die schwarzen Pfefferkörner stand sauber bereit. Gemischtes Öl, okay. Kochöl, okay. Olivenöl musste sie nachfüllen. Weißwein und Brandy, okay. Die Kerbelspitzen in Eiswasser standen im Kühlhaus, Schnittlauch und Petersilie würde sie morgen früh hacken. Genau wie den Knoblauch. Frische Brotbrösel durfte sie nicht vergessen. Ein Blick in den Brotkorb. Okay.

Die Butter zum Weichwerden hatte Sebastian morgens immer herausgestellt. Heute Morgen hatte sie das vergessen. Morgen daran denken, notierte sie im Kopf. Das Knoblauchkonfit war auch seine Aufgabe gewesen …

Mist, konzentrier dich!

»Willi?«

Als sie sich erschrocken umdrehte, hätte sie fast die Flasche mit Olivenöl fallen lassen, die sie immer noch in der Hand hielt.

In der Tür stand Wolf, in seiner alten Lederjacke, die Hände in die Taschen gebohrt. »Oben sind noch Gäste«, erklärte er lässig.

Eigentlich mochte sie es nicht, wenn Fremde in ihrer Küche waren. Noch nicht einmal nach Feierabend. Aber jetzt war sie froh, nicht alleine zu sein. »Hey, Wolf. Warte, ich mache schnell die Messer fertig, dann komm ich mit nach oben.«

Sie stellte die Flasche weg und griff sich ihr Hackmesser, das mit den anderen frisch gespült auf einem Handtuch lag.

»Wieso schleppst du die eigentlich immer mit?«, fragte Wolf und zog sich den weißen Küchenschemel heran.

Wieder musste Willi schlucken. Dort hatte immer Sebastian gesessen und ihr beim Messerschleifen zugesehen. Einen kurzen Moment überlegte sie, ob sie ihn bitten sollte, sich woanders hinzusetzen. Aber es gab sonst keine Sitzmöglichkeiten in der Küche.

»Das ist mein Handwerkszeug. Ich meine, die waren teuer«, erklärte sie vage, während sie den eingeweichten Wasserschleifstein vor sich auf die Anrichte legte und begann, ihr Messer langsam darauf hin und her zu ziehen.

»Das ist ein japanisches Santoku-Messer. Ein Hackmesser. Mit großem Abstand zwischen Klinge und Schaft für die dicken Küchenhände.«

»Hast du Angst, die werden geklaut?«, fragte er.

Ohne zu antworten, ging Willi an ihm vorbei. An der Innenseite der Küchentür hing ihr grüner Anorak. Sie zog ihre abgegriffene Messertasche vor, ging zu ihrem Platz und breitete sie aus.

Wie sollte sie Wolf das erklären? Dass die Messer sich mit den Jahren ihrer Hand, ihrer Kraft, ihrem Druck angepasst hatten? Dass sie ein Teil von ihr waren, die Verlängerung ihrer Hände? Sie zuckte die Achseln. »Schon.«

»Dumme Geschichte – das mit der Küchenschabe«, kam es vom Hocker.

»Das ist ein Filetiermesser für Fisch.« Sie hob das nächste Messer, ließ die weiche Klinge an ihrem Handballen abfedern. »Zum Abschaben der Fischhaut.«

»Unfälle passieren eben. Ich habe ihm immer gesagt, dass seine Maschine Schrott ist.«

Willi wandte sich ab, steckte das Hackmesser und das Filetiermesser in die vorgesehenen weichen Lederschlaufen. Sie wollte nicht über Sebastian reden – nicht mit Wolf. Sebastian war ihm immer egal gewesen. Das wusste sie. Genau wie Armin und sie ihm egal waren.

Irgendwann war er in der *Goldenen Gans* aufgetaucht.

Wollte einen Fahrgast abholen, der längst schon gegangen war. Sie, Armin und Sebastian waren beim Feierabendbier wie jeden Abend. Er war einfach geblieben – und wieder gekommen, immer wenn sie Feierabend hatten.

»Tut mir echt leid um die Küchenschabe«, betonte er.

Sie drehte sich um.

Er grinste.

Gar nichts tat ihm leid. »Das hier ist das Tranchiermesser für Fleisch. Siehst du, die Klinge ist hart. Dreifach gehärtet, damit du durch Fett, Fasern und Muskeln kommst. Sogar Knochen kriegst du damit klein.«

Wolf zuckte die Achseln. Wenn sie keine Lust auf Gerede hatte, war ihm das Recht. Hätte er sich denken können bei ihr. Willi war ein harter Brocken. Armin hatte er im Griff, der kannte nur eins: sein Restaurant. Dafür würde er alles tun. Die Schabe war sowieso ein Loser. Gut, dass er nicht mehr dabei war. Aber Willi ... »Ich rede ja nicht gern darüber, aber jetzt, wo Sebastian tot ist ... Seinen Anteil teilen wir. Hat jeder mehr, oder?«

Sie hielt in ihrer gleichmäßigen Reibebewegung inne. »Das ist nicht besonders gut für Armin und mich. Sebastian wollte seinen Anteil in unser Restaurant stecken. Armin und ich haben alles durchkalkuliert. 90.000 Euro ist das Minimum, das wir brauchen ...«

»30.000 für jeden. Das war abgemacht. Ich will mich nicht an eurer Klitsche beteiligen. Und dass ich einen Teil von Sebastians Geld kriege, ist doch wohl klar.«

Sie senkte den Kopf und rieb wieder ihr Messer.

»Immerhin hab ich das Ding ins Laufen gebracht. Ohne mich hättet ihr nie die Aussicht auf das Geld. Und jetzt soll ich eure bescheuerten Ideen sponsern?«

Sie hob das Messer ins Licht.

»Aussicht auf Geld, du sagst es. Bis jetzt haben wir erst mal das Risiko und sonst gar nichts.«

»Ja! Und dabei bleibt's auch erst mal!« Wütend stand er auf und stieß den weißen Plastikhocker mit dem Fuß unter die Anrichte. »Eben habe ich mit den Abnehmern telefoniert. Wegen eurer blöden Schabe halten die sich bedeckt. Was glaubst du, was ich mir anhören musste. Die Polizei ermittelt! Die fassen uns nicht mal mit der Greifzange an. Wir sollen das in Ordnung bringen. Bis dahin keinen Kontakt!« Noch jetzt brannte sein Gesicht vor Scham, wenn er sich an das Telefonat erinnerte. Diese kalte Stimme! Als wäre es seine Schuld, dass dieser Idiot nicht Motorrad fahren konnte. »Amateure«, hatte die Stimme gezischelt. »Ihr Amateure habt meinen Namen auch noch bei der Polizei genannt.«

»Wir waren mit Sebastian zusammen, bevor ... das passiert ist. Das mussten wir angeben. Das hat doch nichts mit dem Bruch zu tun. Und überhaupt. Langsam könntest du mal ausspucken, wer die Abnehmer sind. Für wen ziehen wir den Mist überhaupt ab?«

Einen Moment hatte er das Gefühl zu ersticken. Es gab einfach keinen Sauerstoff mehr in der Luft. Er fühlte den Zorn wie eine rote Welle hinter seiner Stirn. Da stand Willi, polierte ihre dämlichen Messer und redete so mit ihm. Das traute sich noch nicht einmal sein Vater, dieser Schlappsack. Die rote Welle wurde stärker, mächtiger. Raubte ihm den Atem. Wie durch ein umgedrehtes Fernrohr sah er nur noch dieses dünne, strubbelige Mädchen in den schmutzigen Kochhosen und der weißen Jacke, die ein Messer hochhielt. Ein Messer, das im Lampenlicht glitzerte und funkelte. Ein kleines Messer mit einem spitzen, bösartig gebogenen Griff.

Mit zwei Schritten war er bei ihr.

Sie hielt das kleine Messer fest in der Faust. »Das ist übrigens ein Touniermesser. Zum Schnitzen von Lebensmittelfiguren, auch zum Kartoffelschälen. Es ist besonders scharf.«

Langsam wich er zurück.

11.

»Ach nee!«

»Ach ja!«

Grinsend standen sie einander gegenüber, die Tante und der Neffe.

Isabel Günther nahm ihn in den Arm. »Hey, du bist schon wieder gewachsen.«

»Ach komm.« Verlegen ließ er sich drücken. Sie roch gut. Ein bisschen nach Apfelsinen oder Aprikosen, mit einer Spur kaltem Zigarettenrauch. Der Tante-Isabel-Geruch.

»Mama ist nicht da.«

»Na prima.«

Wieder grinsten beide. Isabel war es mehr als recht, Paul allein zu treffen. Ohne die wachsamen Augen ihrer älteren Schwester. Sie hatte sich zwar schon ein Ablenkungsmanöver ausgedacht, aber so war es einfacher.

»Ich wollte dich besuchen.«

»Sturmfreie Bude«, erklärte er und zog sie in den Hausflur.

»Bei euch herbstet es ja gewaltig«, stellte sie fest.

Ein großer Weidenkorb mit Kürbissen, abgeschälten Maiskolben und dekorativem Stroh schmückte den Flur.

»Warte erst ab, bis es weihnachtet«, sagte er verheißungsvoll, als er die Treppe, die mit buntem Weinlaub geschmückt war, nach oben stieg. »Da gibt's kein Halten mehr. Der Winterwald ist ein Scheißdreck gegen die Hütte.«

»Sei nicht so frech.« Da war wieder dieses zwiespältige Loyalitätsgefühl gegenüber ihrer Schwester. Wenn sie sich über deren jahreszeitliche Dekorationswut lustig machte, war das eine Sache. Wenn ihr Neffe in dasselbe Horn blies, fühlte sie sich wie ein Verräter.

Trotzdem, Becky war einfach irre.

Als Isabel den Treppenabsatz erreichte, der in die Wohnräume führte, verschlug es ihr den Atem. Überall Zierkürbisse, Strohgeflechte und getrocknete Sonnenblumen. Wie fand ihre Schwester, immerhin eine gefragte Handchirurgin, bei allem Stress den Nerv, ihren Neubau immer wieder in ein den Jahreszeiten angepasstes Bauernhaus zu verwandeln? Kompensation durch Idylle? Oder ein bewusster Gegenentwurf zu dem kalten, schmucklosen Haus der Großeltern?

Sie schnupperte. Roch es nicht schon nach Zimt und Orangen?

»Duftöl. Eine neue Mischung.« Paul neben ihr verzog den Mund zu einem Grinsen.

Isabel nickte abwesend. Unter den Wohlgerüchen meinte sie, den scharfen Sauerkrautgestank ihrer Jugend wahrzunehmen. Sauerkraut und Putzmittel – bei dieser Kombination wurde ihr heute noch übel.

Der Geruchssinn hatte eben das längste Gedächtnis. Nur an den Geruch ihrer Mutter konnte sie sich überhaupt nicht mehr erinnern. Bestimmt hatte sie gut gerochen, vielleicht so wie das Haus ihrer ältesten Tochter.

»Solange Papa und ich nicht mit Weinlaub umkränzt werden oder im Advent rote Zipfelmützen tragen müssen …«

Dankbar, dass er sie ablenkte, lächelte Isabel ihn an. Der Junge war ihr sehr ähnlich, nicht nur wegen der kastanienroten Haare und der grünen Augen.

»Kitsch und Kunst. Liegt alles im Auge des Betrachters«, erklärte er, als er seine Zimmertür öffnete.

Hier konnte von Kitsch allerdings keine Rede sein. Sein Zimmer sah aus wie eine wissenschaftliche Station zur

Erdbeben- oder Meteoritenerforschung: mehrere Computer, mit dicken Kabeln verbunden, die sich wie Urwaldtiere über den Teppich schlängelten; geheimnisvolle Messstationen, deren Zeiger unrhythmisch ausschlugen; Bildschirme mit grauem Geflusel; Tabellen und Zahlen an den Wänden. In einer Ecke ein schmales Bett, das neben zerwühlten Decken und Kissen auch noch zwei ausgeschlachtete Fernsehgeräte beherbergte, in der anderen ein überladener Schreibtisch vervollständigten das Chaos.

»Deine Deko wird auch immer wilder«, meinte sie.

Statt einer Antwort räumte er ein paar Kabel beiseite und legte damit einen Hocker frei, den er ihr großzügig anbot.

»Bei euch im Museum ist ja die Hölle los.« Er setzte sich ihr gegenüber, sah sie erwartungsvoll an.

Kurz zögerte Isabel. Ein winziges Schnauben zwischen gespitzten Lippen, dann stieß sie vor: »Kann man sich ohne Gefahr in den Polizeicomputer hacken?«

Vorsichtig lehnte er sich zurück. »Man? Ohne Gefahr für wen?«

»Ohne Gefahr für den Hacker natürlich.«

Er grinste. »Kommt auf den Hacker an.«

Eindringlich sah sie ihn an. »Wenn ich dir sage, was ich an Infos brauche, versprichst du mir dann, nicht zu fragen wozu?«

»Ganz schön viel verlangt, oder?«

»Komm schon! Ich will dich da nicht mit reinziehen. Je weniger du weißt, desto besser.«

»Ich vertraue dir doch auch.«

Das stimmte. Sie war die einzige, die wusste, dass er Hacker war. Seine Eltern würden sofort einen Herzschlag bekommen. Wie überhaupt bei einigen seiner Unternehmungen. Tante Isabel nahm das cool.

»Das hat nichts mit Vertrauen zu tun.«

Schon wieder sah sie ihn so komisch an.

»Ich kann es dir nicht sagen, verstehst du?«

Er verstand nicht, aber etwas in ihrem Gesicht warnte ihn, weiter in sie zu dringen. Sie konnte unglaublich stur sein. Wenn er weiter nachfragte, würde sie einfach aufstehen und gehen. Vielleicht gab es ja noch andere Möglichkeiten, herauszufinden, was er nicht wissen sollte.

Übertrieben seufzend verschränkte er die Arme vor der Brust. »Okay!«

»Versprochen?«

Er verdrehte die Augen. »Jaaaa! Versprochen.«

Isabel kramte aus ihrer Tasche ein Päckchen mit Zigaretten. Als sie sich eine anstecken wollte, meinte er: »Rauchverbot.«

»Ach komm …«

»Nichts da.«

Verärgert stopfte sie die Zigarette zurück. »Du bist wie deine Mutter.«

Falls sie ihn damit treffen wollte, lag sie meilenweit daneben.

»Was willst du wissen?«, fragte Paul.

»Ich brauche alle ungeklärten Todesfälle der letzten beiden Tage im Umkreis von hundert Kilometern.«

Verblüfft ließ er die Arme sinken. »Das ist alles?«

»Sechs Tage lang. Alle zwei Tage die neuesten.«

»Ungeklärte Todesfälle?«

»Ja. Morde, Selbstmorde, unerklärliche Unfälle, alles, was du findest.«

Er hatte ja mit vielem gerechnet, aber damit nicht. So wahnsinnig kriminell hörte sich das gar nicht an. Schade.

Während ein Teil seines Kopfes sich noch fragte, wozu sie ausgerechnet so etwas wissen wollte, war der andere schon mit Möglichkeiten beschäftigt. »Wichtig ist, dass der Polizeicomputer vernetzt ist.«

»Vernetzt?«

»Unser Schulcomputer hängt zum Beispiel nicht am Netz. Das ist ein reiner Verwaltungsrechner. Da kommst du von außen nicht dran. Da musst du einbrechen und das Passwort vom Konrektor knacken. Es heißt übrigens ›Waldemar‹. Wie sein Dackel. Der Mann ist unglaublich originell.«

»Du hast …?«

»Ich?« Paul riss die Augen auf und sah seine Tante unschuldig an. »Neverever. Also, hängt der Polizeicomputer am Netz?«

Sie biss sich auf die Unterlippe. »Warte! Doch«, sagte sie dann. »Man kann der Pressestelle der Polizei eine Mail schicken. Also müssen sie im Netz sein.«

»Sehr gut. Dann kriegen die eine Mail – mit einem klitzekleinen Trojaner.«

Interessiert beugte sie sich vor.

»Ich schicke denen einen kleinen Virus, ein trojanisches Pferdchen, das den Rechner nach Passwörtern durchsucht und sie mir ins Ohr flüstert.«

Davon hatte sie gehört, das Netz war voll von Warnungen vor Viren und Trojanern.

»Sobald wir den Namen eines Polizisten, sein Passwort oder seine Kennziffer haben, sind wir durch die Tür. Dann ist die Firewall so nutzlos wie ein Pickel am Arsch.« Triumphierend sah Paul sie an.

»So einfach geht das?«

»Das muss ich checken. Wenn ich so nicht reinkomme, ruf ich mal ein paar Kumpel an. Es gibt da echte Spezialisten, gegen die bin ich ein nasses Handtuch.«

Ihr Neffe war alles andere als ein nasses Handtuch. Zärtlich sah sie ihn an.

»Und jetzt verschwinde und lass mich arbeiten.« Paul lächelte, erhob sich und ging zur Tür. »Und mach dir mal keine Sorgen. Schließlich bin ich hochbegabt, oder?«

Entschlossen stand sie auf. »Kriminell hochbegabt.«

»Da ähnele ich eben eher meiner lieben Tante als meiner Mutter.« Mit einer schwungvollen Handbewegung wies er zum Gang.

Zögernd ging Isabel zur Tür. Als sie sich zu ihm umwandte, war er schon über seine Tastatur gebeugt. Es war falsch, ihn da mit hineinzuziehen, den Sohn ihrer Schwester. Sie hatte Becky schon genug angetan. Ganz kurz schien ein leichter Geruch nach Sauerkraut in der Luft zu liegen. Ach was! Geruchshalluzinationen.

Entschlossen packte Isabel den Türgriff. Paul war ihre einzige Chance, Sauerkraut hin oder her.

12.

Es regnete in Strömen. Vergeblich versuchte der Scheibenwischer das Wasser, das vom Himmel fiel, von links nach rechts zu schieben. Hypnotisiert beobachtete Büchner den kleinen Sisyphus bei der Arbeit.

Boger, der den Wagen fuhr, starrte vor sich hin.

»Ich war gestern noch bei dieser Frau Günther im Museum«, erzählte Büchner, die Augen auf den Scheibenwischer gerichtet. Ein kurzer Seitenblick zu seinem schweigsamen Kollegen. Hatte Boger eine Augenbraue hochgezogen?

Kurz fühlte er den Stich eines schlechten Gewissens. Natürlich, er hätte ihn mitnehmen müssen. Sie waren ein Team. Mein Gott, daran musste er sich eben erst gewöhnen!

»Dieses unbekannte Bild, das gestohlen wurde …«

»Der komische kleine Junge?«

Boger hatte sich das Bild also auch angesehen.

»War nur ein kleines Foto in der Liste, nicht so präsentiert wie die anderen. Trotzdem, komisches Bild.«

Interessiert wandte Büchner den Kopf. »Was meinen Sie mit komisch?«

Eine Weile herrschte Schweigen. Nur Regengeprassel, gedämpftes Aufspritzen von Wasser und das Brummen des Motors waren im stickigen Wageninneren zu hören.

Boger wandte seinen mächtigen Schädel. »Wenn Sie den Kleinen auf dem Bild ansehen, wirkt er ganz nett. Je länger Sie ihn ansehen, desto bösartiger schaut er zurück.«

Hastig sah Büchner wieder nach vorne. Also hatte er sich doch nicht in etwas hineingesteigert. Boger hatte es auch gemerkt.

»Kennen Sie diesen Spezialisten, den wir abholen?«, fragte sein Kollege.

Überrascht von dem abrupten Themenwechsel schüttelte Büchner den Kopf. »Nicht persönlich. Er ist vom Dezernat 431, Stuttgart. Wirtschafts-, Umwelt- und Kunstkriminalität. Ein bekannter Mann.«

»Die haben für Kunst ein eigenes Dezernat?«

»Neulich habe ich gelesen, dass Kunstraub nach Drogen- und Menschenhandel das lukrativste Verbrechen ist. Tendenz steigend.«

Boger pfiff durch die Zähne, setzte den Blinker und bog in einer Wasserfontäne zur Bahnhofsauffahrt.

»Ein Kunstspezialist. Da bin ich mal gespannt.« Mit diesen Worten hielt er genau vor dem gläsernen Vordach des Bahnhofs.

»Hier können wir nicht stehen bleiben.« Mit skeptischem Blick musterte Büchner die Halteverbotsschilder, die sie draußen umzingelten.

»Ich drehe ein paar Runden, und Sie holen den Kollegen«, erklärte Boger.

Bereitwillig befreite Büchner sich von seinem Gurt, öffnete die Tür und stand schon mit einem Fuß auf der Straße, als er hinter sich hörte: »Was gab's denn Interessantes bei der Museumstante?«

Er warf einen Blick zurück.

Begütigend hob Boger die Hände: »Okay. Bei der Dame vom Museum?«

»Sie glaubt, das Bild wurde von Frans Hals gemalt.«

»Ah ja.«

»Ein niederländischer Meister. Von 1581 bis 1666. Ungefähr.«

»Ah ja«, antwortete Boger erneut, nachdenklicher diesmal. Büchner nickte ihm zu und stieg aus.

Die Digitalanzeige der Bahnhofsuhr zeigte 14 Uhr 16. Der Zug von Stuttgart war schon durch. Zwecklos, zum Bahnsteig zu gehen.

Suchend sah er sich um, musterte die Reisenden. Mit triefenden Schirmen bewehrt waren diejenigen, die von draußen kamen; mit hochgeklappten Schultern und Mantelkrägen jene, die nach draußen wollten. Ein Zwischenort – diese feuchte Vorhalle mit den nassen Menschen. Nicht im unwirtlichen Freien, nicht schützend und warm wie ein Innenraum.

Büchners Blick suchte in den Gesichtern.

Ein junger Mann in modischem Trenchcoat sah herüber.

Zu jung, zu …

Ein kurzes Nicken.

Warum nickte der Typ?

Als er näher kam, wirkte er gar nicht mehr so jung. Dichte Locken, mit dekorativem Grau an genau den richtigen Stellen. Ein edel-kantiges Gesicht. Kleine Lachfältchen um die grüngrauen Augen. Unter dem Trenchcoat breite Schultern und ein durchtrainierter Körper.

So sah kein Kunstspezialist aus. Höchstens ein Model von Joop oder Armani.

»Kriminaldienst Saarbrücken?«, fragte das Model.

Verblüfft nickte Büchner.

»Michael Hauser.«

»Woher …?«

»Ich kann Polizisten riechen.« Er stellte seine Reisetasche auf den Boden, streckte Büchner die Hand entgegen und lächelte. Ein so besonderes Lächeln, dass Büchner unwillkürlich stutzte. Kein mundwinkelverzerrendes Standardlächeln, kein Unterwerfungs- oder Demutslächeln.

Ein richtiges Lächeln, das die Augen erreichte. Vorsichtig griff er die ausgestreckte Hand und lächelte zurück.

»Nett, dass Sie mich abholen. Wollen wir?«

Als sie aus der Halle heraustraten, blieb der Stuttgarter stehen und hielt sein Gesicht in den strömenden Regen. Büchner sah, wie er sein besonderes Lächeln dem grauen Himmel schenkte.

»Wunderbar.«

Leicht irritierend, dieser Hauser, der sogar mit nassen Haaren attraktiv wirkte.

In diesem Moment hielt der Wagen vor ihnen. Boger, ein bisschen zur Seite gebeugt, winkte ihnen zu.

Nach Vorstellungsfloskeln in der geöffneten Autotür ließ sich der Stuttgarter auf dem Beifahrersitz nieder, Büchner schlüpfte nach hinten.

»Hotel oder Dienststelle?«, wollte Boger wissen, als er den Motor anließ.

»Könnten wir einen kurzen Abstecher zu dem Museum machen?«

Boger setzte den Wagen in Bewegung.

Michael Hauser sah interessiert aus dem Fenster, obwohl es bei dem Regen nicht viel zu sehen gab. Graue Häuser und nasse Strassen.

Als die Stille im Wagen auffällig wurde, beugte sich Büchner vor. »Ihr habt in Stuttgart eine eigene Abteilung für Kunstraub?«

»Wir bearbeiten alle Delikte im Zusammenhang mit Kunst und Antiquitäten«, antwortete Michael Hauser und beugte sich leicht nach hinten.

»Auch Fälschungen?«

»Ein großer Bereich. Und natürlich Diebstahl, Hehlerei, Raubgrabungen und so weiter.«

»Interessant«, meinte Büchner. Hauser verwirrte ihn, weil er überhaupt nicht wie ein Kunstexperte aussah. Er hatte eher einen älteren, professoral verhuschten Beamten erwartet. Dieser Kunstexperte wirkte so verdammt – heutig. Boger sah wie ein Klotz auf die Straße und schien nicht vorzuhaben, etwas zur Unterhaltung beizutragen.

»Bei dem Regen sieht man es nicht, aber die Stadt ist ganz nett«, sagte Büchner, um Bogers Schweigen wettzumachen.

»Ich kenne Saarbrücken. Ich hatte hier mal eine Freundin«, erklärte Hauser.

Boger grunzte. Ob abschätzig oder anerkennend, konnte Büchner nicht erkennen.

Vor dem Museum hielten sie. Der Stuttgarter beugte sich vor und spähte durch die regenüberströmte Windschutzscheibe. »Hatte ich also richtig in Erinnerung«, murmelte er und sagte zu den beiden gewandt: »Auf der Rückseite sind sie rein?«

»Durch ein Kellerfenster. Wollen Sie es sehen?«, fragte Büchner, obwohl er keine Lust hatte, durch den Regen zu laufen.

Hauser sagte: »Die Tatortarbeit, die sie beide gemacht haben, ist ausgezeichnet. Im Zug habe ich die Akten gelesen.«

Trotzdem wollte er den Tatort mit eigenen Augen sehen, auch wenn es nichts mehr zu sehen gab. Er war eben doch Polizist – auch wenn er nicht so aussah.

Boger öffnete die Fahrertür und stieg aus. »Sieht nach Amateuren aus«, sagte er. »Der Meißel war mehrmals angesetzt, dilettantisch. Dazu jede Menge Fußspuren. Die hatten Glück, dass es morgens so viel geregnet hat, sonst wären viel mehr verwertbare Hinweise darunter. Dann die Fasern, die wir gefunden haben. Ein Einbruch mit Wollhandschuhen!«

Hauser hörte aufmerksam zu.

Büchner trottete hinter den beiden her.

Boger referierte den gesamten Tathergang, alle Vermutungen, Spuren und Spekulationen.

Die ganze Zeit sah dieser Kommissar aus Stuttgart sich um, als wolle er sich die Rasenfläche, über die sie zum Museum gingen, das flache Gebäude, die umliegenden Bäume und Büsche genau einprägen. Dennoch vermittelte er den Eindruck, intensiv zuzuhören. Er lauschte jedem Wort, als wäre alles, was Boger sagte, unglaublich wichtig.

Er kniete sich sogar im Regen vor das aufgebrochene Kellerfenster und spähte ins Dunkel. Dann lehnte er sich an die Hauswand und schien nachzudenken. Zumindest sagte er nichts und starrte an ihnen vorbei.

Boger beobachtete den neuen Kommissar mit verschränkten Armen, offensichtlich willens, bis in alle Ewigkeit hier im Regen herumzustehen und zu schweigen.

Büchner schüttelte sich. »Ein bisschen nass hier, oder?«

»Habt ihr unter euren Kunden irgendwelche Verdächtigen? Leute, denen ihr es zutraut, sich für so einen Job anheuern zu lassen?«, fragte Hauser.

Er schien den Regen einfach nicht merken zu wollen.

Boger warf ihm einen Blick zu, löste sich aus der Starre und setzte sich in Bewegung. »Wir kümmern uns darum.«

»Es spricht viel dafür, dass es Auftraggeber für den Diebstahl gibt«, behielt Hauser den Faden. Aber wenigstens folgte er jetzt Richtung Auto.

»Was macht Sie da so sicher?«, hakte Boger nach.

»Erst einmal, weil sie keine Profieinbrecher sind.«

»Aber würde ein Auftraggeber nicht eher Profis engagieren?«

»Nicht unbedingt«, erklärte Hauser und stieg in den Wagen. Dankbar schlüpfte Büchner wieder auf seinen trockenen Rücksitz.

»Die Spur von Amateuren lässt sich schwerer verfolgen. Vor allem bei Ersttätern, die noch nicht aktenkundig sind.

Und es gibt keine Verbindung zu den Auftraggebern. Die agieren meist über eine Kontaktperson. Wenn wir dann die Diebe schnappen, wissen wir immer noch nichts über die Hintermänner.«

Statt den verdammten Wagen zu starten, damit sie endlich ins Warme kamen, saß Boger unbeweglich auf seinem Fahrersitz und nickte wie ein Wackeldackel.

»Für einen Auftragsdiebstahl spricht auch, dass die wertvollsten Bilder der Sammlung fehlen. Die unverkäuflichsten, weil bekanntesten.«

»Bis auf das eine«, warf Büchner missmutig ein. Er war nass, und ihn fror.

»›Der kleine Tod‹«, antwortete Hauser.

Mann, der hatte die Akten aber wirklich gelesen!

»Die Restauratorin glaubt, dass dieses Bild von Frans Hals gemalt wurde, sagt mein Kollege«, erzählte Boger.

Hauser pfiff durch die Zähne. Er konnte es nicht ganz so gut wie Boger.

Büchner schluckte seinen Missmut herunter und berichtete von seinem Besuch in der Restaurierungswerkstatt.

Wieder hörte der Stuttgarter aufmerksam zu.

»Ein kleiner Mörder, von einem alten Meister gemalt«, sagte er nachdenklich, nachdem Büchner seinen Bericht geschlossen hatte.

»Vielleicht war's ja kein ›Zufall‹, wie der Direktor meint, oder einfach ›Pech‹, wie die Günther sagt«, erklärte Boger.

Als seine Kollegen ihn ansahen, präzisierte er: »Ich meine, dann ist es doch auch ein wertvolles Bild.«

»Falls Hals wirklich der Maler ist. Auf jeden Fall lohnt es sich an dieser Restauratorin dranzubleiben.«

»Machen wir«, erklärte Boger.

Im Rückspiegel sah er Büchner an.

Merkwürdigerweise wusste Büchner, dass Boger bereit war, diesem gutaussehenden Kollegen zu trauen. Fast so, als könne er im Gesicht seines Kollegen lesen. Verwirrt von dieser überraschenden Intimität, lehnte sich Büchner im Sitz zurück.

»Noch etwas ist auffällig«, sagte der schöne Schwabe. »Die Bilder wären ohne die Rahmen wesentlich leichter zu transportieren. Unsere Amateure hätten sie herausschneiden, zusammenrollen und mitnehmen können. Dabei werden Bilder aber schnell beschädigt. Also tun sie es nicht. Ich nehme an, sie hatten genaue Anweisungen, was sie mitnehmen sollten und wie die Bilder zu behandeln waren.«

»Hört sich logisch an.« Mit diesen Worten startete Boger endlich den Wagen. »Zum Hotel?«

»Zur Dienststelle. Ich hoffe, ihr habt guten Kaffee?«

»Den besten«, sagte Boger.

»Den schlechtesten«, kam es gleichzeitig vom Rücksitz.

Der Stuttgarter lachte. »Also los.«

13.

Ihr Knie war die Insel, eine rosige, glitschige Insel, auf der die Schaumflöckchen ausrutschten.

Oder es war eine Torte mit Sahnehaube in der Mitte.

Winzige Bläschen dehnten sich, zerplatzten mit einem Knistern, lösten sich auf.

Isabel Günther räkelte sich in der Wanne und spürte, wie das warme Wasser die Muskeln lockerte. Sie schloss die Augen, lehnte sich zurück und hörte der knisternden Unterhaltung des Badeschaums zu. Nur das Wasser fühlen, den eigenen Körper, der allmählich immer leichter wurde.

Gesichter zogen an ihr vorbei. Die Augen von Zink, schamlos vorstehend, mit unsichtbaren Tentakeln, die versuchten, in sie zu kriechen. Der Totenkopf von de la Haye, diskrete Augen, zurückhaltend, von demselben Braun wie …

Sie setzte sich aufrecht und spürte wieder dieses Ziehen in ihrer Brust. Sie hätte das Bild mit nach Hause nehmen sollen. Hätte doch keiner gemerkt, keiner danach gefragt. Hier wäre es in Sicherheit gewesen. Sie winkelte die Knie an, umschlang sie mit den Armen, legte ihr Gesicht darauf. Tröstend schwappte das Wasser darüber. Sie war schuld. Sie hatte den kleinen Jungen in Gefahr gebracht, braune Augen, die sie vorwurfsvoll ansahen.

Mit der flachen Hand schlug sie in das Wasser.

Verdammt!

Sie griff die Seife, schäumte sie auf und fuhr sich mit der

flachen Hand über Schultern, Hals und Brüste. Kniete sich und verteilte den Schaum über ihrem flachen Bauch, rieb das Dreieck zwischen ihren Beinen. Die langen Narben an ihren Oberschenkeln waren schon lange keine Fremdkörper mehr. Vertraute Erhebungen an ihrem festen Körper.

Sie stand auf, drehte den Brausekopf, und kaltes Wasser prasselte auf den badewarmen Körper herunter. Unbeweglich stand sie da. Die nassen Haare wie ein Vorhang um das Gesicht, die eiskalten Tropfen wie eine Strafe.

Als sie es nicht mehr aushielt, drehte sie das Wasser ab, stieg aus der Wanne und rieb sich mit ihrem Badetuch, bis die Haut rosig glänzte, schlang sich ein Handtuch als Turban um ihr Haar und stellte sich vor den Spiegel. Aufmerksam betrachtete sie ihr Gesicht. Die matte Haut, den großzügig geschwungenen Mund, die Augen. Wenn sie genau hinsah, konnte sie Fältchen um die Augenwinkel ausmachen.

Sorgsam verteilte sie Creme auf ihre ebenmäßigen Züge. Schönheit – was war das schon? Bei einem Gesicht die Symmetrie, bei einem Kunstwerk das Gegenteil. Die Kanten, die minimalen Unregelmäßigkeiten, die leichten Verschiebungen, auch wenn der Goldene Schnitt eingehalten wurde.

Ein lautes Klingeln brach in ihre Gedanken. Erstaunt musterte sie ihr Spiegelbild. Zu ihr kam niemand. Und wenn, dann nur auf ausdrückliche Einladung. Auf keinen Fall aber um diese Uhrzeit.

Isabel Günther schlüpfte in ihren dicken Frotteemantel und ging zur Sprechanlage in den Flur.

»Ja?«

»Ich bin's«, sagte ihr Neffe.

Während sie den Türöffner drückte, stahl sich ein erwartungsvolles Lächeln in ihre Mundwinkel. Wenn Paul so spät noch vorbeikam, hatte er etwas herausgefunden.

Schon in der Tür streckte ihr Neffe siegreich seinen erhobenen Daumen.

Eine flüchtige Umarmung, dann zog sie ihn ins Wohnzimmer.

»Erzähl.«

Er streifte seine Jacke ab, ließ sich auf das Sofa vor dem offenen Kamin fallen. »Schön«, sagte er und rieb sich die Hände vor den Flammen. »Draußen ist es saukalt.«

»Wie sieht es aus?«, drängte sie.

»Du kannst schon mal den Wein aufmachen.« Er lächelte zufrieden.

Mühsam unterdrückte sie ihre Ungeduld. Er wollte erzählen. Also gut, sollte er. Sie würde zuhören. Eine Flasche Wein, das hieß, dass es etwas zu feiern gab.

Paul sah ihr nach, als sie in die Küche ging, um den Wein zu holen. Sah gut aus, mit Bademantel und Turban. War noch ziemlich flott, seine Tante. Zumindest für ihr Alter.

Behaglich räkelte er sich vor dem Kamin und sah sich im Zimmer um. Schön leer war es hier, im Gegensatz zum Haus seiner Eltern. Komisch nur, dass Isabel kein einziges Bild an der Wand hatte. Nur die zwei Riesenpflanzen vorm Fenster. Ansonsten weiße Wände, helle Möbel und Bücher, die auf verchromten Regalen den einzigen Wandschmuck bildeten.

»Wieso hast du keine Bilder?«, rief er zur Küche. »Du stehst doch auf Kunst, oder nicht?«

»Eben«, rief sie zurück.

Kurz dachte er über die Antwort nach.

Als sie zurückkehrte, hatte sie den Turban abgenommen.

»Schade. Eben hattest du was von Nofretete.«

Lächelnd stellte sie zwei Gläser und die geöffnete Flasche auf den Boden. »Darfst du überhaupt?« Fragend hielt sie ein Glas hoch.

»Hör mal, ich bin siebzehn.«

»Und ich will keinen Ärger mit deiner Mutter.«

»Das hättest du dir mal überlegen sollen, bevor ich den Polizeicomputer knacken sollte.«

Alarmiert sah Isabel ihn an.

»Keine Bange. Alles im grünen Bereich, aber so einfach, wie ich dachte, war's dann doch nicht.«

Sie kauerte sich vor den Kamin und schenkte zwei Gläser ein. »Ich hoffe, du magst einen Bordeaux.«

»Zur Not.«

Er sah, wie sie die Augen beim Trinken schloss. Eigentlich machte er sich nichts aus Wein, aber er roch gut, nach Beeren und Sonne.

»Die Virenabwehr der Polizei ist Eins a! Keine Chance mit meinen Pferdchen. Die haben sie abgeschmettert wie nichts«, begann er. »Als es mir zu heiß wurde, bin ich zu einem Kumpel. Der hat Kontakt zu einer Hackergruppe in Berlin. Die absoluten Profis, aber das kostet dich was.«

»Okay«, sagte sie gleichgültig.

»Einen Tausender«, sagte er zögernd. Sie zuckte noch nicht einmal mit der Wimper. Musste ja wirklich scharf auf die Informationen sein.

»Die haben was gebaut. Einen Pegasus unter den Pferdchen. Tolles Ding. Und der hat's geschafft.«

»Und?«

»Zuerst sind die in Inpol, Informationssystem der Polizei. Aber dort sind nur Straftaten und die Straftäterdatei. Dann Dipol, also das Datenverarbeitungssystem der saarländischen Polizei. Im Intranet, Dienstinformationssystem – toller Name – sind sie fündig geworden.«

Paul zog aus seiner Jeanstasche einen verknüllten Zettel. »Die Berliner haben sich schief gelacht über unsere Verbrechensquote. Ich habe nur zwei Fälle.«

Isabel stellte ihr Glas so heftig ab, dass es überschwappte

und sich auf dem weißen Berberteppich ein roter Fleck bildete. Sie merkte es nicht, streckte nur die Hand nach dem Zettel aus.

Er hielt ihn außer Reichweite und las: »In St. Ingbert haben sie einen Erhängten mit einer ›nicht ansteigenden Strangfurche in Richtung Aufhängepunkt‹. Super Amtsdeutsch, was? Soll wohl heißen, dass er sich nicht selber aufgehängt hat. Und in Kaiserslautern einen ›Verkehrsunfall mit ungeklärter Unfallursache‹. Da ist einer mit seiner Maschine gegen einen Baum gefahren.«

Sie sah ihn an, aber er hätte schwören können, dass sie ihn nicht bemerkte. Sah einfach durch ihn durch, als wäre er aus Glas. Mit dem Ringfinger fuhr sie sich über die Lippen. Er streckte ihr den Zettel entgegen. »Da steht alles drauf. Ort, Zeit, Namen, Adressen, Arbeitsplatz.«

Sie griff den Zettel und starrte darauf, als wolle sie ihn auswendig lernen.

»Ich kapier's einfach nicht. Warum gibst du einen Tausender für was aus, das du morgen unter ›Vermischtes‹ in der Zeitung lesen kannst?«

Endlich sah sie von dem Zettel hoch und blickte ihn an, als würde sie seine Anwesenheit erst jetzt wieder wahrnehmen. »Sag deinen Freunden, sie sollen die nächsten Tage weitermachen. Alle ungeklärten Todesfälle. Das Geld bringe ich dir morgen vorbei.«

»Ist irgendwie makaber. Warum interessieren dich diese Toten? Erklär's mir, wenn ich weitermachen soll.«

»Du hast versprochen, nicht zu fragen.«

»Erklär's mir!«

Isabel wandte den Kopf zur Seite, sah in die Flammen. Das Feuer hatte angefangen ihr Haar zu trocknen. Einzelne rote Strähnen flimmerten im Licht.

»Hast du schon einmal etwas ganz dringend gewollt?«, fragte sie, ohne ihn anzusehen.

»Klar«, sagte er.

»Nein. Ich meine wirklich gewollt. Begehrt. So brennend wie Feuer. Etwas, ohne das du nicht mehr atmen kannst. Etwas, das dich besetzt, Tag und Nacht. Du wachst mit dem Gedanken daran auf und schläfst mit ihm ein. Deine Seele hungert, solange du es nicht hast. Du würdest alles dafür tun, es zu bekommen.«

Ihre Stimme war leise, fast monoton. Trotzdem wagte er kaum zu atmen. Seine Tante neigte nicht gerade dazu, ihre Seele zu entblößen. Spaß konnte man mit ihr haben, eine gute Verbündete in der Erwachsenenwelt. Aber diese Frau am Kamin war ihm fremd.

Plötzlich drehte sie den Kopf und sah ihn an. »Du musst mir helfen. Einer von diesen Toten ist eine Spur. Mehr kann ich dir nicht sagen.«

Paul atmete durch. »Okay. Machen wir weiter mit der Kadaverschau.« Der lockere Ton fiel ihm schwer.

14.

»Darf ich um Ruhe bitten?«

Das Füßescharren, Kaffeeschlürfen und Murmeln verstummte. Die zwanzig Männer, die sich um den langen Tisch versammelt hatten, sahen aufmerksam nach vorne. Kriminalrat Ficht blickte in die Runde. »Der Leiter des Dezernats 42 und der LKA-Direktor haben aufgrund der großen Zahl zu bearbeitender Spuren und Ermittlungsansätze sowie des hohen Wertes der gestohlenen Bilder entschieden, eine Sonderkommission einzurichten. Wir haben uns für den Namen ›SOKO Marc‹ entschieden, nach dem Maler Franz Marc, dessen Bild ›Das blaue Pferdchen‹ zu den wertvollsten der gestohlenen Bilder zählt. Ich bin als Leiter der SOKO eingesetzt worden.«

Büchner sah den Kriminalrat interessiert an. Natürlich kannte er Ficht, den Stellvertreter von Rainer Liebs, und dessen Ruf, besonders gründlich und besonders humorlos zu sein. Mit ihm gearbeitet hatte er allerdings noch nicht.

Boger neben ihm machte ein Geräusch, eine Art Grunzen. Das Geräusch irritierte Büchner, weil er es nicht einordnen konnte. Abwertend oder anerkennend?

»Unsere Aufbauorganisation, zuständig für Technik, Personalführung und innere Abläufe.« Mit der Hand wies er auf die Männer, die neben ihm saßen.

Mit »Fat Man« Memmler, dem Mann für Personalführung, hatte Büchner schon gearbeitet. Fat Man trug seinen Spitznamen zu Recht – ein behäbiger Klotz von Mann, der ganz aus Speckwülsten zu bestehen schien.

Büchner wusste jedoch, dass sich unter dieser Masse ein wacher Geist versteckte. Für innere Abläufe war Kruse zuständig, der neben Fat Man geradezu schmächtig wirkte. Den dritten, Peter Schiele von der Kriminaltechnik, kannte Büchner nicht. Ein Wieselgesicht, das die ganze Zeit zu ihm und Boger herübergrinste.

Büchner fand das Grinsen unangenehm. Wahrscheinlich zerriss sich ohnehin die Hälfte der SOKO das Maul über seinen neuen Kollegen. Ein erneutes Boger-Grunzen ließ ihn einen Seitenblick riskieren. Mit verschränkten Armen und demselben Grinsen wie Schiele starrte Boger zurück. Das konnte ja heiter werden.

»Als vierten im Bunde und Ihnen wahrscheinlich nicht persönlich bekannt, möchte ich Ihnen Michael Hauser vom LKA Baden-Württemberg vorstellen«, fuhr Ficht fort.

Das Interesse der Männer stieg, zu erkennen an den gereckten Hälsen und den Blicken, die auf Hauser gerichtet waren.

»Freundlicherweise hat er sich bereit erklärt, die SOKO Marc zu unterstützen. Herr Hauser zählt zu den besten Kennern des Kunstmarktes.«

»Ein Schwabe! Der kann alles, außer Hochdeutsch«, murmelte Schiele.

Gelächter und Gemurmel folgten.

Zwanzig Augenpaare musterten den schönen Kommissar, der so gar nicht nach Kunstexperte aussah. Büchner sah in die Runde.

Da also saßen sie, seine Kollegen für die nächste Zeit. Ein wild zusammengewürfelter Haufen, zu dem keine Frau gehörte.

Die meisten trugen lässig Jeans und Pullover, ein paar waren Anzugträger. Trotz aller Unterschiedlichkeit eine in sich geschlossene Gesellschaft. Polizisten eben, die während der nächsten Tage und Wochen in Zweiergruppen zusammenarbeiten würden. Büchner wusste, dass sie aus allen Dezernaten kamen und alle wahrscheinlichen Handlungsfelder der SOKO abdecken konnten. Egal ob Hinweisaufnahme und -bearbeitung, Spurenaufnahme, -untersuchung und -bewertung, nationale und internationale Koordinierung, Vernehmung, Aktenführung und Fahndung – die Männer waren Profis. Geschulte Jäger im Spiel von Gut und Böse, geschult darin, Extremsituationen und Stress auszuhalten.

»Da bin ich bei ihnen im Saarland ja in bester Gesellschaft«, konterte Hauser gerade den Schwabenwitz.

Einzelne Lacher, ein paar halblaut ausgetauschte Bemerkungen.

Harald Ficht rückte seine randlose Brille zurecht und raschelte ungehalten mit einem Papierstapel, den er vor sich aufgebaut hatte. Er schien Witzeleien während der Arbeit nicht zu schätzen.

»Die Kollegen Boger und Büchner haben ihm gestern den Tatort gezeigt, Schmidt hat schon einen Überblick über Datenerfassung und -verarbeitung gegeben. Herr Hauser ist also auf dem Laufenden.«

Schneider, ein immer gehetzt wirkender Kollege von der Fahndung, hob die Hand.

»Herr Schneider?«

»Kollege Hauser und ich haben uns auch schon getroffen. Wir haben die Meldung ans BKA gemacht, die gestohlenen Kunstwerke in unsere Datenbank übernommen und die Fachzeitschriften informiert.«

Kommissar Hauser räusperte sich. Mit einer Handbewegung erteilte ihm Ficht das Wort.

»Ich habe mich gestern mit der Dame des ›Art Loss Register‹, Deutschland in Verbindung gesetzt und die Bilder dort registrieren lassen.«

»Was ist das denn?«, wollte Schiele wissen.

»Eine Datenbank für gestohlene Kunstschätze«, erklärte Hauser. »Sie haben Büros in New York, Paris, Moskau und in Köln. Mit mehr als 150.000 Datensätzen über gestohlene Kunstwerke und Kulturgüter.«

»Sie bieten auch die Überprüfung von Auktionen an. Gute Sache«, warf Schneider atemlos ein.

»Was glauben Sie, was mit den gestohlenen Bildern geschieht?«, wandte sich Büchner an Hauser.

»Dazu müssen wir uns die Struktur des Diebstahls ansehen«, erwiderte der Kunstexperte.

»Die Täter waren Amateure«, konstatierte Boger erneut. »Von der Fußabdruckstiefe ausgesprochene Leichtgewichte. Eventuell sogar Jugendliche. Wie es aussieht, drei Männer und eine Frau. Sie haben nur ausgewählte Bilder mitgenommen, sind sorgsam damit umgegangen und hatten ganz offensichtlich einen Verbindungsmann aus dem Museum. Das alles spricht für Diebstahl auf Bestellung.«

Während Boger redete, sah Hauser zu Büchner, der leicht genervt den Ausführungen seines Kollegen zuhörte.

»Das ist mittlerweile klar«, sagte Büchner ungeduldig. »Aber wer gibt so einen Diebstahl in Auftrag?«

»Schwierige Frage«, erklärte Hauser. »Der legendäre Sammler, der sich gestohlene Bilder im Privatsafe ansieht, ist mir bis jetzt noch nicht begegnet.«

»Kein Doktor No?«, fragte Schiele dazwischen und pfiff die Anfangsmelodie von James Bond.

Wieder waren einzelne Lacher zu hören.

»In den allermeisten Fällen ist der Diebstahl von Kunstwerken nicht mehr als das Mittel zu einem völlig kunstfernen Zweck. Kunst ist eine Währung geworden. Wer groß ins Drogengeschäft einsteigen will, kann das dafür notwendige Heroin inzwischen durchaus mit einem Impressionisten bezahlen. Das Saarland gilt als Rückzugsort der Mafia. Das wäre ein Ansatzpunkt für die Drogenfahnder.«

»Wir können uns einmal umhören«, meinte ein bärtiger junger Mann.

»Kein Problem«, sagte der Beamte neben ihm. »Oft hört man im Vorfeld, wenn was Größeres geplant ist.«

Hauser nickte. »Tun Sie das! Bilder können auch als Kreditabsicherung dienen. Das wäre dann etwas für das Betrugsdezernat.«

Zwei Männer, die am anderen Ende des langen Tisches saßen, sahen sich an und nickten Hauser zu.

»Natürlich gibt es auch die Fälle, in denen Kunstwerke eine private Versicherung dafür sind, im Fall einer Verhaftung wegen anderer Verbrechen Strafmilderung zu erhalten.«

»Das gibt's doch nicht«, fuhr Boger auf. »Ein Deal mit Verbrechern? Ich fasse es nicht.«

Einen Moment herrschte Schweigen. Konnte Boger nicht einfach die Klappe halten? Büchner musterte angelegentlich die Tischplatte. Jeder im Raum wusste, dass Boger unter Verdacht stand, bei einer Drogensache die Betreiber einiger Spielhöllen vor einer Razzia gewarnt zu haben. Und ausgerechnet der ereiferte sich jetzt über die Zusammenarbeit mit Kriminellen.

»Im Rahmen der Gesetze natürlich. Aber das entscheidet die Staatsanwaltschaft«, sagte Hauser, der wohl nichts von Bogers Vorgeschichte wusste.

Boger schüttelte den Kopf. »Ich glaube es nicht.«

»Übergeordnetes Interesse«, raunte Büchner ihm zu.

Endlich merkte Boger selbst, dass die Stimmung im Raum umgeschlagen war – und dass Büchner ihm gerade eine goldene Treppe baute. Mit einer fahrigen Handbewegung strich er sich die halblangen Haare nach hinten.

Hauser schien zu merken, dass etwas nicht stimmte,

konnte es aber wohl nicht einordnen. Ein wenig verunsichert fuhr er fort: »Natürlich gibt es immer noch die Möglichkeit, dass die Diebe auf eigene Faust gehandelt haben. Ohne Abnehmer. Dann werden sie sehr schnell feststellen, dass der Verkauf nicht so einfach ist. Eventuell melden sie sich beim Museum oder der Versicherung und bieten die Werke zum Rückkauf an.«

»Da haben sie aber nicht viele Chancen«, warf der gutgelaunte Schiele ein. »Auf den Museen sitzt doch überall der Pleitegeier.«

»Auch ich halte die letzte Möglichkeit nicht für wahrscheinlich«, sagte Hauser. »Wir sollten als Hypothese von einem Diebstahl auf Bestellung ausgehen.«

Boger, der die ganze Zeit unbeweglich gesessen hatte, beugte sich nach vorne. »Wir könnten uns bei unseren Kunden umhören. In Bars und Diskos. Wenn da was läuft, also jemand für ein Ding angeworben werden soll, spricht sich das rum.«

»Eins wundert mich«, sagte der Mann links neben ihm. »Wenn eine Organisation dahinter steckt, wieso nehmen die Amateure? Ist doch eine unsichere Kiste. Wieso holen die keine Einbruchspezialisten?«

Hauser nickte dem Mann zu. »Dafür kann es mehrere Gründe geben. Zum einen ist die Spur von szenefremden Amateuren zu den Auftraggebern besonders schwer zu verfolgen. Der Kontakt läuft über Handy, die Diebe wissen nichts über ihre Auftraggeber, können also im Fall, dass sie geschnappt werden, auch nichts erzählen. Zum anderen ist es leichter, sie im Preis zu drücken. Die Auftraggeber verzögern den Kontakt, melden sich nicht rechtzeitig, lassen die Amateure am ausgestreckten Arm verhungern. Die Ware werden sie auch nicht einfach los, und zum Schluss sind sie froh, überhaupt etwas zu bekommen.«

»Dann haben wir also mehrere Ansatzpunkte«, meinte

Büchner. »Einmal die Auftraggeber direkt. Ist in der Szene etwas geplant, für das eine große Geldsumme gebraucht wird? Dann die Diebe selber, über die wir die Auftraggeber aufspüren können. Und den Tippgeber.«

Hauser nickte anerkennend.

»Also meine Herren, konzentrieren wir uns auf den Tippgeber aus dem Museum«, sagte Ficht. »Ich lasse gleich eine Liste der Museumsangestellten und der Wachleute herumgehen. Bis morgen müsst ihr den Leuten auf den Zahn fühlen. Ich will alles über sie wissen, Herkunft, Vorleben, eventuelle Vorstrafen, Geldschwierigkeiten. Und hört euch in der Szene um. Jeder prüft seine Kontakte. Tut sich etwas? Ist etwas geplant? Wie wurde der Kontakt mit den Dieben aufgenommen? Alles klar?«

Büchner spürte ein leises Prickeln im Nacken. Die Jagd hatte begonnen.

15.

»Und wer ist der hübsche junge Mann?«

Mit Schwung warf die Frau ihr Haar zurück und blinzelte mit Katzenaugen ins Halbdunkel.

Armin, der aufgestützt auf seinem Tresen hinter ihr stand, beobachtete sie.

Er stand auf Rothaarige. Bis jetzt hatte er erst eine Rote gehabt, aber die hatte nicht die Klasse der Frau gehabt, die vor ihm stand. Super Figur, wenn auch nicht mehr ganz taufrisch. Mitte dreißig, schätzte er. Er stand auf reife Frauen.

Er fühlte ein Prickeln in seiner Lendengegend.

»Vorsicht. Das ist kein junger Mann, sondern unsere Küchenchefin. Mit Haaren auf den Zähnen und immer schwerbewaffnet«, raunte er der Frau ins Ohr.

Sie roch aufregend. Pfirsiche in der Sonne, Rauch von ihrer Zigarette, eine Spur wilder Schweiß. Frauengeruch.

Sie lehnte sich zurück. Ihre Schulter an seinem Arm. Glänzende, weiche Haare an seiner Wange.

Das Prickeln wurde stärker.

»Entschuldige.« Ein Flüstern, mehr zu ihm als in Richtung Tür.

Eine Sekunde lang wünschte er sich, Willi würde einfach verschwinden, sich in Luft auflösen. Und er wäre allein mit dieser Frau.

Dann riss er sich zusammen. »Willi, das ist Isabel – Isabel, unsere Küchenchefin Willi.«

Zögernd trat Willi in den Lichtschein der Bar. Armin zwinkerte ihr zu, griff sich ein schmales Bierglas, ließ es einmal durch die Luft wirbeln und hielt es mit Schwung unter den Zapfhahn.

»Seine Lieblingsnummer«, kommentierte Willi und ließ sich auf dem Barhocker neben Isabel nieder.

»Damit beeindrucke ich die Ladys«, meinte Armin.

»Und das funktioniert?« Die Fremde blies einen Rauchring in seine Richtung.

»Klar.« Er lächelte und stellte das fertige Bier vor seine Kollegin. »Sie sehen das, und schon liegen sie mir zu Füßen. Du doch auch, oder?«

Die Schöne lachte. Perlend, das war der einzig richtige Ausdruck.

Willi neben ihr trank mit durstigen Schlucken.

Die Fremde hatte recht. Willi konnte man wirklich mit einem Jungen verwechseln. Das lag noch nicht einmal an dem zu kurzen hellblonden Haar. Mehr an dem sehnigen, langbeinigen Körper, der Art, sich zu bewegen. Effektiv. Keine Jungmädchen-Koketterie. Allein schon, wie sie das Glas hielt. Ein fester Griff, kein spitzfingriges Zugreifen wie bei der fremden Schönen. Die trank wie jede Frau, die sich von einem Mann beobachtet fühlt. Ein wunderbarer Kussmund. Rote, breite Lippen, die einen kräftigen Abdruck am Glas hinterließen. Musste er vorpolieren, die Spülmaschine packte die Farbe nicht.

»Ich war heute hier essen«, wandte sich die Schöne an Willi. »Das Waldpilzsüppchen mit gebratener Wachtelbrust war ein Gedicht.«

Willis Jungengesicht hellte sich auf. »Danke. Ist aber ganz einfach. Pfifferlinge, Totentrompeten und Mini-Croûtons. Wobei die fast die meiste Arbeit machen. Speziellere Zubereitungen binden viel Arbeitskraft. Deshalb versuche ich, einfache Sachen gut zuzubereiten.«

»Danach hatte ich die Lammhaxe mit den kandierten Oliven. Die war auch sehr gut.«

Diesmal lächelte Willi sogar. »Sagen Sie das mal meinen Chefs. Die Haxe auf die Art zu machen hat Monate Überredung gebraucht.«

»Die Besitzer hier sind zwei Steuerberater. Nette Kerle, aber keine Ahnung von Gastronomie«, warf Armin ein.

»Ich würde gerne eine andere Küche machen«, sagte Willi und starrte auf das Gläserregal. »Nicht überdreht, aber gute Produktqualität, raffinierte Zubereitung und anregende Kreationen. Und das zu günstigen Preisen.«

»Geht das denn?«, wollte Isabel wissen.

»Hier nicht«, sagte Willi und sah sie an. »Nicht mit Chefs, die Rindfleischsalat und Steaks für kulinarische Höchstleistungen halten.« Ihre Stimme klang rau.

Armin streckte sich und stellte die polierten Gläser in die Ablage über der Theke.

Na also. Lief doch gut. Ganz klar, die Schöne wollte was von ihm. Schon der Versuch, sich mit seiner Kollegin gut zu stellen, war ein Zeichen. Diese Isabel sah nicht so aus, als würde sie häufiger mit Küchenmäusen plaudern. Eher eine von denen, die es gar nicht merken, dass es Menschen sind, die um sie herumwuseln. Einfach ein anderes Kaliber.

Er stockte kurz.

Vielleicht sogar eine Nummer zu groß für ihn.

Unsinn! Wieder bugsierte er eine Ladung Gläser nach oben. Fühlte seine Armmuskeln, die Muskeln im Rücken, in den durchgestreckten Beinen. Fühlte sich gut an, sein Körper. Vor allem wenn eine Schnecke ihn mit ihren Augen verschlang. Immer wieder spürte er ihre Blicke. Katzenaugen, die jeden im Raum im Griff behielten.

»Du machst die ganze Küche alleine?«, fragte Isabel nun.

Er sah Willi zögern. Sah, wie sie ihren Blick zum Glas senkte, tief Luft holte.

»Unsere Küchenhilfe hatte vor zwei Tagen einen Verkehrsunfall«, warf er ein.

Isabel wandte sich ihm zu. »Schlimm?«

Armin nickte.

»Ein Freund von euch?«, fragte sie weiter.

»Hey, gehen wir noch auf einen Absacker?«, fragte er, als wäre ihm die Idee gerade erst gekommen.

Die Rote verstand. Sie spitzte den Mund, als würde sie etwas Anzügliches denken, und lächelte ihn an.

Eindeutig cool. Mist, er konnte sie unmöglich mit nach Hause nehmen. Da standen die Bilder herum. Sie passte auch nicht in seine Bruchbude. Das wäre es: Designermöbel, ein riesiges, rotes Bett, indirekte Beleuchtung, eine kleine Bar …

Nicht mehr dieser dauernde Stress, mit den Schnecken in einem guten Bett zu landen. Das *Ibis* wäre möglich. Nicht grade berauschend, aber nur 90 Euro die Nacht. Heute hatte Hannes Nachtdienst. Also keine dummen Fragen oder langen Blicke.

Mit einem Ruck wurde die Tür der Gaststube aufgerissen, und ein lautes »Hallo Leute« schallte ihnen entgegen. Als der Eintretende die fremde Frau an der Bar sah, blieb er stehen.

Erwartungsvoll sah Isabel ihm entgegen.

Älter als die anderen beiden, mit zurückgegeltem Haar, die abgetragene Lederjacke mit hochgestelltem Kragen und verwaschene Jeans. Interessanter Typ. Etwas Hungriges im Blick. Mit dem wäre es nicht so leicht wie mit dem Mann hinter der Theke. Sie strich die Haare zurück und lächelte ihn an.

Ohne das Lächeln zu erwidern, kam er näher. Vorsichtig, lauernd.

Freundlich streckte sie ihm die Hand entgegen. »Ich bin Isabel …«

»Ah ja?«, erwiderte er.

Ein helles Lachen ihrerseits. »Ich habe mich ein bisschen mit Armin verplaudert. Und gerade kam seine nette Kollegin dazu.«

Sie bemerkte seinen schnellen Blick zu den beiden anderen. Er lehnte sich hinter Willi an die Bar, und Armin zapfte ein neues Bier an.

»Sie treffen sich hier jeden Abend?«, fragte Isabel.

Der Neuankömmling nickte.

Sehr gesprächig war er nicht. Trotzdem – sie musste wissen, ob sie auf der richtigen Fährte war. Und im Zweifelsfall hatte sie nicht viel Zeit. Bedächtig drückte sie ihre Zigarette aus, umfasste mit beiden Armen ihre Knie und sah sich in dem dämmrigen Raum um. »Schön, so ein leeres Lokal. Fast wie ein Bild, findet ihr nicht?«

Die Kleine verschluckte sich.

Ermutigt fuhr sie fort: »Ein Genrebild. Wie von einem alten holländischen Meister. Das Licht. Die Butzenscheiben. Wenn man die Augen ein bisschen zusammenkneift, verschwimmt alles, und es ist fast so, als wäre man Teil eines impressionistischen Gemäldes.«

Wie um ihre Worte zu betonen, schloss sie halb die Augen. Unter den Wimpern musterte sie die drei. Die starrten sie an, als hätte sie sich vor ihren Augen in ein Ungeheuer verwandelt.

Der Neuankömmling fasste sich als Erster. »Ein Bild?«, fragte er.

Sie lachte auf. »Mir fallen immer Bilder ein. Berufskrankheit. Ich bin Restauratorin in Saarbrücken.«

Die drei erstarrten.

Eine heiße Welle schoss Isabel durch den Körper. Sie waren es. Bingo! Ihr Puls begann zu rasen.

Mit einem Auflachen stieß sie sich von ihrem Barhocker ab. Jetzt nicht übertreiben. Sie schmoren lassen. »Aber ich will euch nicht länger stören. War nett, euch kennenzulernen.«

Mit einer Hand griff sie über die Theke und fuhr mit zwei Fingern kurz über Armins Gesicht. »Man sieht sich«, flüsterte sie ihm zu.

Mit wiegenden Schritten ging sie zur Garderobe, schlüpfte in ihren Mantel und drehte sich noch einmal zur Theke um. Lächelnd musterte sie die blassen Gesichter. Das Mädchen sah aus, als hätte es ein Gespenst gesehen, Armin wirkte fassungslos, und der Neuankömmling starrte sie finster an. Sie winkte ihnen mit einer Hand und ging hinaus in die Nacht.

»Verdammte Scheiße, was war das denn?«, entfuhr es Wolf nach einer Weile. »Wer war die Tussi?«

»Ein Gast. Keine Ahnung«, meinte Armin.

»Eine Restauratorin. Aus Saarbrücken. Das Geschwätz über Bilder – das ist doch kein Zufall.« Wolf sah herausfordernd in die Runde.

»Hör mal, das war einfach ein Gast. Die Frau hat sich in mich verguckt, ist deshalb sitzen geblieben. Passiert schon mal«, versuchte Armin ihn zu beruhigen.

»Quatsch«, schnauzte Wolf. »Diese Frau ist eine andere Nummer als deine üblichen Schnecken. So eine verguckt sich nicht in einen Zapfer – die will was.«

»Klar will die was – mich.« Armin strich sich selbstgefällig über die Locken.

»Wenn du das glaubst, bist du noch dämlicher, als ich dachte«, erwiderte Wolf. »Mir gefällt das nicht. Erst dieser Kommissar Koldehoff, der in Sebastians Leben herumschnüffelt. Und jetzt noch so eine Museumstussi.«

»Es kann Zufall sein«, mischte sich Willi ein. »Ich meine, sie kann doch nicht wissen, dass wir die Bilder haben. Woher denn auch? Außerdem würde sie dann die Bullen benachrichtigen.«

Wolf biss sich auf die Lippen. »Trotzdem«, meinte er nach kurzem Nachdenken. »Wir müssen uns bedeckt halten. Die Bilder bleiben erst mal bei Armin. Der Kontakt zum Zwischenhändler liegt sowieso auf Eis, solange dieser Kommissar dauernd aufkreuzt.«

»Und wie lange soll das dauern?«, fragte Armin und kreuzte die Arme über seiner Brust.

»So lange, wie ich es sage. Und halt dich von dieser Tussi fern. Kapiert?«

Ohne zu antworten, griff sich Armin ein Tuch und polierte sorgfältig ein Glas.

Die drei schwiegen. Nur das Rumpeln der Eismaschine, das Surren der Kühlanlage und das protestierende Quietschen des Glases, das Armin polierte, waren zu hören.

»Merkt ihr was?«, fragte Willi plötzlich.

Armin warf ihr einen schnellen Blick zu und vertiefte sich wieder ins Gläserquälen. Wolf starrte einfach vor sich hin.

»Seit wir diese Bilder haben, geht alles schief. Sebastian ist tot, und wir streiten nur noch.«

Armin warf sein Tuch auf die Theke. »Das ist der Stress. Hey, nicht den Kopf hängen lassen. Das wird schon. Wenn wir erst die Kohle haben, fängt das Leben an. Okay?«

Sie senkte den Kopf. »Okay.«

»Okay«, bekräftigte Wolf. »Und jetzt gehen wir zu Armin. Bilder gucken.«

16.

Willi stand am Fenster. Der Novembernebel hing wie ein dünner Vorhang vor der Welt, verwischte die Konturen und ließ alles weich gezeichnet schimmern. Die efeubewachsene Backsteinmauer, die Steintreppe mit dem schmiedeeisernen Geländer, die Zweige des Kastanienbaumes – der ganze Ausschnitt ihrer vertrauten Küchenfensterwelt wirkte fremd. Ohne den Blick lösen zu können, knüpfte sie mechanisch ihre Kochjacke zu.

Licht flammte auf.

»Ich wünsche dir einen wunderschönen guten Morgen, auch wenn ich nicht weiß, was an diesem Morgen gut sein könnte.«

Irritiert sah Willi zu dem stämmigen Mann, der in ihrer Küche stand.

»Morgen, Chef.«

Sie hatte gar nicht bemerkt, dass er durch den Hof gekommen war. Dabei hätte sie ihn sehen müssen.

»Wieso stehst du hier im Halbdunkel?«

»Es ist schön. Sieh mal.« Mit der Hand deutete sie auf die unwirkliche Welt draußen.

Bernd Schulz schüttelte sich. »Mieses Wetter. Ich habe nur eine Stunde Zeit, damit du Bescheid weißt. Dann musst du allein klarkommen.«

Was redete er da? Heute Mittag kam eine Gruppe von dreißig Leuten, die à la carte aßen, und abends kamen siebzig Leute, die ein Menü bestellt hatten. Allein die Vorbereitungen dafür würden den ganzen Vormittag dauern.

Bernd Schulz zog sich seinen Mantel aus und rieb sich die Hände.

»Im Outfit eines Steuerberaters kannst du nicht arbeiten.«

Er sah an seinem schwarzen Anzug herunter.

»Im Keller hängt eine Jacke von Sebastian«, wies Willi ihn an. »Und bring einen Sack Kartoffeln mit.«

»Erst mal einen Kaffee«, sagte er bestimmt. »Armin ist oben, nicht wahr?«

»Er deckt für heute Mittag ein. Zeit für Kaffee haben wir nicht.«

Mit einem ironischen Lächeln verbeugte er sich. »Du bist der Chef.«

»In der Küche schon«, sagte sie, ohne eine Miene zu verziehen. »Einen Dreißig-Kilo-Sack, okay?«

Seufzend drehte er sich um und verließ den Raum.

Das hatte ihr gerade noch gefehlt. Bernd als Küchenschabe. So nett er war, so langsam war er auch. Er musste dringend eine neue Aushilfe besorgen, selbst wenn es nur ein Spüler war. Und sie brauchten einen neuen Koch. Darüber musste sie mit ihm reden. Ein harter Schlag für die *Goldene Gans*, wenn sie und Armin sich vom Acker machten. Aber irgendwann mussten sie es ihm sagen. Und eine passable Erklärung liefern, woher das Geld kam.

Bestimmt waren die Chefs dann beleidigt. Und das konnte sie ihnen noch nicht einmal verdenken. Immerhin war das eine echte Chance gewesen, hier Küchenchefin zu werden. Aber sie hatten ein gutes Geschäft mit ihr gemacht. Sie war Küchenchef, Souschef, Gardemanger, Entremetier, Rôtisseur und Patissier in einer Person. Obwohl das in letzter Zeit immer mehr Sebastian gemacht hatte. Sein Eis und seine Mousse waren toll.

Willi schluckte, verscheuchte den Gedanken an Sebastian und ging ins Kühlhaus. Genug getrödelt.

Als sie mit dem Fleisch zum Ausbeinen zurückkam, hievte Bernd Schulz den Kartoffelsack auf die Anrichte.

»Wie lauten deine Befehle, Madame?«, fragte er.

»Kartoffeln in den Convectomat, dann schälen. Ein Säckchen Zwiebeln in feine Ringe, das andere Säckchen hacken. Aber wirklich fein. Ich will dadurch Zeitung lesen können. Gemüsejulienne, da nehmen wir Lauch und Karotten. Der Nudelteig muss gemacht werden, dann durch die Nudelmaschine. Brioches backen, der Teig steht hinten, Salatbuffet richten, das heißt Salat putzen, die Stiege steht im Kühlhaus, Radieschen waschen und schneiden. Eier abkochen, Mousse aufschlagen, die Eismaschine rausholen – die brauche ich für heute Abend. Ah ja, die Spülmaschine ist auch noch voll, Besteck polieren nicht vergessen.«

Mit offenem Mund starrte Schulz sie an.

»Wenn du das alles in einem Stündchen schaffst, kannst du gehen«, meinte Willi ungerührt.

»Ich frage heute den Spüler, ob er als Aushilfe einsteigt«, sagte Schulz und begann, die Kartoffeln in die Aluschale zu packen.

»Erst waschen«, kam es vom anderen Ende der Küche.

»Du machst mich ganz konfus. Es war doch gestern Abend in Ordnung mit dem Spüler, oder? Wie heißt er noch mal? Florian. Ja, ihn frage ich.«

»Tu das«, sagte Willi, ohne von ihrem Fleischstrang, den sie von Fett und Sehnen befreite, aufzusehen. Gar nichts war gestern in Ordnung gewesen. Der Spüler war eine lahme Ente. Und dann war da noch diese Frau aufgetaucht.

Wolf hatte Recht. Sie war ungewöhnlich. Restauratorin. Was taten die eigentlich? Nicht der Typ Frau, der locker mit Service-Personal plaudert. Warum war sie geblieben? Armin war attraktiv, klar. Passierte immer mal wieder, dass er eine abschleppte, die eigentlich nur zum Essen gekommen war. Auch so eine Sache, die Bernd und sein Partner nicht wussten. Die beiden wussten so einiges nicht, was in der *Goldenen Gans* passierte.

»Und wie geht's daheim, Willi?«

Sie warf ihm einen kurzen Blick zu. Er stand am Waschbecken und spülte die Kartoffeln ab. Eine normale Frage, nichts Anzügliches.

»Alles okay«, antwortete sie.

Ein Blick von ihm.

Schnell fügte sie hinzu: »Die Kneipe von den Alten läuft ganz gut.«

Den Ton hatte sie hingekriegt – beiläufig, ein bisschen uninteressiert, während gleichzeitig in ihrem Kopf die Bilder auftauchten. Leere Kühltruhen, weil die Lieferanten auf Barzahlung bestanden, Stammgäste, die immer seltener kamen. Der Alte, großspurig hinter seinem Tresen, und Mama in der Küche, die immer öfters zum Kochbrandy griff …

»Doch – läuft ganz gut.«

Einen Teil des Geldes musste sie für die Alten abzweigen. Keine Ahnung, wie sie das Armin erklären sollte. Die Kalkulation war ohnehin verdammt knapp.

Wolf musste ihnen einfach Sebastians Anteil überlassen. Seit dem Einbruch begann er sich zu verändern. Gut, er war immer unausgeglichen gewesen, ein bisschen unberechenbar, doch nun wurde er noch schlimmer. Alles, was man sagte oder tat, war für ihn ein Angriff. Und dann dieses Chef-Getue, das Gefasel über die geheimnisvollen Auftraggeber …

»Ist was?«, kam es vom Spülbecken.

Irritiert sah sie zu ihrem Chef, der die gewaschenen Kartoffeln in den Convectomat schob.

»Du hast geseufzt.«

Willi schüttelte den Kopf und nahm sich das nächste Fleischstück vor.

Schulz kam näher und lehnte sich auf die Anrichte. »Hör mal, Willi, wenn du Probleme hast ... Du kannst gerne mit mir darüber reden.«

»Wieso Probleme?«

»Du wirkst bedrückt in letzter Zeit. Nicht erst seit der Sache mit Sebastian. Ralf und ich machen uns Sorgen.«

O Gott, quatschten die zwei über sie? Saßen wahrscheinlich abends bei einem Glas Roten und Kerzenlicht und hechelten die Belegschaft durch. »Ich mache meinen Job, oder?«

»Das meine ich nicht.«

Jetzt kam er noch näher, lehnte sich neben sie auf die Arbeitsplatte.

»Du bist klasse, da sind wir uns einig. Ohne dich würde der Laden nicht laufen. Ralf und ich sind Hobbyköche – glaube nicht, dass wir das nicht wissen.«

Wollte er ihr jetzt ein schlechtes Gewissen machen? Das hatte noch gefehlt. Sie und Armin würden ihr eigenes Ding drehen. *Armins.* Kochen, wie sie wollte. Nicht mehr die heiligen Rezepte von Ralfs Oma. Keine Flammkuchen aus Fertigteig. Nicht mehr all diese Standardessen, die ihr zum Hals raushingen.

»Ich will dir nicht zu nahe treten, aber dieser Wolf, euer Freund, der jeden Abend kommt ... Ich weiß nicht, ob das der richtige Umgang für euch ist.«

»Du bist nicht mein Vater, oder?« Als hätte ihr Vater sich jemals darum gekümmert, was sie tat oder mit wem sie befreundet war. Eine Sekunde lang war sie versucht, loszulassen. Sich diesem stämmigen Mann neben ihr an die Brust zu werfen und zu heulen. Fühlte sich bestimmt gut an, an so einer Brust. Einfach alles erzählen. Den Einbruch, die Träume vom eigenen Restaurant, die Angst um Mama, Sebastian, Wolf, all das.

»Der Salat wartet«, sagte sie stattdessen.

»Also gut.« Er löste sich von der Arbeitsplatte. »Aber das Angebot steht. Falls du reden willst, weißt du, wo ich bin.«

Sie sah in sein gutmütiges Gesicht, die hellen Augen, schluckte und nickte.

Ein Klopfen an der Küchentür. Erstaunt fuhren beide herum. Der Kommissar streckte seinen Kopf herein. »Entschuldigen Sie die Störung. Ihr Kellner meinte, dass ich Sie hier finde«, sagte er an Bernd Schulz gewandt.

»Kommissar Koldehoff, nicht wahr? Gibt es etwas Neues?«

Unschlüssig betrat der Polizist die Küche. »Nein. Das heißt, die Obduktion ist abgeschlossen. Sie hatten übrigens recht«, fuhr er, diesmal zu Willi, fort: »Keine Drogen, kaum Alkohol. Da es keine technischen Ursachen gibt und kein Fremdverschulden, bleibt als Unfallursache nur persönliches Versagen im Fahrerbereich. Die Leiche ist freigegeben.«

Betäubt starrte Willi ihn an und versuchte, seinen Worten einen Sinn abzugewinnen.

»Und jetzt?«, sprang Bernd ein.

»Ich komme gerade von seiner Verlobten. Das heißt, mit ihr selbst habe ich nicht gesprochen, aber mit ihrem Vater. Wie es aussieht, ist die Familie nicht bereit, die Beerdigung zu übernehmen. Und da er keine leiblichen Angehörigen hat ...«

Das Gefühl der Betäubung wuchs. Noch nicht mal als Toter war Sebastian okay.

»Wir können natürlich von Staats wegen ...«

»Die Beerdigung übernehmen wir«, erklärte Schulz. »Er hat drei Jahre hier gearbeitet. Wir sind seine Familie. Oder?« Hilflos sah er zu Willi.

Sie konnte nicht antworten. Wenn sie auch nur ein Wort herausquetschte, würde sie anfangen zu heulen. Alles, nur das nicht. Wenn sie einmal damit anfinge, würde sie bestimmt nie mehr aufhören können. Sie nickte.

»Ja, dann.« Der Kommissar zog eine Visitenkarte aus seiner Manteltasche. »Die Nummer der Gerichtsmedizin.« Dann verabschiedete er sich.

Mit der Karte in der Hand stand Schulz da. »Leute gibt's«, sagte er fassungslos. »Wollen ihn noch nicht einmal beerdigen.« Er schüttelte den Kopf.

Mit schrillem Fiepsen meldete sich der Convectomat. Willi brachte eine Art Lächeln zustande. »Komm. Ich helf dir beim Kartoffelschälen. Du musst doch weg, oder?«

17.

»Das ist eine Suppe. Wenn dieses Mistwetter bleibt, fangen wir uns alle eine Grippe.« Fröhlich schob sich Boger die Kapuze seines Parkas über den Kopf.

Büchner beobachtete ihn neidisch. Ihm blieb nur, seinen Mantelkragen hochzustellen und den Kopf einzuziehen. Der Nebel war so feucht, dass sich seine wenigen Haare in der Nässe kringelten.

Sie stapften über geharkte Kieswege dem Haus entgegen, das sich nur schemenhaft zeigte.

»Hübsche Bruchbude«, konstatierte Boger, als die Umrisse schärfer wurden.

Das ehemalige Herrenhaus, das sich aus dem Nebel schälte, sah mit seinen Freitreppen und seiner Gartenanlage imposant auf sie herab.

»Eins steht fest: Mit unserer Pension kriegen wir so einen Alterssitz nicht unter die Hintern geschoben«, fuhr Boger fort, als sie an der breiten Treppe vor dem Haupteingang Halt machten.

»Das ist auch nur ein Altenheim«, antwortete Büchner. »Nicht mein Traum.«

»Ist schon ein Unterschied, ob du in so was oder bei der Arbeiterwohlfahrt landest.«

Büchner hatte weder das eine noch das andere vor. Vielleicht einmal eine Alten-WG. Erst neulich hatte er im Fernsehen einen Bericht über neue Wohnformen im Alter gesehen. Aber darum musste man sich kümmern, rechtzeitig Gleichgesinnte finden, ein Haus kaufen. Die einzigen

Gleichgesinnten, die er kannte, waren seine Kollegen. Und wenn er sich vorstellte, den Rest seines Lebens mit ihnen verbringen zu müssen – nein danke. Da war selbst die Arbeiterwohlfahrt verlockend.

Die Eingangshalle erinnerte mehr an eine Hotellobby als an ein Heim. Bequeme Sitzgruppen unter breitfächrigen Zimmerpalmen, die Rezeption nicht nur mit Kupfersäulen und Telefon, sondern auch mit einer ausgesprochen hübschen Pflegerin bestückt. Nur der Umstand, dass sie statt eines Hosenanzugs die weiße Pflegerinnenuniform trug, ließ ahnen, wo man sich befand.

Auf die Frage, ob es möglich sei, Herrn de la Haye zu sprechen, wies sie ihnen den Weg hinaus und erklärte, er sei um diese Zeit Enten füttern.

»Enten füttern«, murmelte Boger vor sich hin.

»Was dagegen?«, fragte Büchner, der sehr wohl wusste, dass sein Kollege nur keine Lust hatte, die Unterhaltung in der Kälte zu führen.

»Was soll das Gespräch mit dem alten Knacker schon bringen?«, fragte Boger zurück, als sie sich wieder auf den Weg ins unwirtliche Draußen machten.

»Hauser meint, wir sollen mehr über das Bild herausfinden. Schließlich hat ihm ›Der kleine Tod‹ jahrelang gehört.«

»Als es geklaut wurde, gehörte es dem Museum. Was soll der uns schon erzählen?«

»Zum Beispiel, warum er die Stiftung mit dem Zusatz gemacht hat, dieses Bild nicht auszustellen.«

Unvermittelt blieb Boger stehen. »Hör mal, Büchner. Kannst du nicht allein mit dem Alten quatschen? Um die Ecke ist der *Anker*. Der Wirt ist ein alter Kunde von uns, er hat unter Garantie noch Verbindungen. Warum sollen wir uns zu zweit das Genöle von so einem Greis anhören?«

Weil es Vorschrift ist, hätte Büchner antworten können. Tat er aber nicht. Insgeheim war er froh, Boger loszuwerden. Sollte er sich ruhig in eine warme Kneipe flüchten. Obwohl – wahrscheinlich tat er seinem Kollegen damit unrecht. Faul war Boger nicht. Und wenn er sagte, er würde den Ankerwirt verhören, tat er wahrscheinlich genau das.

»In Ordnung«, sagte er. »Ich komme dann rüber.«

Erleichtert trennten sich beide.

Immer dem Kiesweg folgen, hatte die hübsche Pflegerin sie angewiesen. Also stapfte Büchner unverdrossen vorwärts. In der Wattewelt kamen ihm seine Schritte gedämpft vor. Schlug Nebel auch auf das Gehör? Wieso schien er Geräusche zu schlucken?

Plötzlich waren da Geräusche außer seinen Schritten. Ein leises Plätschern, Wellen, die ans Land schwappten. Der See.

Seine Umrisse konnte er nicht genau ausmachen, die Grenze zwischen Wasser und Land war unscharf. Ohne das Geplätscher hätte er das Wasser gar nicht entdeckt.

Der Kiesweg machte einen Bogen, anscheinend um den See zu umrunden. Da materialisierten sich aus dem Nebel Riesen mit zotteligen Häuptern, die er im Näherkommen als Birken identifizierte. Da war noch etwas. Büchner kniff angestrengt die Augen zusammen, versuchte, den Nebel zu durchdringen.

Eine schwarze Gestalt, die regungslos am Ufer stand. Stand sie am Ufer? Schwankte sie nicht, als wolle sie sich in das Nebelmeer stürzen?

»Hallo?«, rief er laut und beschleunigte seine Schritte.

Ein Totenschädel sah ihm entgegen. Erschrocken hielt er inne. Ein völlig haarloses, fleischloses Gesicht, das die Haut direkt über die Knochen gespannt trug. Ein kahler Kopf, der wie eine unheimliche Blume aus dem Pelzkragen eines schwarzen Mantels lugte. Ein dreibeiniges Ungeheuer, wobei sich das dritte Bein beim Näherkommen als ebenholzschwarzer Spazierstock entpuppte.

»Herr de la Haye?«, fragte Büchner unsicher.

»Ja?«, fragte eine – Gott sei Dank – menschliche Stimme zurück.

»Kann ich kurz mit Ihnen reden? Mein Name ist Büchner, vom Landeskriminalamt.«

Wache Augen musterten ihn aus dem Totenschädel. Der alte Mann verlor bei naher Betrachtung zwar viel von seinem Schrecken, blieb aber ungewöhnlich. Bestimmt zwei Köpfe größer als Büchner, wog er schätzungsweise noch nicht einmal die Hälfte. Erschreckend dürr und so ausgemergelt, dass er beinahe alterslos wirkte.

»Wir bearbeiten den Bilderdiebstahl im Museum. In diesem Zusammenhang möchte ich Ihnen ein paar Fragen stellen«, begann Büchner.

»Über den ›Kleinen Tod‹, nehme ich an«, presste de la Haye zwischen fleischlosen Lippen vor.

Büchner nickte. »Wie Sie wissen, wurde das Bild mit den anderen entwendet. Und jetzt interessiert uns, warum Sie an Ihre Stiftung die Bedingung geknüpft haben, dieses Bild nicht auszustellen.«

Der Alte antwortete nicht.

»Doktor Zink meint, es liege daran, dass dieses Bild qualitativ nicht Ihren Maßstäben entspricht. Ich habe ein Foto des Bildes gesehen. Mir kam es sehr gut vor. Und Frau Günther, die Restauratorin, glaubt sogar, dass Frans Hals der Maler ist.«

»Unglücklicherweise glaubt sie das«, sagte de la Haye merkwürdig tonlos.

»Wieso unglücklicherweise?«

»Frau Günther kam mit ihrer Theorie natürlich auch zu mir. Da sie im Museum keine Anhänger fand, versuchte sie, mich zu überreden, Geld in Expertisen und Untersuchungen zu investieren. Natürlich habe ich das abgelehnt.«

Neugierig sah Büchner ihn an. »Aber warum? Wenn es ein unentdeckter alter Meister ist …«

»Wahrscheinlich hat Frau Günther recht, das bestreite ich nicht. Es spricht viel dafür, dass es ein Alterswerk von Hals ist.«

»Ja, aber …« Ratlos brach Büchner ab.

»Sollen wir ein paar Schritte gehen?«, fragte der Alte. »Dort hinten ist ein Sommerpavillon. Bei klarem Wetter hat man von dort eine wunderbare Sicht über den See.«

Zweifelnd sah Büchner in den Nebel, streckte seine Hände in die Manteltaschen und schloss sich dem Alten an, der sich mit seinem Stock zum Kiesweg tastete.

Er ging sehr aufrecht, den Kopf hoch erhoben, als wollten seine Blicke den Dunst durchdringen. Nach ein paar Schritten sagte er: »Ich erzähle Ihnen die Geschichte des Bildes. Sie passt zu einem Tag wie heute. Eine undurchsichtige Geschichte. Diffus und verschwommen. Danach werden Sie mich für verrückt halten.«

»Probieren Sie es einfach.«

De la Haye brauchte ein paar Schritte, bevor er begann. »Ich komme aus einer alten Kaufmannsfamilie. Sie wissen schon: viel Geschäftssinn, wenig Sinn für Kunst. Erst mein Urgroßvater begann, Kunst zu sammeln. Natürlich diente das auch der Reputation. Auch damals schon war das Sammeln eine Geldanlage, aber anders als heute war Kunst noch nicht zur reinen Währung degradiert worden.«

Kunst als Währung. Davon hatte auch Hauser gesprochen. »Dieser Urgroßvater scheint ein sehr interessierter Sammler gewesen zu sein. Er erwarb den ›Kleinen Tod‹ 1854 von einer Dame, deren Gatte gerade verstorben war. Ich vermute, er hat nicht viel dafür bezahlt. Jedenfalls wird das Bild als ›Gelegenheit‹ in seinen Büchern erwähnt. Sie kennen ja den kleinen Jungen. Er hat etwas Besonderes, oder?«

»Ein interessantes Porträt«, erwiderte Büchner vage. Aber sofort hatte er das Bild des Kleinen wieder präsent. Den erschreckten Gesichtsausdruck. Die hilflosen Augen, die bei näherer Betrachtung etwas Unheimliches bekamen … Ja, ein besonderes Bild.

Unvermittelt flog vor ihnen ein Vogel auf. Sie konnten ihn nicht sehen, hörten nur den hektischen Flügelschlag. De la Haye lauschte in den Nebel, dann fuhr er fort: »Dieser Urgroßvater hatte sechs Söhne. Ein blühendes Geschlecht. Aber dann begann es. Jahr für Jahr starb einer seiner Söhne. Unfälle, unerklärliche Krankheiten. Eine Pechsträhne. Er selbst wird 1861 von einem Balken seines einbrechenden Geschäftskontors erschlagen. Übrig bleiben seine Witwe und der einzig überlebende Sohn, mein Großvater.«

Plötzlich fühlte sich Büchner in seine Kindheit zurückversetzt. Sein Bruder und er, die an einem genauso nebligen Novembermorgen über ein Stoppelfeld gingen. Und Klaus hatte ihm Geschichten erzählt – von Gespenstern und lebenden Toten. Er hatte sich gefürchtet, war immer näher bei seinem Bruder gegangen, während die Geschichten immer gruseliger wurden …

»Sie geraten in Geldschwierigkeiten«, unterbrach der Alte seine Erinnerungen. »Gezwungenermaßen veräußern sie einen Teil des Nachlasses. Unter anderem versuchen sie, den ›Kleinen Tod‹ zu verkaufen. Mit dem Bild in der Hand stürzt meine Urgroßmutter die Treppe hinab und bricht sich das Genick.«

Aufmerksam hörte Büchner zu. Von Zeit zu Zeit warf er einen verstohlenen Blick auf den alten Mann, der neben ihm ging und diese tragische Familiengeschichte erzählte. Sein Plauderton, ihre monotonen Schritte auf dem Kies, die sich unmerklich angenähert hatten, die Nebelschwaden, die vom Wasser aufstiegen, all das kam ihm unwirklich vor. So, als sähe er alles aus der Distanz.

»Mein Großvater kam zu seinem Onkel, der fünf Kinder hatte. ›Der kleine Tod‹ wird im Speisezimmer aufgehängt, und nun beginnen diese Kinder ebenfalls zu sterben.«

Erschöpft von seinem Redefluss hielt der Alte inne und blieb stehen.

Besorgt beugte sich Büchner zu ihm. »Sollen wir langsamer gehen?«

De la Haye winkte ab. »Es geht schon.«

Schweigend standen beide mitten auf dem Weg. Der Alte atmete ein paar Mal tief durch, dann setzte er sich langsam wieder in Bewegung.

»›Der kleine Tod‹ hat Ihrer Familie nicht gerade Glück gebracht«, sagte Büchner, um die Stille zu brechen.

Der alte Mann neben ihm lachte. »Glück? Nein. Den Tod hat er gebracht.«

»Eine Verkettung unglücklicher Umstände …«

Mit einer herrischen Bewegung unterbrach ihn der Alte. »Die Geschichte ist noch nicht zu Ende. Das Sterben ging bis in meine Generation weiter. Meine eigenen Kinder …« Er schluckte hart. »Ich hatte zwei Töchter und einen Sohn. Das Bild hing in unserem Wohnzimmer. Ein Familienerbstück, das ich sehr mochte. Es ist wunderbar gemalt. Irgendwann beobachtete ich meine jüngste Tochter. Sie stand vor dem Bild, wie hypnotisiert. Sie fragte mich, wer der Junge sei, warum er so böse schaue … Das war unser letztes Gespräch. Am Tag danach war sie tot. Ein unglücklicher Sturz mit ihrem Fahrrad.«

»Ein Unglücksfall.«

Der Alte sah zu ihm herüber. »Meine Älteste wünschte sich das Bild zu ihrer Verlobung. Ein Familienstück, das von Generation zu Generation vererbt wird. Zu einer Hochzeit kam es nie. Meningitis.«

Er blieb stehen und starrte vor sich hin. Dann begann er wieder zu sprechen, leise, wie unter Zwang. »Meine Frau hat das Bild nie gemocht. Sie kannte natürlich die Geschichte der Familie. Sie war die Erste, die einen Zusammenhang mit dem Bild herstellte. Sie flehte mich an, es abzuhängen, zu verkaufen, es aus dem Haus zu schaffen. Ich hielt sie für hysterisch. Kein Wunder nach dem Tod unserer beiden Kinder. Ich ...« Er brach ab. Mit seinem Stock scharrte er im Kies, zog Linien, Quadrate. »Mein Sohn Eduard war ein sensibler Junge. Er liebte das Bild. Er wollte nicht, dass ich es abhängte. Und mir kam das alles so ... so übertrieben vor. Gott, ich war Geschäftsmann. Sammler. Ein Bild ... Eduard hat sich umgebracht.«

Erschöpft schloss er die Augen und atmete heftig.

Büchner stand ratlos daneben. Was wollte der Alte ihm damit sagen? Etwa, dass das Bild alle diese Leute getötet hatte? Ein Bild? Wie sollte so etwas gehen? Sogar beim Fluch der Pharaonen waren letztendlich Mikroben im Spiel gewesen. War de la Haye wirklich der Ansicht, ein Bild könne töten?

Nachdenklich musterte er den alten Mann, der heftig atmend neben ihm stand. Hoffentlich bekam er keinen Herzanfall. Unwillkürlich sah Büchner sich um. Aber da war niemand. Sie beide und diese unglaubliche Geschichte, allein im Nebel. Vielleicht war der Alte wirklich nicht ganz richtig im Kopf?

De la Haye öffnete die Augen und sah ihn an. »Ich kann Sie denken hören. Sie halten mich für verrückt.«

»Ich, also, diese Geschichte ...«

Der Alte winkte ab. »Dort ist der Pavillon. Setzen wir uns kurz.«

Mit schweren Schritten ging er vom Kiesweg ab auf den schmiedeeisernen Pavillon zu, der zwischen zwei Birken stand, die ihn mit ihren dürren Ästen liebkosten.

Büchner folgte ihm. Ungläubig? Nachdenklich? Zweifelnd? Er konnte seinen Gemütszustand nicht richtig einordnen. Der Alte war so offensichtlich bewegt von seiner

Geschichte. In einem hatte er sicher recht: Es war eine Geschichte, die zum Wetter passte. Eine Geschichte im Nebel.

Umständlich ließ sich de la Haye auf der kleinen Bank im Inneren des Pavillons nieder, lehnte seinen Stock neben sich und schlug sorgfältig seinen Mantel um die Knie.

»Ich glaube, es ist die Kontaktaufnahme zu dem Bild. Anders kann ich es nicht erklären. Tatsache ist, dass im Laufe von anderthalb Jahrhunderten unsere Familie soviel Pech hatte, dass von einer kinderreichen Kaufmannsfamilie nur ich übrig blieb«, sagte er und blickte in den Dunst.

»Voll von Freunden war mir die Welt,
Als noch mein Leben licht war;
Nun, da der Nebel fällt,
Ist keiner mehr sichtbar.
Wahrlich, keiner ist weise,
Der nicht das Dunkel kennt,
Das unentrinnbar und leise
Von allen ihn trennt.«

»Hesse, nicht wahr?«, fragte Büchner.

»Ein überschätzter Dichter, aber dieses Gedicht mag ich. Das Dunkel. Dort bin ich jetzt zu Hause«, sagte der Alte und lächelte Büchner an.

»Sie haben überlebt.«

»Nach dem plötzlichen Tod meiner Frau habe ich das Bild in einen Tresor gesperrt. Ich habe es nie wieder angesehen. Hierher konnte ich es nicht mitnehmen. Da schien mir der Keller eines Museums der geeignete Aufenthaltsort.«

»Das ist bestimmt schlimm«, sagte Büchner und merkte im selben Moment, wie dumm und wie wenig angemessen seine Worte klangen. »Eine schlimme Geschichte, aber ich verstehe nicht, was das Bild damit zu tun haben soll.«

De la Haye lächelte bitter. »Verstehen kann ich es auch nicht.«

Wieder schwiegen beide.

»Frau Günther hat großes Interesse an dem Bild«, sagte Büchner schließlich.

»Zu groß für meinen Geschmack«, antwortete der Alte. »Ich habe sie gewarnt, sie darum gebeten, das Bild in Ruhe zu lassen. Aber das war ihr wohl nicht möglich.«

Büchner sah die Restauratorin vor sich, mit gespanntem Gesicht die Leinwand betrachtend. Der kleine, verschreckte Junge, ihr Gesicht im Halbdunkel. Verwirrt blinzelte er die Erinnerung fort.

»Nicht, dass ich ihre Geschichte nicht traurig finde …«, sagte er zögernd, »aber Treppenstürze, einbrechende Häuser, Selbstmord oder Meningitis. Besonders unnatürlich kommt mir das nicht vor.«

Der alte Mann neben ihm schien in sich zusammenzusinken. Mehr als zuvor ähnelte er einem schon lange Gestorbenen, den nur der Wille im Diesseits hielt. »Ich wusste, dass Sie mir nicht glauben«, sagte er leise.

»Glauben!«, fuhr Büchner auf. »Selbst wenn ich Ihnen glaube. Was können wir mit diesen Informationen anfangen?«

De la Haye sah ihn an. »Ich weiß es nicht. Ich weiß nur, dass der Junge wieder in Freiheit ist. Das ist nicht gut.«

Verloren stütze er sich auf seinen Stock und schüttelte den Kopf. »Jeder, der mit dem Bild in zu engen Kontakt kommt, ist in Gefahr. Jeder.«

18.

Der Raum war warm und roch nach den Ausdünstungen von zwanzig Männern, von denen einige den ganzen Tag im Regen verbracht hatten. Nasse Jacken hingen zum Trocknen über Stühlen.

Büchner, abseits von den anderen, betrachtete auf der Pinnwand die Fotos der gestohlenen Gemälde – vielmehr das Foto eines Gemäldes.

Er war so versunken, dass er den Mann neben sich erst bemerkte, als er ein Räuspern hörte.

»Kann ich dich kurz sprechen, Gregor?«

Überrascht nickte er und folgte seinem Dezernatsleiter aus dem Zimmer. Im Gang blieb Rainer Liebs vor einem der Fenster stehen und legte seine Hände auf den schmalen Heizkörper, der darunter angebracht war.

»Mistwetter.«

Büchner nickte. Was wollte Rainer von ihm? Sie kannten sich jetzt schon viele Jahre, aber Bemerkungen über das Wetter gehörten nicht zu ihrem Gesprächsrepertoire. Normalerweise kam Kriminalrat Liebs ohne Umschweife zur Sache.

»Wird ein harter Winter, wenn es jetzt schon so kalt ist«, sagte der Chef und sah aus dem Fenster.

»Du willst jetzt nicht wirklich übers Wetter plaudern, oder?«, fragte Büchner.

Liebs wandte sich zu ihm um. »Wie läuft's mit dem neuen Kollegen?«

Boger – daher wehte der Wind.

»Ehrlich gesagt habe ich ein schlechtes Gewissen, dass ich dir den Kerl aufgehalst habe. Mit seiner Vorgeschichte ...«

Nun war es an Büchner, sich zum Fenster zu drehen. »Boger ist ein guter Kriminalist«, antwortete er zögernd. »Er fügt sich ein, denkt mit.«

»Der Mann ist ein Grenzgänger«, sagte Liebs wütend. »Ich bin nicht gerade glücklich, ihn in unserem Dezernat zu haben.«

»Aber es gab doch eine Untersuchung? Sie konnten ihm nicht nachweisen, dass er tatsächlich Informationen weitergegeben hat.«

»Trotzdem ist er ein Polizist, dem man nicht mehr trauen kann.«

»Ich traue ihm«, hörte sich Büchner sagen und war im selben Moment über seine Worte erstaunt. Aber es stimmte. Er traute diesem Berg von Mann, was auch immer passiert war. Er kannte Grenzgänger, das war eine Gefahr, der jeder Polizist irgendwann ausgesetzt war. Für jeden kam einmal der Tag, an dem sich die Grenzen zwischen Richtig und Falsch verwischten. Der Tag, an dem man um der Sache willen etwas tat, das man besser nicht tun sollte. Sie hatten dauernd mit Menschen zu tun, die außerhalb des Gesetzes, der Gesellschaft standen. Wie war das noch? Wenn du zu lange in den Abgrund siehst, sieht der Abgrund irgendwann in dich.

Aber das konnte er Rainer nicht sagen. Er kannte den Chef, Phantasie gehörte nicht zu seinen Stärken.

Hubert Ficht, der SOKO-Leiter, und Michael Hauser kamen den Gang entlang.

»Bei uns geht es weiter«, sagte Büchner und sah ihnen entgegen.

Rainer Liebs drehte sich um, nickte den beiden zu, dann wandte er sich wieder an Büchner: »Sag Bescheid, wenn etwas vorfällt, ja?«

»Er ist in Ordnung, glaub mir.« Büchner legte ihm die Hand auf die Schulter und folgte Ficht und Hauser.

An der Tür zu dem überfüllten Raum blieb er stehen. Sein Blick suchte Boger, der mit Schneider und Rehn am geöffneten Fenster stand. Die beiden drückten ihre Zigaretten aus und gingen zu ihren Plätzen. Boger sah zu ihm herüber.

Mit seiner Größe und den breiten Schultern überragte er jeden im Raum. Als wüsste er von dem gerade geführten Gespräch, lächelte er Büchner zu.

Büchner seufzte. Hoffentlich hatte er sich nicht zu weit aus dem Fenster gelehnt.

Die Männer suchten sich ihre Plätze, wobei sie unwillkürlich die Sitzordnung des Vortages wieder einnahmen. Ein paar Kollegen hatten sich Plastikbecher mit heißem Kaffee oder Tee aus der Kantine mitgebracht, den sie neben ihren Schmierblättern und Notizen deponierten.

Michael Hauser musterte die Runde. Ein paar Männer nickten ihm schon zu.

Ficht zog seine Unterlagen näher. »Guten Abend, meine Herren. Zeit zum täglichen Informationsaustausch. Der erste Tag hat schon einiges gebracht. Kollege Boger bitte.«

Boger setzte sich aufrecht hin. »Ich war heute im *Anker*. Die Kneipe wird von Martin Schweiger betrieben. Manche Kollegen kennen ihn sicher.«

»Schweiger, das ist doch der Scheckfälscher?«, fragte Hamm, ein Kollege von der Wirtschaftskriminalität.

Boger nickte. »Genau. Etliche Jugendstrafen, versuchte Erpressung, zuletzt Scheckbetrug. Kleiner Fisch, aber ein alter Kunde. Sieht so aus, als wäre er sauber geworden.«

»Muss er.« Hamm grinste. »Er hat die blonde Annie geheiratet. Die hat Haare auf den Zähnen.«

Allgemeines Gelächter.

»Als Annie noch anschaffen ging, haben wir sie mal aufgegriffen«, warf ein gutaussehender dunkelhaariger Mann ein, der sich bis jetzt noch nie geäußert hatte. »Ich habe heute noch Narben am Arm. Da hat sie mich gebissen. Ein Teufel!« Zum Beweis rollte er einen Ärmel hoch und zeigte den Kollegen seinen Oberarm mit einer feinen, weißlichen Narbe.

»Auf jeden Fall hat Schweiger noch Kontakte. Ich dachte, ich fühle ihm mal auf den Zahn«, fuhr Boger fort. »Ob er gehört hat, dass Leute für einen Kunstdiebstahl gesucht werden. Er meint, hier im Saarland nicht. Aber wir sollen uns mal in Lautern umhören. Die Disco *Starlight* sei der neue Umschlagplatz.«

»Das Starlight«, sagte Hamm nachdenklich. »Kein schlechter Tipp. Ist uns auch schon ein paar Mal untergekommen.«

»Jedenfalls hab ich mal mit ein paar Kollegen aus der Pfalz telefoniert«, fuhr Boger fort.

»Uff die Bääm, die Pälzer kommen«, warf Schiele ein.

»Herr Schiele, bitte«, maßregelte Ficht den ewigen Witzbold. »Kaiserslautern ist nur siebzig Kilometer von uns entfernt. Mit den Kollegen aus der Pfalz arbeiten wir öfters zusammen«, erklärte er Hauser.

»Kontakte in die Pfalz«, antwortete der Kunstspezialist nachdenklich. »Dann sind die Bilder vielleicht noch in Deutschland. Ehrlich gesagt macht mir euer Dreiländereck Sorgen.«

»Ich habe da auch noch etwas.« Ein schmächtiger Mann mittleren Alters hob die Hand. Als Ficht ihm zunickte, sagte er: »Timo Klimm – ich habe heute ein paar Museumsmitarbeiter verhört. Hauptsächlich die Leute von der Security-Firma. Die meisten dürften sauber sein. Aber einer hat mir etwas Interessantes erzählt.« Er kramte in seinen Papieren und zog ein Blatt heraus. »Hier haben wir ihn. Franz Klein, Wachmann. Seit fünfzehn Jahren bei der Firma Argus, vorher war er ebenfalls bei einem privaten Wachdienst. Nicht vorbestraft, keine Jugendstrafen, fünf Kinder, hat gerade ein Haus gebaut. Er war zwei Tage vor dem Einbruch im Stiefel, eine Bierstube am St. Johanner Markt. Da hat ihn ein junger Mann angesprochen. Klein wurde misstrauisch, als der Mann immer wieder auf seinen Arbeitsplatz zu sprechen kam. Der Wachmann war sich fast sicher, dass er den Mann kurz vorher schon im Museum unter den Besuchern gesehen hat. Laut seinen Angaben sprach er hochdeutsch mit leicht pfälzischem Anklang, war etwa fünfundzwanzig Jahre alt. Als besonderes Merkmal gibt Klein helle Augen an. ›Fast gelb, richtig gespenstisch‹, hat er zu Protokoll gegeben.«

»Sehr gut«, sagte Ficht.

Klimm strahlte.

»Sie gehen morgen noch mal zu diesem Zeugen«, fuhr Ficht fort. »Nehmen Sie einen Polizeizeichner mit. Vielleicht kriegen wir ja ein brauchbares Gesicht. Boger, Sie und Büchner hören sich in diesem Starlight um. Wir stellen ein Ersuchen über unser Innenministerium, eigene Ermittlungen auf dem Hoheitsgebiet Rheinland-Pfalz durchführen zu dürfen.«

»Welche Punkte sind noch abgearbeitet worden?«, fragte Ficht weiter.

Ein Polizist nach dem anderen gab einen kurzen Bericht über den Verlauf des Tages und sein Arbeitsgebiet. Jeder Angestellte des Museums, einschließlich der Leute von der Reinigungsfirma und dem Gartenbaubetrieb, der die Außenanlage betreute, war überprüft und befragt worden. Ebenso alle Anwohner in der Umgebung des Museums. Keiner hatte etwas beobachtet.

Die Tatortgruppe hatte die Spuren in ihre Datenbank eingegeben und mit Tausenden anderer Spuren verglichen –

ohne Ergebnis. Der Polizeiapparat lief auf Hochtouren. Eine Mühle, die Menschen, Spuren, Vermutungen immer und immer wieder durchsiebte, in der Hoffnung, irgendein brauchbarer Hinweis bliebe hängen.

»Ich habe heute eine merkwürdige Geschichte gehört.«

Bei Büchners Tonfall, der sich von den sachlichen Berichten seiner Kollegen unterschied, horchten alle auf.

»Ich habe Herrn de la Haye getroffen, den Vorsitzenden des Freundeskreises und Stifter des Museums. Ihm hat das unbekannte Bild ›Der kleine Tod‹ gehört, bevor er es dem Museum übergeben hat.«

»Du meinst, dieser Kleine, den so ein alter Niederländer gemalt haben soll?«, fragte Rehn nach.

Büchner nickte. Ein paar Kollegen blickten zur Pinnwand und betrachteten das Foto des Gemäldes.

»Es ist das einzige unbekannte Bild, das gestohlen wurde. Und bei der Reaktion der Restauratorin ... Ich dachte, vielleicht ergibt sich da etwas«, fuhr Büchner fort.

»Und?«, fragte Hauser, als Büchner nicht gleich weiter sprach.

»De la Haye hat mir die Geschichte des Bildes erzählt. Vielmehr seine Familiengeschichte. Ziemlich tragisch, würde ich sagen. Fast alle Mitglieder der Familie sind gestorben. Er glaubt, dass die vielen Todesfälle mit dem Bild zusammenhängen.«

Einige Sekunden herrschte verblüfftes Schweigen.

»Zusammenhängen? Was soll das denn heißen?«, wollte Schneider wissen.

»Er glaubt, das Bild hat sie getötet.«

Ungläubiges Gemurmel und Gelächter.

»Das Bild hat sie getötet? Wie denn? Ist es etwa giftig? Die Farben, vielleicht?«, hakte Hamm nach.

»Nein.« Büchner schüttelte den Kopf. »Er weiß es selbst nicht, aber irgendwo sieht er da einen Zusammenhang.«

Hamm von der Wirtschaftskriminalität, der Büchner gegenübersaß, grinste. »Ein Bild als Killer. Hey, Brand, das ist ja direkt was für dich. Du warst doch früher bei der Mordkommission.«

Johann Brand sah zu dem Bild hin. »Ich kann es verhaften, muss ihm aber vorher eine Rechtsmittelbelehrung geben.«

»Mach das!«, johlte Hamm. »Nicht dass es sich nachher bei seinem Anwalt beschwert.«

Alle lachten.

Büchner saß mit rotem Kopf zwischen seinen feixenden Kollegen. Boger neben ihm schoss wütende Blicke nach allen Richtungen.

Hauser sah nachdenklich zu ihnen herüber. Dieser Büchner war weiß Gott kein Idiot. Etwas an der Geschichte musste ihn beeindruckt haben.

»Das gibt es häufiger«, mischte er sich deshalb ein. Das Gefeixe verstummte. Alle sahen zu dem Kunstexperten hin.

»Kunstgegenstände, also Bilder, Möbel, auch Schmuck, haben ihre eigene Geschichte. Da die meisten dieser Dinge alt sind, sind manchmal über Jahrhunderte Sagen und Legenden entstanden, die sich um sie ranken.«

»Und ist etwas daran? An den Geschichten?«, fragte Büchner.

Hauser zuckte die Achseln. »Schwer zu sagen. Bilder haben ihre eigenen Geheimnisse. Zum Teil waren sie voller Rätsel und Anspielungen, die die Maler ihren Zeitgenossen damit aufgaben.«

»Sudoku in alt.« Schiele, der ewige Spassvogel, grinste.

»Ganz genau«, stimmte ihm Hauser zu. »Dieser Vorbesitzer glaubt also, das Bild tötet?«, fragte er nach.

»Er ist davon überzeugt. Ich glaube, dass er sogar Angst vor dem Bild hat, beziehungsweise davor, was es anrichten könnte«, sagte Büchner ernst. »Wie wir da so im Nebel standen, habe ich es fast selbst geglaubt.« Er sah zu Hauser hinüber, als warte er auf eine Erklärung, ein erlösendes Wort.

»Meist haben solche Legenden einen wahren Kern. Wenn diese Familie viel Unglück hatte, für das es keine normale Erklärung gab, hat sich das Bild, immerhin ein geheimnisvolles Bild mit unklarer Geschichte, geradezu angeboten. Der Anfang war vielleicht eine Koinzidenz der Fälle, dann kam so etwas wie selffulfilling prophecy dazu.«

»Man glaubt etwas so stark, bis man selbst die Voraussetzung schafft, dass es auch eintritt?«, wollte Büchner wissen.

»Genau. Das wäre die für uns verständlichste Erklärung. Aber da gibt es noch etwas.« Kurz sah Hauser in die Runde.

Schließlich blieb sein Blick an Büchner hängen. »Im Mittelalter glaubten die Menschen an Heiltümer. Das waren Bilder, vor denen man gesund werden konnte. Der Isenheimer Altar in Colmar ist ein solches Bild. Er hing im Pestkrankenhaus, alle Betten waren auf das Bild gerichtet, so dass die Kranken es immer sahen. Tatsächlich sind, der Überlieferung nach, dort erstaunlich wenig Menschen gestorben.«

»Das Bild hat sie geheilt?«, fragte Büchner.

Ein paar Kollegen lachten.

»Ich weiß es nicht«, sagte Hauser, der ernst blieb. »Ich weiß nur, dass Kunst mehr ist als bunte Farbe auf einer Leinwand.«

»Hey, da gibt es doch diese Geschichte«, fuhr Boger auf. »Von diesem Mann, der auf dem Dachboden ein Bild hat, das an seiner Stelle altert.«

Erstaunt sah Büchner zu seinem Kollegen. Boger kannte Oscar Wilde? Erstaunlich.

»Könnten wir jetzt wieder zur Sache kommen?«, warf Ficht sichtlich schlecht gelaunt in die Runde. »Bevor wir uns jetzt auch noch in Geschichten verlieren?«

»Geschichten erzählen kann Boger gut«, kam es von Hamm.

Ein strafender Seitenblick von Ficht ließ ihn verstummen. Aber Schiele ging sofort darauf ein: »Da kann die interne Untersuchung ein Lied von singen, nicht wahr, Boger?«

»Es reicht!« Die Stimme von Ficht klang scharf. »Ich muss sie jetzt wirklich bitten, bei der Sache zu bleiben.«

Boger, der schon auffahren wollte, schluckte und machte ein düsteres Gesicht.

Das Verlesen der Verhörprotokolle und die Berichterstattung gingen weiter. Nur Hauser und Büchner waren nicht mehr ganz bei der Sache.

19.

Der Regen fiel in langen Schnüren auf den durchweichten Lehmboden. In den Bäumen saßen die Krähen, um sich vor dem Regen zu schützen. Armin fand, dass sie verteufelte Ähnlichkeit mit dem Pastor oder Pfarrer vor ihm hatten. So genau kannte er sich nicht aus, ein spitznasiger evangelischer Priester eben, dem das Wasser in den Hemdkragen und über die angeklatschten Haare lief. Der Evangele sah ziemlich schlecht gelaunt aus. Kein Wunder, bei dem Job, Leute unter die Erde zu bringen. Nicht grade lustig. Aber vielleicht gewöhnte man sich ja dran.

Lustlos leierte der Pfaffe seinen Part herunter, gar nicht feierlich. Aber aus Feierlichkeiten machten sich die Evangelen ohnehin nichts. Kannte er von seinem angeheirateten Onkel – der war auch einer.

Hatte er gar nicht gewusst, dass die Schabe evangelisch war. Was Willi wohl war?

Verstohlen musterte Armin ihren angespannten Körper in den ausgebleichten Jeans unter der dunkelgrünen Regenjacke. Entweder hatte sie keine schwarzen Klamotten, oder sie war auch evangelisch.

Wenigstens die Steuerberater trugen schwarze Mäntel. Ralf hielt schützend einen Schirm über Willi, ausgerechnet einen knallbunten.

Armin seufzte. Wahrscheinlich war er doch der einzige Katholik hier.

Nett von den Steuerberatern, dass sie gekommen waren. Sonst wären sie nur zu dritt gewesen. Willi, Wolf und er.

Bisschen wenig. Wie hatte dieser Typ gesagt? Dieser Schwiegervater in spe? »Meiner Tochter ist eine Beerdigung nicht zuzumuten.«

Gut, dass nicht er, sondern Bernd am Telefon gewesen war. Er wäre bestimmt ausgeflippt und hätte den Alten angeschrien.

Es hatte ewig gedauert, bis die Bullen Sebastians Leichnam freigegeben hatten. Freigegeben – als hätte er was verbrochen. Und dann das Geschnarre von Koldehoff über Unfallsachverständige, persönliches Versagen und vermutliche Unfallursache. Hieß doch nur, dass sie nichts herausgefunden hatten. Die Schabe war einfach so gegen den Baum gefahren.

Armin spürte ein Würgen im Hals. Schnell konzentrierte er sich wieder auf den bunten Regenschirm.

Bernd hatte den Arm um Willis Schultern gelegt. Sie hielt den Kopf gesenkt, starrte gedankenverloren auf ihre Turnschuhe.

Nett, dass die Steuerberater die Beerdigung bezahlten. Konnten sie wahrscheinlich als Betriebsunkosten absetzen.

Beinah hätte Armin gekichert. Im letzten Moment biss er sich auf die Unterlippe.

Wolf, der neben ihm stand, trat schon von einem Bein auf das andere. Hatte wahrscheinlich nasse Füße.

Doch der Evangele redete immer weiter.

Hoffentlich dauerte der Leichenschmaus nachher nicht zu lange. Kaffee und Kuchen nach der Beerdigung, darauf hatten die Steuerberater bestanden. Wenigstens zu Hause, in der *Goldenen Gans,* die heute zu bleiben würde. Die beiden waren bestimmt schwul. Gemeinsame Praxis, gemeinsame Wohnung, gemeinsame Kneipe. Und keine Weiber weit und breit. Die beiden Dicken zusammen im Bett …

Er schüttelte sich. Nee, das wollte er sich lieber nicht vorstellen.

Abschätzend musterte er seine Chefs, die mit Willi unter dem Schirm eng beieinander standen.

Na endlich. Der Pastor oder Priester schien zum Ende zu kommen. Mit weit ausholender Bewegung segnete er das Loch. Wenigstens hatten sie grünen Kunstrasen reingelegt. Wirkte nicht ganz so ungemütlich wie die nasse Erde. Aber der Schabe war das jetzt auch egal.

Armin stieß als Erster den kleinen Spaten in die aufgehäufte Erde. Dumpf prasselte sie auf den Sarg.

Wie laut sich das anhörte. Unbeholfen trat er einen Schritt zurück, so dass Willi, die nach ihm kam, sich umdrehen musste, um an den Spaten zu kommen.

Beerdigungen waren einfach nicht sein Ding. Unauffällig versuchte er, Abstand von der kleinen Gruppe am Grab zu halten.

Es dauerte endlos, bis alle ihr Häufchen Erde auf den Sarg geworfen hatten. Der Priester murmelte noch ein paar Worte. Dann war die Veranstaltung beendet.

Trotzdem ging niemand. Der Evangele schüttelte jedem die Hand und quatschte salbungsvoll daher.

Entnervt ging Armin wieder näher zur Gruppe. Mit einem Ohr hörte er, wie die Krähe zu Bernd Schulz sagte: »... ein so junges Leben. Tragisch, dieser ungestüme Hang zu Freiheit und Abenteuer.«

Er sah, wie Willi den Kopf hob und den Evangelen mit zusammengekniffenen Augen musterte. »Freiheit und Abenteuer?«

Der Priester kannte sie nicht, sonst hätte ihn ihr Tonfall alarmiert. Also setzte er noch einen drauf: »Ein Motorradunfall, das passiert so häufig, gerade bei jungen Menschen. Sie überschätzen sich und diese Maschinen und ...«

»Überschätzen?«, unterbrach ihn Willi. »Sie haben ja keine Ahnung. Ich wäre froh, er hätte sich mal überschätzt. Sebastian war so klein – mit Hut.«

Sie trat unter dem Schirm vor und fuchtelte mit Daumen und Zeigefinger vor dem Pfaffen rum, um zu zeigen, wie klein Sebastian war. Der Evangele trat erschrocken einen Schritt zurück.

»Freiheit und Abenteuer? Mit seiner Uralt-Karre? Sie haben ihn doch gar nicht gekannt. Wissen Sie, was für den Freiheit war? Einen Beruf zu haben. Die Chance, seinen Sohn großzuziehen, ohne dass ihm jemand dazwischen quatscht. ›Der ungestüme Hang zu Freiheit und Abenteuer‹ – ich könnte kotzen.«

Betreten sah Armin ihr zu, wie sie da heulend im Regen stand und diesen Pfaffen anging.

»Mensch, Willi«, murmelte er. »Der Mann kann doch nichts dafür.«

Mit dem Ärmel ihrer Jacke wischte sie sich über ihr verheultes Gesicht. »Stimmt«, schniefte sie. »Aber wir! Wir können was dafür.« Damit drehte sie sich um und ging den Friedhofsweg hinauf.

Er lief ihr nach, holte sie ein, ging mit gesenktem Kopf neben ihr. Nach einer Weile fragte er: »Wie meinst du das?«

»Wir hätten ihn nicht mitnehmen sollen. Das war nichts für ihn.«

»Wir haben ihn doch nicht gezwungen, oder?«

»Irgendwie schon. Wir haben ihm den Traum in den Kopf gesetzt. *Armins*, die Ausbildung, all das.«

»Ja, aber …«

Sie blieb stehen, sah ihn mit Augen an, die so nass und grau wie der Himmel waren. »Wie er dagesessen ist. Vor dem Bild mit dem kleinen Jungen. Vielleicht hat ihn das so schockiert, dass er was richtig Kriminelles gemacht hat.«

»Meinst du, er hat sich doch umgebracht?«

Willi sah zu Boden, antwortete nicht. Die anderen hatten sie eingeholt. Schweigend ging die kleine Gruppe durch den Regen.

20.

In der *Goldenen Gans* war es warm und trocken. Die kleine Beerdigungsgesellschaft schälte sich aus den nassen Mänteln und drängte sich an einen der runden Tische.

»Erst mal einen Schnaps, oder?« Als sich Armin erheben wollte, legte Bernd ihm die Hand auf die Schulter. »Lass mal, Junge.«

Sein Freund Ralf machte sich schon an der Kaffeemaschine zu schaffen. »Espresso? Milchkaffee? Cappuccino?«

Offensichtlich waren die beiden wild entschlossen, ihre Angestellten zu bedienen. Kurz grinste Armin zu Willi hinüber, die wieder aufzutauen schien. Seit der Beerdigung war sie selber so blass wie eine Leiche.

Als ihre Chefs mit den Getränken an den Tisch kamen und die Schnapsgläser verteilten, prosteten sie sich zu.

»Auf Sebastian.«

Armin spürte den Schnaps scharf und würgend in der Kehle. Er mochte keine harten Sachen. Trotzdem stürzte er ihn hinunter.

»Auf das Leben und den Tod«, fügte Bernd hinzu.

»Auf die schwarze und die weiße Dame«, ergänzte Wolf mit einem Augenzwinkern zu Armin.

Der verschluckte sich, hustete. Fassungslos starrte er Wolf an, der ihm hilfsbereit auf die Schulter klopfte.

»Die schwarze und die weiße Dame? Ist das nicht eines der gestohlenen Bilder?«, fragte Ralf arglos.

»Schwarz und weiß. Braut und Witwe. Leben und Tod«, meinte Wolf und rührte seinen Kaffee um.

Mit offenem Mund sah ihm Armin zu. Was war das denn für eine Nummer? Wieso quatschte Wolf über die Bilder?

Hilfesuchend sah er zu Willi, die ebenfalls Wolf anstarrte.

»Schlimme Sache, dieser Kunstraub«, meinte der dicke Ralf, der offensichtlich die Spannungen am Tisch nicht mitbekam. Und, als wäre er froh, ein Thema jenseits von Sebastian und dem Friedhof gefunden zu haben: »Da fragt man sich doch, wer dahintersteckt.«

»Kluge Köpfe.« Wolf lehnte sich in seinem Stuhl zurück.

»Na hör mal«, fuhr Bernd Schulz dazwischen und klemmte sich neben seinen Freund. »Kunstraub ist doch kein Kavaliersdelikt. Das sind Verbrecher, keine klugen Köpfe.«

»Das ist doch kein Verbrechen«, begehrte Armin auf. Er merkte selbst, wie kratzig sich seine Stimme anhörte. Den anderen schien es nicht aufzufallen. Er räusperte sich: »Das sind doch nur ein paar alte Bilder. Krempel.«

»Krempel, der der Allgemeinheit gehört. Krempel, an dem sich viele Menschen freuen. Geld dafür bezahlen, um ihn sich anzusehen. Nein, Armin ...« Nachdenklich schüttelte sein Chef den Kopf. »Ich finde es schlimmer, einem Museum Bilder zu klauen als irgendeinem Protz den Porsche.«

»Autodiebe, Mensch, das sind Kriminelle«, warf Armin ein.

»Und Kunstdiebe nicht?«, mischte sich Ralf ein. »Kunst ist Teil unserer Gesellschaft. Die Sammlungen in den Museen sind unsere Kulturgüter.«

Armin fand, dass Ralf mit seinen hochgezogenen Augenbrauen wie eine schwergewichtige Eule aussah.

»Das Gute, Wahre, Schöne, was?« meinte Wolf. »Als wäre Kultur etwas Hehres. Da geht's doch auch nur um

Geld. Für einen van Gogh werden 25 Millionen bezahlt, ein Picasso bringt 82 Millionen. Da geht's nicht um Schönheit oder künstlerische Eigenart, Einmaligkeit oder ihr Thema. Da geht's um Kohle, Kapitalanlage, Spekulation.«

»Vielleicht für die Kunsthändler, aber doch nicht für die Museumsbesucher, die sich einfach daran freuen, einen Picasso oder van Gogh zu sehen.«

Der Steuerberater wurde wütend. Armin kannte Bernd mittlerweile gut genug, um die ersten Anzeichen zu erkennen. Die geschwollene Schläfenader, der starre Blick, mit dem er Wolf musterte.

Mann, da hätte er sich ja lieber Gesülze über die Schabe angehört als dieses Gespräch. Aber Wolf war nicht zu bremsen. Selbstgefällig kreuzte er die Arme vor der Brust. »Bei Kunstraub geht's ums große Geschäft. Nicht um einen erbärmlichen Autodiebstahl. Da mischen die Cleveren mit. Und bis jetzt haben die Bullen noch keine Spur.«

»Die Typen werden gefasst. In der Zeitung stand, das waren Amateure«, gab Bernd unfreundlich zurück.

»In der Zeitung steht viel«, antwortete Wolf ungerührt.

»Sag mal, was soll das? Du hörst dich an, als würdest du diese Diebe bewundern.«

Mit einem Ruck stand Armin auf. »Ich gehe jetzt.«

Alle sahen ihn an. Ohne sich darum zu kümmern, quetschte er sich an den Steuerberatern vorbei, nickte Willi zu und vermied es, in Wolfs Richtung zu schauen.

»Aber der Kuchen …«, murmelte Ralf hilflos.

»Seid nicht böse, ich muss gehen.«

Als die Holztür hinter ihm zuschlug, atmete er auf.

Die Luft war schwer von Kälte und feuchtem Laub. Er stellte seinen Mantelkragen hoch, grub die Hände in die Taschen und sprang die Steintreppe hinunter. Nur weg. Kriminelle, Diebstahl an der Allgemeinheit, Millionen, die Cleveren …

Verdammt. Das hatte er nicht gewollt. Einfach ein paar Kröten für *Armins*.

Den Blick fest auf die nasse Straße gerichtet, lief er durch die Stadt. Die Menschen, die ihm unter ihren Regenschirmen entgegenkamen, nahm er nicht wahr.

Wolf war es verdammt wichtig, zu den Großen zu gehören, den Cleveren. Und er war ihm wie ein Idiot nachgerannt. Mann, auf was hatte er sich da nur eingelassen? Die Schabe war tot.

»Na, junger Mann?«

Ohne es zu merken, war er an seinem Miethaus angekommen. Da stand sie unter einem gelben Regenschirm, die roten Haare vor Nässe leicht gekräuselt, den Mund zu einem Lächeln geöffnet. Eine Einladung zum Vergessen. Wie von einem Magnet angezogen kam Armin näher. Schlüpfte unter ihren Schirm. Fühlte ihren Körper, warm und nah. Hungrig presste er seinen regenfeuchten Mund auf ihren.

21.

»250.000 Euro?« Peter Schiele pfiff durch die Zähne. »Das ist eine ganze Menge.«

»Der Museumsvorstand und der Vorstand des Förderkreises haben mir die Höhe der Belohnung gerade mitgeteilt. Dass sie überhaupt eine aussetzen, verdanken wir wohl der Initiative von Herrn de la Haye«, erläuterte Hauser den Männern, die sich zur Besprechung im SOKO-Raum getroffen hatten.

»Wie soll das vor sich gehen?«, wollte Boger wissen.

»Wir setzen ein Inserat in die Zeitung, dass derjenige, der uns zweckdienliche Hinweise gibt, die zur Wiederbeschaffung der gestohlenen Bilder führen, unter bestimmten Bedingungen diese Summe erhält.«

»Welche Bedingungen?«

»Na, die Diebe werden die Kohle nicht kriegen«, warf Walter Hamm ein.

»Kaum«, bestätigte Hauser. »Natürlich wenden wir uns mit dem Inserat an Leute aus der Szene. Einige der besten Informanten sind nun einmal Kriminelle.«

»Boger brauchen Sie das nicht zu sagen«, murmelte Schiele.

Ein paar der Männer lachten, die meisten rutschten unbehaglich auf ihren Stühlen. Boger selbst blieb unbeweglich wie ein Felsklotz.

Hauser warf ihm einen kurzen Blick zu. Mittlerweile kannte er Bogers Vorgeschichte, die Vorwürfe, sein Kontakt zur Unterwelt sei ein bisschen zu eng gewesen. Aber er kannte auch seinen Ruf, ein Verhörspezialist und gewiefter Polizist zu sein. Deshalb wollte Hauser ihn für die SOKO, auch gegen den Widerstand von Ficht.

»Ansonsten versuchen wir über Kleinanzeigen und das Internet, Kontakt zu den Dieben aufzunehmen. Falls keine Organisation hinter dem Raub steckt, werden sie mittlerweile gemerkt haben, dass sie die Bilder nicht loswerden«, fügte er hinzu.

Schneider von der Fahndung hob den Arm. »Ich habe da eventuell was.«

Interessiert drehten sich ihm alle Köpfe zu.

»Von unseren südspanischen Kollegen, heute reingekommen.« Rasch ließ er Abzüge eines grobkörnigen Fotos durch die Reihe gehen. »Das da rechts ist Cortez, ein Heroinimporteur, der vor allem in Marbella Geschäfte abwickelt. Dort haben die Kollegen ihn fotografiert. Und jetzt ratet mal, wer da im kleinen Weißen neben ihm steht.«

Alle Köpfe beugten sich über die Abzüge und betrachteten den kleinwüchsigen Mann im weißen Anzug, der sich neben Cortez und seinen Gorillas merkwürdig bieder ausnahm.

»Hey, das ist der Korse«, rief plötzlich Köhler. »Michel Castelot, genannt der Korse. Seit wann mischt der im Drogenhandel mit? Ich dachte, er habe sich auf Prostitution und Glücksspiel spezialisiert.«

»Gute Frage!« Schneider lächelte. »Seit wann mischt der im Drogenhandel mit? So toll laufen seine Geschäfte nicht. Woher hat er also die Kohle, um bei Drogen einzusteigen?« Er wandte sich an Hauser: »Wir sollten uns doch nach ungewöhnlichen Dingen umhören. Das hier ist ungewöhnlich. Da bewegt sich was, wenn der Korse nach Marbella fährt.«

Hauser nickte. »Gut. Beobachten Sie das weiter.«

»Klar.«

»Wieso heißt der Typ eigentlich ›der Korse‹«, fragte Büchner. »Er sieht gar nicht wie ein Südländer aus.«

»Ist er auch nicht. Er ist ein Wackes.«

»Wackes?«, fragte Hauser nach.

»Ein Lothringer. ›Der Korse‹ heißt er wegen Napoleon – weil der auch so klein war und weil Castelot seine Gang wie ein beschissener Feldherr führt. Ist vor etwa zehn Jahren im organisierten Verbrechen aufgetaucht. Hatte zuerst Kontakte zur Russenmafia, hat sich dann aber schnell selbstständig gemacht. Niemand weiß, wie er das geschafft hat. Findiger Kopf.« Fast so etwas wie Bewunderung klang in Schneiders Stimme mit.

Nachdenklich betrachtete Hauser das Foto. Ein findiger Kopf – interessant.

»Ich kann mich bei seinen Mädels mal umhören, ob der Korse was plant«, warf Boger mit unbewegter Miene ein.

»Als ob die was wissen«, sagte Rehn verächtlich.

Boger zuckte mit den Schultern. »Irgendwas dringt immer nach unten. Auch nach ganz unten.«

»Tun Sie das«, sagte Hauser und fing sofort einen scharfen Blick vom SOKO-Leiter auf. Hubert Ficht war gegen Boger und signalisierte sein Misstrauen ständig.

Klammer, ein junger Kollege, hob den Arm. »Wir haben schon mal angefangen, alle vorbestraften Kunsthändler zu überwachen. Bis jetzt hat sich da noch nichts ergeben.«

»Ich weiß nicht.« Hamm stieß sich vom Tisch ab, verschränkte die Arme über der Brust und rieb sich seinen Dreitagebart. »Belohnungen für Diebe, Strafnachlass für Verbrecher, wenn sie helfen, ein gestohlenes Bild wiederzufinden – das stinkt doch. Ich meine, wo ist denn da noch der Unterschied zwischen denen und uns?«

»Ist doch immer die Frage, oder?«, ließ sich unvermittelt Boger vernehmen. Die meisten der Kollegen sahen ihn nicht an, was dem Dicken ein Schnauben entlockte.

Auch Hauser starrte vor sich auf die Tischplatte. Flexibles Reagieren, auch mit ungewöhnlichen Methoden, war die einzige Chance. War nicht unbedingt angesagt bei der Polizei. Ermittlungen bei Kunstraub waren langfristig, kostspielig und vielschichtig. Er hob den Kopf und sagte: »Natürlich müssen wir uns manchmal auf dünnem Eis bewegen. Aber natürlich sind wir an die Gesetze gebunden.« Er merkte selbst, wie lahm das klang.

»Was ist übrigens mit diesem Security-Mann? Diesem – wie hieß er noch mal?«, lenkte Hubert Ficht das Gespräch in eine andere Richtung.

»Franz Klein«, antwortete Sachbearbeiter Schmidt prompt. »Unser Polizeizeichner hat ein Phantombild gemacht.«

»Ganz gut gelungen«, warf Hamm ein. »Der Abgleich hat einen Namen erbracht: Wolfgang Pruckner. Die Kollegen in Kaiserslautern haben den Mann noch in den Akten. Jugendstrafe, aber Kleinkram. Hat sein Physikstudium abgebrochen. Fährt zurzeit Taxi in Kaiserslautern. Wir wollen ihm morgen einmal auf den Zahn fühlen.«

»Morgen?«, fragte Hauser.

»Wir sind gestern Nacht um zwei nach Hause gekommen, heute Morgen um sechs raus«, maulte Hamm.

»Trotzdem. Es wäre mir lieber, ihr versucht es heute Abend noch«, meinte Hauser. Irgendwie hatte er das Gefühl, die Zeit würde drängen.

»Ich kann das erledigen«, sagte Büchner.

»Ich komme mit«, erklärte Boger sofort.

»Was machen Sie denn eigentlich den ganzen Tag?«, wandte sich Hamm unvermittelt an Hauser. »Wir rennen uns die Hacken ab, erstatten brav Bericht, da wär es nett zu hören, was der Spezialist so treibt.«

»Was soll das, Hamm?«, rief Hubert Ficht vom Kopfende her.

Doch dieser Einwurf beeindruckte Hamm nicht im Geringsten. Provozierend sah er zu Hauser. Ein paar Kollegen in der Runde taten es ihm nach. Zurückgelehnt, mit verschränkten Armen, sahen sie ihn an. Büchner beugte den Kopf tief über das Foto, als gäbe es dort etwas zu entdecken, Klammer und Rehne scharrten verlegen mit den Füßen. Nur Boger verzog keine Miene.

Hauser registrierte alles. Spezialisten waren bei der Polizei nicht beliebt.

»Herr Hamm hat recht«, sagte er. »Natürlich erstatte ich Bericht, genau wie jeder von Ihnen. Ich bin dabei, ein Netz aufzubauen. Heute habe ich mich mit einer Händlerin aus dem Saarland getroffen. Marie Weller – den Namen habe ich von einem Stuttgarter Antiquar, mit dem wir häufiger zusammenarbeiten.«

Als er an Frau Weller dachte, musste er unwillkürlich lächeln.

»Ist wohl ein heißer Feger, was?«, warf Schiele prompt ein.

»Das kann man wohl sagen«, antwortete Hauser. Die Beschreibung war gar nicht so falsch, auch wenn Marie Weller bestimmt schon an die siebzig war.»Ich habe mit ihrer Hilfe Namen und Adressen von Händlern und Galerien bekommen, die verbreiten werden, dass sie Interesse an heißer Ware haben«, fuhr er fort. »Falls die Diebe versuchen, die Bilder zu verkaufen, werden sie automatisch an einen der eingeweihten Händler geraten. Und der nimmt dann Kontakt zu uns auf.«

22.

»Le petit mort.«

»Hmmm?« Träge drehte sich Armin zu der Frau neben sich.

»Der kleine Tod – Le petit mort«, wiederholte Isabel.

Sie hatte den Kopf auf ihre gefalteten Hände gelegt – wie ein kleines Mädchen, ein sattes kleines Mädchen.

Die Katze hat die Maus verspeist, dachte Armin, als er in ihre grünen Augen sah. Grün wie Pistazieneis, grün wie süßer Chartreuse. 55 Prozent Alkohol.

»So nennen die Franzosen den Orgasmus. Le petit mort. Auf niederländisch: De kleine Dood.«

»Ah ja«, murmelte Armin und beugte sich näher. Sie roch verdammt gut. Sommer an einem See. Er streifte mit seinen Lippen ihre Schulter. Spürte die winzigen Härchen, sah die mikroskopisch kleinen Sommersprossen, die die Schulter sprenkelten. »Ich wusste es. Du bist echt«, flüsterte er in ihre weiche Haut.

Sie drückte sein Gesicht von ihrem nackten Körper weg. »Was?«

»Eine echte Rote. Nicht gefärbt«, antwortete er, wollte wieder näherrücken, ihren Duft einatmen. Langsam ließ er seine Hand über ihre Hüfte gleiten, die Oberschenkel. Spürte das narbige Gewebe, das die glatte Haut wie einen Graben durchschnitt. »Was ist denn da passiert?«

Mit sanftem Druck schob sie ihn weg. » Ein Autounfall.«

»War bestimmt schlimm«, meinte er und versuchte, wieder näherzurücken.

»Lass das.«

Seufzend ließ er sich ins Kissen sinken. Gut, wenn sie nicht darüber reden wollte …

»De kleine Dood. Sagt dir das nichts?«

»Doch.« Er streckte den Körper, spürte die Muskeln. Es fühlte sich gut an. »Sagt mir was. Orgasmus, oder?«

»Ihr habt euch die Rückseite nicht angesehen?«

»Rückseite?«

»Die Rückseiten der Bilder.«

Als hätte ihm jemand die Decke weggezogen, lag er da, kalt und bloß. Mit einem Ruck setzte er sich auf, strich sich mit der Hand die Locken aus dem Gesicht, als könne er dann klarer sehen und verstehen, was sie sagte.

»Bilder?« Mehr brachte er nicht heraus.

Die Frau neben ihm lag unbeweglich da, das Gesicht immer noch auf den gefalteten Händen, die grünen Katzenaugen unerbittlich auf ihn gerichtet. »Auf der Rückseite steht der Titel. ›De kleine Dood. Der kleine Tod‹. So heißt das Bild. Wahrscheinlich vom Maler selbst geschrieben. Das wird die Untersuchung in Haarlem zeigen.«

Verwirrt sah Armin in den Raum. Die vertrauten Umrisse seiner Bude, das alte Sofa mit der roten Decke darüber, den Sessel, die Türme der Anlage, den Couchtisch, das schiefe Billi-Regal, hinter dem die Bilder lagerten. Die Bilder … Er riss seinen Blick los.

»Was redest du denn?«, sagte er aggressiver als beabsichtigt.

Isabel neben ihm setzte sich auf, die Bettdecke fest um ihren Körper geschlungen. »Ich will die Bilder.«

Ihm wurde heiß. Unmöglich, länger hier zu liegen, neben ihr.

Er schwang sich aus dem Bett, hangelte nach seiner Unterhose. In seinem Kopf drehten sich die Gedanken, überschlugen sich, entglitten. Zeit – er musste Zeit gewinnen.

Ohne sie anzusehen, ging Armin zu seiner Küchenzeile. Während er den Vorhang beiseiteschob, sagte er möglichst beiläufig: »Keine Ahnung, wovon du redest.«

Sie antwortete nicht.

Mit einer Hand nahm er sich ein Bier aus dem Kühlschrank. Das Zischen, als er den Bügelgriff öffnete, war das einzige Geräusch im Raum. Verstohlen sah er zu ihr. Unbeweglich wie eine Statue saß sie im Bett und sah ihn an. In seinem Bett. Ein warmer Schatten im Halbdunkel des Tages. Nur ihr dichtes Haar, das in wirren Strähnen ihr Gesicht umrahmte, schien lebendig.

Er schlenderte zu seiner Anlage, stöpselte die riesige Leuchtreklame ein, die quer über der Wand hing. Buntes Licht ließ *Savoy* aufleuchten. »Die ist auch echt«, sagte er über die Schulter. »Hing mal über dem Savoy in Hamburg.«

Schweigen.

»Willst du Musik hören?«

»Ich will die Bilder.« Ihre Stimme so warm, so intim, als hätte sie gesagt: Ich will dich. Aber sie wollte nicht ihn.

»Du spinnst ja. Ich weiß gar nicht, worüber du redest.«

Ein Rascheln hinter ihm verriet, dass sie aus dem Bett stieg. Als er sich umdrehte, sah er, wie sie sich anzog.

Wieder vertrautes Prickeln, als sie glänzende schwarze Strümpfe über ihre langen Beine zog.

Er versuchte, sich auf die Narben zu konzentrieren, die sich wie Schlangen über ihre Oberschenkel zogen. Wulstig und hässlich. Musste ein böser Unfall gewesen sein. Ein Makel an diesem makellosen Körper.

Wer war sie überhaupt? Was wollte sie von ihm? Sie war nicht von der Polizei, soviel stand fest. Sonst wäre sie nicht … Oder doch …?

»Hast du ein Bad?«

Als wäre das in diesem Moment die selbstverständlichste Frage der Welt.

Mit einem Nicken wies er zur Eingangstür. »Im Flur.«

Isabel zog sich ihren Rollkragenpullover über den Kopf und schüttelte ihr Haar. »Es war wirklich nett mit dir. Aber jetzt müssen wir reden.«

Sie ging an ihm vorbei so dicht, dass er nur die Hand hätte ausstrecken müssen, um sie anzufassen.

Betäubt sah er ihr nach. Nett? Es war großartig gewesen. Auf der Skala für den besten Sex fünfzehn Punkte. Nett? Reden, hatte sie gesagt.

Ein kalter Lufthauch streifte seinen Oberkörper. Ihn fröstelte, obwohl es warm war im Zimmer. Hastig ging er zum Bett und kramte seine Sachen zusammen. Sie hatte ihn ausgezogen und die Klamotten überall verstreut.

Warum hatte er sie auch mit hochgenommen? Tat er doch sonst nie. Eine feine, saubere Sache: nie Weiber mitnehmen. Aber mit ihr war alles anders. Woher hatte sie überhaupt seine Adresse? Die Bilder …

Mit fahrigen Händen schloss Armin seinen Hosengürtel, ging zum Regal, ertastete in dem schmalen Spalt vor der Wand die Rahmen. Sie waren noch da.

»Hier hast du sie versteckt.«

Er hatte sie nicht hereinkommen hören. Kurz sah er sich selbst: in halber Hocke, einen Arm hinter dem Bücherregal eingeklemmt. Verlegen stand er auf.

Sie schob ihn beiseite, kniete sich und zog ein Bild nach dem anderen aus seinem Versteck. Erwartungsvoll, den Mund halb geöffnet, schlug sie die erste Leinwand zurück. Leuchtend kam das blaue Pferdchen ans Licht. Ein flüchtiger Blick, das nächste Bild. Der Maler im Garten.

Vor der nächsten Schutzhülle zögerte sie. Eine kurze Bewegung, als wolle sie das Bild an sich drücken. Langsam, fast zärtlich hob sie die Leinwand und schlug sie sorgsam hinter das Bild.

Der kleine Junge sah sie an. Ein vorwurfsvoller Blick, als

würde er sich über seine Gefangenschaft hinter dem dunklen Regal beschweren.

Armin blinzelte, und das Bild sah einfach wieder aus wie ein Bild.

Mit beiden Händen hielt Isabel den Rahmen. Diese halboffenen Lippen mit dem angedeuteten Lächeln, rosa schimmernd, verheißungsvoll. Eben noch hatte sie ihn so angesehen.

Die Tür hinter ihm öffnete sich. Erschreckt drehte er sich um und sah in die Gesichter von Willi und Wolf.

»Was ist hier los?«, rief Wolf. Sein Blick wanderte zu ihm, zu der knienden Frau, zu den Bildern. »Spinnst du?«

Ungläubig, scharf, dieses »Spinnst du«. Verdammt, was hätte er denn tun sollen? Er wusste doch selbst nicht, was passiert war. Hilfesuchend sah er zu Willi.

Sie löste sich von der Tür. Als wäre alles in Ordnung, zog sie ihr grünes Jackenungetüm aus, ließ es auf den Boden gleiten und ging mit ruhigen Schritten zum Sofa. »Wir haben uns Sorgen gemacht. Du bist so schnell verschwunden.«

»Ich war genervt. Die Beerdigung, das Gerede …«

Plötzlich hatte Armin das deutliche Gefühl, im falschen Film zu sein. Da waren diese Frau und die Bilder, und er erklärte Willi seine Gemütslage. Es kam ihm so absurd vor, dass er auflachte.

Willi schien das nicht zu stören. Sie setzte sich und sah in die Runde, als wolle sie die anderen auffordern, es sich doch auch gemütlich zu machen. Merkwürdigerweise wirkte das. Die Spannung im Raum ließ nach.

Isabel stand auf. »Ihr habt die Bilder gestohlen«, sagte sie zu Willi, nicht anklagend, sondern als die Tatsache, die es war.

Willi nickte.

Mit offenem Mund sah Armin sie an. Sah direkt in ihre

Chartreuseaugen, die ihn betrunken gemacht hatten. Versank in ihrem grünen Blick und wünschte sich einen wilden Moment lang, sie wieder unter sich zu haben, mit seinen Händen ihre Arme herunterzudrücken.

Als hätte sie seine Gedanken gelesen, lächelte Isabel ihn an. Dann warf sie die Haare zurück, hielt das Bild wie ein Schutzschild vor sich und sagte: »Die Bilder nehme ich mit.«

»O nein. Das werden Sie nicht«, kam es leise von der Tür. Wolf hatte sich dagegen gelehnt, die Arme über der Brust verschränkt. Mehr denn je erinnerte er Armin an ein Raubtier vor dem Sprung.

»Ich werde euch nicht verraten«, sagte die Frau mit hochmütig verzogenem Mund.

Wolf stieß ein heiseres Lachen aus.

»Ich werde sagen, die Bilder wurden anonym zurückgegeben. Das ist nicht ungewöhnlich. Es passiert häufiger, wenn die Täter merken, dass die Bilder sich nicht so leicht zu Geld machen lassen.«

»Wir sind keine Amateure«, knurrte Wolf sie an. »Wir haben Käufer.«

»Ach?«

»Wie sind Sie überhaupt auf uns gekommen?«, fragte Willi. Nach einem kurzen Blick zu Wolf ging die Frau zum Sofa und setzte sich auf den zerschlissenen Sessel Willi gegenüber.

»›Der kleine Tod‹ hat mich auf eure Spur gebracht.«

»›Der kleine Tod‹?«

»Das Bild.« Sie legte das Gemälde auf ihren Knien ab, betrachtete es eine Weile. Schließlich hob sie den Kopf. Sie sah Wolf an, redete aber zu Willi. »Ihr wisst nichts über das Bild.«

»Es ist merkwürdig, oder?«, fragte Willi und lehnte sich nach vorn, um einen Blick darauf zu werfen. »Es heißt ›Der kleine Tod‹?«

Die Frau nickte und sah endlich zu Willi. Armin merkte, wie er sich entspannte.

»Wahrscheinlich ist es das Porträt eines kleinen Mörders«, begann sie. »Ein berühmter Maler hat ihn abgebildet – Frans Hals. Auf der Rückseite ist der Titel des Bildes aufgeschrieben. Siehst du?« Sie drehte das Bild um und zeigte auf einen verblassten Schriftzug. »›Der kleine Tod‹.«

Interessiert beugte sich Willi noch näher.

»Wenn es von Frans Hals wäre, hätte es in der Ausstellung gehangen«, ließ sich Wolf vernehmen. »Was soll die Märchenstunde?«

»Ich bin dabei, zu beweisen, dass Frans Hals es gemalt hat«, fuhr die Restauratorin auf.

Armin sah verwirrt von einem zum anderen. Worüber redeten die beiden da? Wieso hatte er keine Ahnung, sondern stand nur bescheuert dabei? Isabel sah nur zu Wolf – als wäre er selbst gar nicht mehr da. Was sie von ihm wollte, hatte sie schon, oder was? Ein Gefühl wie ein schlechter Geschmack im Mund.

»›Der kleine Tod‹ hat sie zu uns geführt?«, unterbrach Willi. »Wie hat er das gemacht?«

»Jedes Bild hat eine Geschichte«, antwortete Isabel. »Und die Geschichte des ›Kleinen Todes‹ ist absolut ungewöhnlich. Das Bild zeigt nicht nur den Tod in Gestalt eines Mörders. Es bringt den Tod.«

»So ein Quatsch!« Wolf löste sich von der Tür und trat näher.

»Du brauchst es nicht zu glauben.«

Isabel sah auf das Bild in ihrem Schoß. Ihr Haar verdeckte ihr Gesicht. Aber als er den weichen Ton in ihrer Stimme hörte, konnte Armin sich vorstellen, wie sie das Bild ansah. Wie ihn – vor ein paar Minuten.

»Vor drei Jahren habe ich den Jungen bei einer Bestandsaufnahme entdeckt. Sozusagen im Keller des Museums. Ich habe nicht verstanden, warum er quasi eingemottet war. Also habe ich mir die Schenkungsurkunde angesehen.«

Isabel hob den Kopf und machte eine Pause.

»Und?«, knurrte Wolf sichtlich unbeeindruckt.

»Der vormalige Besitzer hat an seine Schenkung die Bedingung geknüpft, dieses Bild nicht auszustellen.«

Armin konnte Wolfs Gesichtsausdruck nicht sehen. Deshalb kam er näher. Niemand beachtete ihn.

»Das ist die bescheuertste Geschichte, die ich je gehört habe. Was soll das, Lady?«

Aggressiv ließ sich Wolf auf ihrer Sesselkante nieder. Sah auf sie herunter. Verdammt nah. Sie wich nicht zurück, blickte nur auf.

»Hey! Ich will die Geschichte hören«, sagte Armin.

Die beiden sollten sich nicht einbilden, ihr eigenes Süppchen zu kochen. Wieso saßen die überhaupt so nah?

Mit Erleichterung sah er, dass Wolf hochfederte und sich ihm zuwandte.

»Die Alte ist doch bloß zu dir ins Bett gehüpft, um an die Bilder zu kommen. Die hat dich eingewickelt. Und jetzt versucht sie das mit uns, du Idiot.«

Armin ballte die Faust. Am liebsten hätte er Wolf ins Gesicht geschlagen.

»Ich will die Geschichte auch hören«, kam es vom Sofa. Erstaunt von Willis scharfem Ton fuhren die beiden Männer herum.

Wolf zögerte. Armin sah, wie er sich auf die Lippen biss. Dann zog er die Schultern hoch, lehnte sich wieder an die Tür, verschränkte die Arme.

Isabel lächelte.

Armin nickte verächtlich in ihre Richtung. »Weiter.«

Er sah sie nicht an, als sie fortfuhr: »Tatsache ist, dass im Laufe eines Jahrhunderts die de la Hayes praktisch ausgerottet wurden.«

»Ach ja. Und das hat alles das Bild angestellt?«, ließ sich Wolf vernehmen.

»Der alte de la Haye ist davon überzeugt.«

»Sie glaubt den Mist, den sie erzählt, noch nicht mal.«

»Tatsache ist, dass alle Besitzer des Bildes auf merkwürdige Art und Weise zu Tode kamen«, antwortete Isabel kühl.

»Okay, nehmen wir mal an, Sie haben recht. Der Kleine bringt also Unglück. Sagen Sie mir nur eins, Lady: Warum haben die Besitzer das Bild nicht einfach verbrannt? Oder in den Müll geworfen? Sie hätten's doch auch zerschneiden können und zack …«, er schnipste mit den Fingern, »… alles Unglück hätte ein Ende gehabt.«

»Das habe ich Herrn de la Haye auch gefragt. Aber seine Antwort würdest du sowieso nicht verstehen.«

Als Armin ihren Blick sah, wurde er ruhiger. Isabel nahm Wolf nicht ernst. Da war keine stumme Übereinkunft.

Wolf schien das nicht zu beeindrucken. »Sagen Sie mir's trotzdem.« Fast gelangweilt hörte sich das an.

»Er hat gesagt: weil es Kunst ist.«

»Super!« Mit beiden Händen stützte sich Wolf an der Tür ab und schwang sich in die Mitte des Raumes. »Stimmt. Kapiere ich nicht. Aber eins kapiere ich: Sie wollen uns verarschen. Mit ihren dämlichen Geschichten, ihrem Gerede. Was soll das? Sollen wir vor dem Bild zittern? Und Sie vor lauter Angst anflehen, es uns doch abzunehmen?«

»Was glaubst du, wie ich euch gefunden habe?«, fragte sie ruhig zurück.

»Schießen Sie los!«

»Mein Neffe ist Hacker. Im Polizeicomputer werden Todesfälle gespeichert. Die ›nicht-natürlichen‹ und die mit ›Todesart ungeklärt‹. Ich habe einen Umkreis von hundert Kilometern angenommen, weil die Polizei davon ausgeht, dass die Diebe Amateure mit Ortskenntnis waren. Und ich habe die ersten fünf Tage nach dem Verschwinden vorausgesetzt. Die meisten Todesfälle im Zusammenhang mit dem Bild sind direkt nach dem Erwerb eingetreten.«

Im Raum wurde es still.

Armin suchte Willis Blick, aber sie sah stur gerade aus – zum Bücherregal, dahin, wo die Schabe gesessen hatte, mit dem Rücken zu ihnen, und das Bild betrachtet hatte. Den kleinen Jungen. Ihn fröstelte wieder.

Wolf, der immer noch in der Mitte des Zimmers stand, sah ihn merkwürdig prüfend an. Mit demselben Blick musterte er dann Willi. Langsam ließ er sich auf dem Boden nieder, direkt neben Willis grüner Jacke.

Seine leise Stimme ließ Armin hochschrecken. »Sie wollen uns also erzählen, dass dieses Bild Sebastian umgebracht hat?«

»Ich will euch gar nichts erzählen«, sagte Isabel und stand auf. Sie klemmte sich das Bild unter den Arm und ging auf Wolf zu. »Ich will die Bilder.«

Armin sah, wie Wolf etwas aus Willis Jacke nahm und aufstand. »Und wenn Sie die nicht bekommen?«

»Wie willst du mich daran hindern, mit dem Bild unter dem Arm hier rauszugehen?«, fragte sie.

Wolf trat einen Schritt auf sie zu. Mit der Linken zog er Isabel an sich heran. Sie wehrte sich nicht, folgte mit ihrem Körper fast freiwillig seinem Druck.

Armin erstarrte. Als wollten die sich küssen – schoss es ihm durch den Kopf.

Mit der Rechten stieß Wolf zu.

Wie in Zeitlupe drehte Isabel den Kopf. Sie sah Armin an – ein erstaunter Blick, den er nicht deuten konnte. Dann ging ein Ruck durch ihren Körper. Der Blick wurde glasig. Er verstand nicht. Auch dann nicht, als Wolf das Messer aus ihrem Körper zog.

23.

»Mach schon!«, knurrte Boger und stapfte vor Kälte und Ungeduld mit den Füßen. Nichts regte sich hinter der Haustür. Durch gewelltes Glas fiel Licht auf die Vortreppe.

»Da ist doch jemand!«

»Manche Leute lassen das Licht zur Abschreckung brennen.« Büchner stand unbeweglich neben ihm. Eigentlich redete er nur, um die weißen Atemwölkchen zu betrachten, die jedes seiner Worte begleiteten. »Gegen Einbrecher.« Fasziniert sah er dem Atemnebel bei der Auflösung zu. Nur bei Kälte manifestierte sich Sprache, bekam so etwas wie einen Körper.

Boger legte seinen mächtigen Zeigefinger auf die Klingel und läutete Sturm.

Ein Schatten hinter dem Glas, die Tür öffnete sich einen Spalt, ein blasses Männergesicht fragte: »Ja bitte?«

Die beiden Kommissare hielten ihm ihre Ausweise entgegen. Als wären es gezückte Pistolen, schoss das Gesicht zurück. Ein Moment in der Schwebe.

Dann wurde die Haustür weit geöffnet. Büchner und Boger standen einem älteren Herren gegenüber. Die randlose Brille, die Strickjacke mit Lederflicken an den Ärmeln, die braune Cordhose, deren Form sich schon vor Jahren verabschiedet hatte, machten die Identifikation leicht.

»Professor Pruckner?«, fragte Büchner.

Der Mann vor ihnen nickte.

»Wir würden gerne mit Ihrem Sohn sprechen.«

Der Professor zögerte, dann eine fahrige Einladungsgeste zum Hausflur hin.

Die Beamten traten ein. Boger, froh der Kälte zu entkommen, stellte sich zielsicher vor einen weißlackierten Heizkörper.

Komisch, er hatte immer gedacht, große und vor allem dicke Männer würden weniger schnell frieren. Boger bildete da wohl die Ausnahme. Neugierig sah Büchner sich um.

Der Flur hielt, was das Haus von außen versprach. Ein Telefontisch, ein blankgeputzter Marmorboden, eine weitere Wellglastür, die in ein spärlich möbliertes Wohnzimmer führte, eine Marmortreppe zu den oberen Zimmern. Alles sehr karg, sehr sauber, obwohl Professor Pruckner schon lange verwitwet war.

Entweder hatte einer der Männer hier einen Putztick, oder sie beschäftigten eine Haushälterin, die den Zustand des Unbewohnbaren mit eiserner Hand aufrechthielt. Hier konnte man nicht vom Boden essen. Man würde nichts finden.

»Wolf ist noch nicht da. Er arbeitet.«

»Er fährt Taxi?«

»Vorübergehend. Er hat Physik studiert. Eine kleine Krise … Er wird weiter studieren. Ja. Zurzeit fährt er Taxi.«

Die Stimme klang so weltfern, wie der ganze Mann wirkte.

Büchner starrte diesen verhuschten Professor mit den hochgezogenen Schultern leicht gereizt an.

»Ihr Sohn hat sich schon um vierzehn Uhr abgemeldet – hat sein Chef gesagt. Wo können wir ihn erreichen?«

»Schon am Nachmittag? Ich dachte … Mir hat er gesagt, er fahre nach der Beerdigung weiter. Ist das der Grund? Ich meine, wollen sie mit ihm über seinen verunglückten Freund sprechen? Aber er hat der Polizei doch schon alles gesagt …«

»Einen Moment, Herr Pruckner«, unterbrach Boger.

Plötzlich kam Büchner sein Kollege erfrischend real vor, wie er groß und schwer neben dem Professor stand. »Die Kollegen waren schon bei Ihnen?«

»Wegen dieses Unfalls. Ein Freund von ihm, heute haben sie ihn beerdigt. Ein gewisser Kommissar Koldehoff … Mein Sohn erzählt mir nichts, aber das ist normal. Er ist erwachsen.«

»Koldehoff? Mordkommission Kaiserslautern«, raunte Boger seinem Kollegen zu. Büchner stieß die Luft aus. Wieso wussten sie nichts davon? Nun standen sie wie Deppen da.

Der Professor wirkte nicht weniger verwirrt, als die Kommissare sich fühlten. »Ich dachte … Sind Sie denn nicht … ?«

»Wir sind vom Landeskriminalamt. Wir wollten Ihrem Sohn nur ein paar Fragen stellen. Möglich, dass er uns in einer bestimmten Sache weiterhelfen kann«, erklärte Büchner.

Der Professor gab sich mit dieser ausweichenden Antwort zufrieden. »Nur Fragen. Nichts Schlimmes also.«

»Als Vater macht man sich immer Sorgen«, sagte Boger mit vertraulich gedämpfter Stimme. »Ich kenne das. Mit Kindern ist es nicht leicht.«

Irritiert beobachtete Büchner das verständnissinnige Lächeln, das die beiden tauschten.

»Wolf ist ein guter Junge. Ich habe ihn quasi allein großgezogen. Und da fragt man sich oft …«

Boger hatte sein Gesicht in gutmütige Dackelfalten gelegt. Irgendwie sah er nicht mehr groß und bedrohlich, sondern mitfühlend aus. »Kleine Kinder, kleine Sorgen. Große Kinder …« Wieder ein kumpelhaftes Lächeln, bevor er fortfuhr: »Fährt Wolf denn häufiger nach Saarbrücken? Hat er da Freunde?«

»Nach Saarbrücken?« Hilflos zuckte der Professor die

Achseln. »Ich weiß nicht. Er sagt mir nichts«, vertraute er dem Kommissar an. »Seine Freunde kenne ich nicht.«

»Sie können uns also nicht sagen, wo und mit wem Wolf seine Freizeit verbringt?«, fragte Boger. »Freunde, Kontakte, Interessen?«

»Was er in seiner Freizeit macht ... Nach der Beerdigung ist er vielleicht mit seinen Freunden weggegangen. Leider kenne ich sie nicht. Vielleicht in diese Diskothek. Da ist er manchmal.«

»Das *Starlight*?«

Eifrig nickte der Professor. »So heißt die Diskothek wohl. Wenn Wolf nach Hause kommt ... Soll ich ihm dann etwas ausrichten? Ich warte auf ihn. Der Tod dieses Freundes, ein Motorradunfall. Das ist nicht leicht ...«

Boger zückte seine Karte und hielt sie Peter Pruckner entgegen. »Ihr Sohn soll mich anrufen.«

Der Professor nickte und begleitete sie zur Tür: »Ich warte auf ihn. Er mag das gar nicht, wenn ich warte. Aber ...« Wieder dieses hilflose Achselzucken.

»Vielen Dank!. Und machen Sie sich keine Sorgen. Jungs sind eigen.«

Einen irritierenden Moment lang hatte Büchner den Eindruck, Boger würde dem Professor gleich die Schulter tätscheln.

Als sie im Wagen saßen, schnaubte Büchner los: »Wieso wussten wir nicht, dass Pruckner Teil einer Ermittlung ist, verdammt?«

Boger befestigte seinen Sicherheitsgurt. Bei seinem Körperumfang ein komplizierter Vorgang. Als er sich befestigt hatte, ließ er den Motor an. »Heilige Länderhoheit? Schlamperei? Such dir was aus.«

»Morgen früh müssen wir mit den Kollegen aus Lautern reden.«

Boger nickte und fuhr an. Nachdem sie eine Weile

stumm durch dunkle Straßen gefahren waren, fragte er unvermittelt: »Und? Was hältst du von unserem Professor?«

Aus dem Seitenfenster sah Büchner eine vierspurige Straße, flankiert von alten Industriegebäuden und von vereinzelten Straßenlaternen in mattes Orange getaucht.

Was hielt er von Professor Pruckner? Eine verwaschene Gestalt in einem scharf konturierten Haus …

»Ein bisschen viel Professor«, fuhr Boger fort.

Überrascht warf Büchner ihm einen Seitenblick zu.

Sein Kollege sah stur auf die Straße. »Ein bisschen zerstreut, ein bisschen einsam, ein bisschen überfordert. Schönes Bild.«

»Sie glauben, der Mann hat uns etwas vorgespielt?«

Boger zuckte die Achseln und setzte den Blinker.

Büchner überlegte halblaut. »Der Sohn ist sechsundzwanzig, lebt bei seinem Vater, und der Vater wartet, bis der Sohn nach Hause kommt. Ein merkwürdiges Verhältnis.«

»Der alte Pruckner hat Schiss.«

»Um seinen Sohn oder vor seinem Sohn?«

»Wahrscheinlich beides.«

»Kleine Kinder, kleine Sorgen …«, zitierte Büchner.

»Sagt man so.«

»Sie müssen es ja wissen.«

»Ich?«

»Sie haben doch auch einen Sohn.«

»Ich habe noch nicht mal eine Frau. Außerdem hasse ich Kinder.«

Bevor Büchner die Nachricht verdauen konnte, hielt der Wagen vor einem langgestreckten Gebäude in der Peripherie von Kaiserslautern. Eine Leuchtreklame, unterstützt von zwei Laserkanonen, verkündete, dass sie am *Starlight* angekommen waren.

Mühsam schälte sich Boger aus dem Auto. »Kannst du den Mantel ausziehen?«

Büchner, der im Begriff war, die Tür zuzuschlagen, stockte. »Wie bitte?«

»Der Mantel. Ist bestimmt ein gutes Stück, aber passt nicht.«

Irritiert sah Büchner an seinem dunklen Wollmantel herunter. »Das ist Kaschmir.«

»Eben. Die Leute erzählen uns nichts, wenn du wie ihr Vater oder wie ein Zuhälter aussiehst.«

»Väter und Zuhälter tragen Kaschmirmäntel?«

Ein nachdrückliches Nicken von Boger.

Resigniert zog er den Mantel aus und legte ihn auf den Vordersitz. »Besser?«

Boger musterte seinen Kollegen der sich, nun in dunklem Anzug und Krawatte, provozierend präsentierte.

»Zieh den Mantel wieder an.« Damit stapfte er zum Eingang.

Fluchend schlüpfte Büchner in seinen Mantel und eilte ihm nach. Bis er von einem ausgestreckten Arm gebremst wurde. Verwirrt sah er nach oben. Der Türsteher hatte eine verdammte Ähnlichkeit mit Boger. Zumindest waren sie beide groß und massig.

»Der Typ gehört zu mir«, erklärte Boger, der den Türsteher schon passiert hatte.

»Kann ja sein, Alter, aber ich bestimme, wer hier reinkommt«, knurrte der Stiernackige.

Die Kommissare wechselten einen Blick. Mit einem Seufzen zog Büchner einen zusammengefalteten Schein aus seiner Hosentasche und hielt ihn dem Türsteher hin. Gnädig griff er danach und ließ den Arm sinken. »Aber es gibt keinen Stunk, ist das klar?«, rief er den beiden hinterher.

Dröhnende Beats empfingen sie wie eine Mauer, vor der sie zunächst zurückprallten. Als sie ein paar Schritten gegangen waren, merkte Büchner die ständigen Wiederholungen der Rhythmen, die einen Teppich woben, auf dem er das Gefühl hatte zu schwimmen. Ja, er mochte Techno.

»Grässlich, die Musik«, knurrte Boger über die Schulter.

Der Raum war endlos, nirgendwo ein Platz, wo man sich hinsetzen konnte. Nur ganz am Ende standen ein paar schmale Bistrotische mit Hockern, ab und an abgelöst von einer grünen Ledercouch. Noch hatte das *Starlight* seine beste Zeit vor sich, dann, wenn Menschenmassen sich in seinem wechselfarbigen Licht baden würden. Jetzt war es nicht viel mehr als eine aufgemotzte, ungemütliche Fabrikhalle.

Zielsicher steuerte Boger auf eine grüne Couch zu und ließ sich nieder. Noch bevor Büchner sich neben ihn setzen konnte, stand ein schmales Mädchen in bauchfreiem Top und mit blondem Pferdeschwanz vor ihnen, wünschte »Guten Abend« und hielt ihnen eine Cocktailkarte entgegen.

»Drei Weizenbier«, rief Boger ihr lächelnd zu.

Das Mädchen nickte freundlich und entschwand.

»Wieso denn drei?«, fragte Büchner und schälte sich aus seinem Mantel.

»Damit sie ein Tablett benutzen muss.«

»Ich mag aber kein Weizen.«

»Du musst es ja nicht trinken.«

Entnervt setzte sich Büchner.

Die Couch hatte, im Gegensatz zum Lokal, ihre beste Zeit schon hinter sich. Gegen die tiefe Delle, die Boger in die Polsterung grub, kam Büchner nicht an. Unweigerlich rutschte er auf seinen Kollegen zu, rappelte sich zurück und krallte sich schließlich an der Lehne fest.

Die kleine Blonde stakste mit dem Tablett zu ihnen. Als sie sich vorbeugte, geschah es. Ob durch eine ungeschickte Bewegung Bogers oder der Kellnerin war nicht auszumachen. Das Tablett wankte, Gläser rutschten, kippten und gossen ihren Inhalt auf die beiden Kommissare.

Beide sprangen auf, die Kleine kreischte, raffte ihre Gläser zusammen und lief, Entschuldigungen murmelnd, zur Theke.

Missmutig strich sich Büchner das Bier von der Hose, die unangenehm feucht an seinen Beinen klebte. Boger sah ihm unbewegt zu.

Die Kellnerin kam mit einem Arm voller Tücher. »Es tut mir so leid. Ich weiß gar nicht …«

»Ist nicht schlimm. Bier gibt keine Rotweinflecke, oder?« Lächelnd nahm ihr Boger das Tuch aus der Hand, mit dem sie ihm über die Beine tupfte. »Lassen Sie mal! Das mache ich schon.«

Hilflos wandte sie sich Büchner zu, der deutlich unfreundlicher abwinkte. Mit hochgezogenen Schultern stand sie zwischen den tupfenden Männern.

»Sorry, so etwas passiert mir sonst nie …« Sie schluckte.

»Jetzt regen Sie sich doch nicht auf«, kam es beruhigend von Boger. »Das bisschen Bier.«

»Der Mantel muss in die Reinigung«, warf Büchner mürrisch ein.

»Ja, natürlich. Ich …«

»Unsinn.«

Allein schon dieser gelassene Onkelton reizte Büchner. «Klar, muss der Mantel in die Reinigung!«, rief er voller Entrüstung.

»Gregor, jetzt sei nicht so nervös«, brummte Boger jovial und an die Bedienung gewandt: »Er trifft heute seinen Neffen. Hat ihn noch nie gesehen, stellen Sie sich das mal vor. Wolfgang Pruckner. Kennen Sie den Jungen vielleicht?«

»Wolf? Ja. Der ist öfters hier.«

Boger streckte ihr die Hand hin. »Ich bin Manfred.«

Sie griff danach und lächelte. »Jennifer.«

»Freut mich, Jennifer. Wie ist der Wolf denn so?«

Ihr Gesicht wurde ausdruckslos. »Ein Gast eben.«

Boger hielt ihr seltsam linkisch sein Trockentuch entgegen. »Wir kennen Wolf ja nicht. Ein alter Familienstreit, Sie verstehen? Er soll ein bisschen schwierig sein ...«

Büchner starrte verwundert seinen Kollegen an: ein besorgter Onkel, der sich nach seinem vermeintlichen Neffen erkundigte. Von der Bulldogge zum Bernhardiner mutiert.

»Na ja.« Die Kleine lächelte vertraulich. Offenbar mochte sie Bernhardiner. »Meistens ist er ziemlich still. Sitzt allein an der Theke.« Damit deutete sie auf die hufeisenförmige Chromtheke, die wie eine Insel in den Weiten der Halle leuchtete. »Aber da war eine Geschichte ... bei einer Schlägerei hier ...«

Boger nickte ermutigend.

»Wolf hatte nichts damit zu tun. So ist er nicht. Aber da lag der eine schon auf dem Boden. Er hat aus der Nase geblutet, und ein Kreis von Leuten stand um den rum. Die anderen haben den, mit dem er sich geschlagen hat festgehalten. Und da ...«

»Erzähl weiter, Jennifer.«

»In dem Kreis stand Wolf. Und plötzlich ist er vor und hat ihm in den Bauch getreten. Dabei lag der Typ schon auf dem Boden. Und Wolf hatte mit dem Streit gar nichts zu tun. Danach ist er schnell weggelaufen.«

Fast entschuldigend sah sie zu Boger hoch.

»Fräulein Jennifer«, ergriff Büchner nun das Wort und hätte sich am liebsten auf die Lippe gebissen. Fräulein – auch das noch! »Hat mein Neffe denn Freunde? Jemand, mit dem er sich hier trifft?«

Jennifer, offensichtlich froh, seichtere Gewässer zu erreichen, sagte: »Klar. Die Crew von der *Goldenen Gans*. Die sind nett, wirklich. Und in letzter Zeit der Zauberer.«

»Der Zauberer?«, fragte Büchner nach.

»So nennen wir ihn. Er verdient sein Geld mit Tischzauberei. Er geht von Kneipe zu Kneipe, zaubert ein bisschen und sammelt dann. Er ist richtig gut. Er lässt Geldscheine wandern und kann Farben riechen und solche Dinge. Chris, unser Theker sagt, er wäre ein Profi.«

»Ein junger Mann, auffallend gut gekleidet mit grauen Schläfen?«, fragte Boger, so eindeutig alarmiert, dass er fast im normalen Polizistenton redete.

»Sieht ulkig aus, bei so einem jungen Mann, nicht wahr? Sie kennen den also auch.«

»Ein guter Zauberer.« Der Dicke nickte bedächtig. »Und mit dem ist Wolf manchmal zusammen?«

»Erst seit kurzem. Aber ich stehe hier rum ... Noch mal dasselbe?«

Geistesabwesend schüttelte Boger den Kopf. »Einen Kaffee für mich.«

»Und ein kleines Bier«, ergänzte Büchner.

»Keine Lust mehr auf Weizen?« Jennifer kicherte zutraulich.

»Nie gehabt.« Zum ersten Mal lächelte Büchner sie an.

Immer noch kichernd machte sie sich auf den Weg zur Theke.

Seufzend strich sich Büchner über die feuchte Hose. »Schön. Jetzt wissen wir also, dass der junge Pruckner zu unkontrollierter Gewalt neigt. War das die nasse Hose wert?«

Geistesabwesend nahm Boger neben ihm Platz. »Weißt du, wer der Zauberer ist?«

»Sie werden mich sicherlich aufklären. Ein weiterer Neffe von mir?«

»Prostitution und Glücksspiel – war doch mal mein Ressort. Ich kenne Castelot und seine Leute. Der Zauberer ist ein Laufbursche vom Korsen.«

Büchner pfiff durch die Zähne. Hier war er, der Schatten einer Spur. Und die führte zum organisierten Verbrechen. Okay, das war die Hose wert.

24.

Das Glas der Scheibe war angenehm kühl. So wirklich in diesem ganzen Albtraum, der sich ihr aufdrängte, sobald sie die Augen schloss.

Immer wieder versuchte sie, den Ablauf zu ordnen, die einzelnen Ereignisse in eine Reihenfolge zu bringen. Aber das war unmöglich. Dieser Tag, der auf dem Friedhof begonnen hatte – und mit dem Tod endete.

Wie sie da gelegen hatte, das leuchtende rote Haar, das ihr Gesicht versteckte. Wolf, der das Bild unter ihr vorzerrte. »Der kleine Tod«.

Willi hob den Kopf von der Scheibe und setzte sich aufrecht. Die beiden Männer auf den Vordersitzen starrten geradeaus. Wie lange fuhren sie schon durch die Nacht? Immer weiter und weiter, vielleicht war das gut so, zu fahren und niemals irgendwo anzukommen.

Hypnotisiert starrte sie auf die schwarze Straße vor sich, von der immer nur der kleine Teil zu sehen war, den die Scheinwerfer erhellten. Eine schmale Straße, die sich in wilden Kurven nach oben schlängelte.

Aber sie hatte doch etwas sagen wollen, etwas Wichtiges! Mit Mühe riss sie den Blick von der Straße, richtete ihn auf die beiden Schatten vor sich. Im Rückspiegel begegnete ihr Wolfs Blick.

Helle Augen, die sie taxierten, abschätzten. Mitten in diesem bösen Blick fiel es ihr wieder ein.

»Sie hat recht gehabt.«

Die Worte fielen laut und hart in das Schweigen. Sie sah,

wie Armin erschrocken den Kopf herumriss, ihr einen Blick zuwarf und ertappt wieder nach vorne blickte.

»Wer hat recht gehabt?« fragte Wolf, während seine Augen sie im Spiegel festhielten.

»Isabel. Das Bild bringt Unglück, hat sie gesagt. Und jetzt ...«

»Sie ist tot.«

»Vielleicht ja nicht«, murmelte Armin.

Endlich ließen die Augen sie los. Jetzt konnte sie sein Profil sehen. Im Halbdunkel des Autos sah er einem Wolf so ähnlich, dass sich Willis Härchen an den Armen aufstellten. Sie blinzelte, bis sie statt eines Raubtiers wieder seine zurückweichende Stirn und die vorspringende Nase sah.

»Wünsch dir lieber, dass sie tot ist«, zischte er Armin zu.

Armin zuckte.

Er hatte auch gezuckt, als Wolf zustieß. Mit ihrem Messer. Kurz schloss sie die Augen. Rote leuchtende Haare ...

Schnell riss sie die Augen wieder auf.

»Die Hütte ist okay. Wir übergeben die Bilder und kriegen die Kohle. Und dann fangen wir ganz von vorne an. Hey, das wolltet ihr doch?«

Auffordernd klopfte Wolf auf das Lenkrad.

»Die werden uns suchen.« Armins Stimme klang belegt.

»Sollen sie doch. Auf die Hütte kommen die nie.«

»Neu anfangen?« Willi merkte selbst, wie laut ihre Stimme klang. Konnte sie nicht mehr normal sprechen? »Du hast sie umgebracht.«

Ein scharfer Ruck ging durch den Wagen. Willi wurde gegen die Tür geschleudert, als das Auto mit einem heftigen Schlenker nach links ausbrach. Die Reifen quietschten. Dann standen sie, ein wenig seitlich zur Fahrbahn, aber sie standen.

Wolf fuhr herum. »Ich habe zugestochen, stimmt. Mit

deinem Messer. In Armins Bude. Wir stecken da gemeinsam drin. Ist das klar?«

Plötzlich bekam sie keine Luft mehr. Ihre Finger waren taub, die Hände, die nach der Tür tasteten, gefühllos. Mit dem ganzen Körper drückte sie dagegen. Endlich Luft.

Auf wackeligen Beinen kletterte sie nach draußen. Lehnte sich an den Wagen, die Hände auf die Oberschenkel gestemmt, und atmete tief.

»Lass sie! Sie hat einen Schock.« Ohne ihn anzusehen, hielt Armin Wolf an der Jacke fest. Mit einem Ruck riss Wolf sich los. Stieg dann aber nicht aus, sondern starrte durch die Scheibe.

»Wir hätten nicht abhauen dürfen«, sagte Armin leise.

»Spinnst du?«

»Du hast einen Menschen umgebracht. Ich kapier das nicht. Einfach so …«

»Na und? Scheiße!« Mit der flachen Hand hieb Wolf auf das Lenkrad. »Sei froh, dass ich die Nerven behalten habe. Klar mussten wir abhauen. Willst du in den Knast? Mensch Armin! Ihr wolltet doch euer Scheißlokal.«

»In Kaiserslautern.«

»Ist doch egal wo. Die müssen uns falsche Papiere besorgen. Das ist eine Organisation, kapierst du? Für die ist das kein Akt. Wir können überall hingehen. Nach Australien, in die Südsee. Wer will schon in dem miefigen Kaiserslautern bleiben?«

»Ich.« Mit den Ellbogen lehnte sich Armin auf das Armaturenbrett und sah unglücklich in die Nacht.

Im Wagen war es still.

»Pech gehabt«, kam es leise vom Nebensitz. »Hast selber einen Schock, was?«

»Sonst wäre ich wahrscheinlich gar nicht mitgekommen.«

»Wir ziehen das jetzt durch. Und zwar nicht für die paar Kröten, die abgemacht waren. Wenn die Abnehmer die

Bilder wollen, müssen sie ab jetzt richtig Geld in die Hand nehmen.«

Erschrocken sah Armin zu ihm hinüber.

»Und du bist dabei. Denk dran: Wenn die Rote obduziert wird, finden sie nicht mein Sperma. Sie liegt auch nicht in meiner Bude. Und meine Fingerabdrücke sind auch nicht an Willis Messer.«

Er hob seine Hand in den weichen Lederhandschuhen und krümmte die Finger zu einem spöttischen Winken.

25.

Das Telefon klingelte.

Mit über der Brust gefalteten Händen lag er im Bett, starrte an die weißgetünchte Decke, zählte die Ruftöne.

Bei sieben streckte er die Hand aus, hob den Hörer ab.

»Ich bin in zehn Minuten bei dir«, dröhnte es ihm entgegen.

Leise stieß er den Atem aus. »Guten Morgen, Herr Boger. Ist das eine Drohung?«

Kurze Stille am anderen Ende, dann: »Ein Tatbestand. Anordnung vom Chef. Zehn Minuten.« Schnelles, abgehaktes Piepsen, die Leitung war tot.

Erleichtert entkam er dem Bett und knipste die Nachttischlampe an. Die Leuchtziffern des Funkweckers zeigten 6:15.

Um Viertel nach fünf hatte er zum erstenmal auf die Uhr gesehen. Gestern Nacht um zwei ins Bett, gute dreieinhalb Stunden Schlaf. Gar nicht so schlecht.

Im Bad musterte Büchner sich in den Spiegeltüren seines Schrankes.

Keine Ringe unter den Augen, keine Schatten, ausgeruht. Ging doch. Sein Blick streifte seinen Oberkörper. Hühnerbrust.

Missbilligend runzelte er die Augenbrauen.

Duschen und Abtrocknen in genau drei Minuten. Ein lästiges Ritual, danach zurück ins Schlafzimmer.

Vielleicht hätte er sich diesen Futon nicht kaufen sollen. Schlaflosigkeit auf harter Unterlage war auch kein Traum.

Aber er passte gut zum schwarzen Lack des Kleiderschrankes.

Schon beim Öffnen der Türen freute er sich auf den Anblick der gebügelten Hemden, der Anzüge in Reih und Glied, unter ihnen die passenden Schuhe.

Büchner streifte mit den Fingern über die Reihe, fühlte Wolle, Seide, behaglichen Tweed, wählte dann einen schokoladenbraunen Einreiher mit schmalem Revers.

Den Anzug von gestern musste er in die Reinigung bringen. Der Biergestank war unerträglich. Dieser Boger! Die Bedienung hätte ihnen auch ohne Bier auf der Hose alles erzählt. Aber nein, vielleicht hatte der Kollege doch recht gehabt.

Als er den weichen Stoff auf seinen nackten Beinen fühlte, überfiel ihn kurz die Erinnerung an seine Kinderhosen. Kratzige Jute auf der Haut. Und erst diese Pullover, aus ungebleichter Wolle und von undefinierbarer Farbe. »Läusepinkel« hatte sein älterer Bruder die Farbe genannt. Ekel schüttelte ihn. Büchner streifte das leichte Baumwollhemd über, knotete die Krawatte, trat einen Blick zurück und musterte sich.

Was Boger wohl denken würde, wenn er von seiner Eitelkeit wüsste?

Amüsiert grinste sein Spiegelbild ihn an.

Es klingelte an der Tür. Büchner zog seine Armbanduhr über. Genau zehn Minuten. Boger war pünktlich.

»Wir müssen wieder nach Kaiserslautern. Die Spurensicherung ist schon da.« Boger, der fast die ganze Türfüllung einnahm, sah müde aus, als wäre er diese Nacht nicht im Bett gewesen. Er lächelte, als er Büchner zusah, wie er den Kaschmirmantel von gestern kurz an die Nase hielt, ihn angewidert auf einen Hocker warf und nach einem Dufflecoat griff.

»Was ist passiert?«

»Isabel Günther wurde heute Nacht in ein Krankenhaus in Kaiserslautern eingeliefert. Stichverletzung, nicht lebensgefährlich, aber hoher Blutverlust. Ein Nachbar hat sie gefunden, als sie im Flur rumkroch. Er hat Notarzt und die Polizei verständigt. Und jetzt rate mal, was die Kollegen in der Wohnung, in der sie niedergestochen wurde, gefunden haben?«

Büchner konnte es sich denken, sonst wäre die SOKO nicht informiert worden. Um Boger den Clou nicht zu vermiesen, blieb er mitten auf der Treppe stehen und zuckte mit den Schultern.

»Einbruchswerkzeug«, trumpfte Boger auf. »Wahrscheinlich von dem Einbruch ins Museum.«

Er lächelte immer noch, als er sich festschnallte.

»Sie müssen ja früh im Büro gewesen sein.«

»Ich kann nicht schlafen.«

Erstaunt sah Büchner zu ihm hinüber.

»Genau wie du«, fügte sein massiger Kollege zu und zwinkerte.

»Wie kommen Sie darauf?«

»Du gehst erst beim siebten Klingeln dran. Dein Telefon steht am Bett, wie bei uns allen. Also liegst du entweder nicht mehr drin, oder du liegst daneben und wartest. Nicht zu früh drangehen, damit jeder denkt, du schläfst noch. Das ist aber Quatsch. Die Leute, die du wirklich weckst, gehen spätestens beim dritten Klingeln dran. Jeder, der bis sieben wartet, ist schon lange wach.« Damit startete er den Wagen.

Amüsiert lehnte sich Büchner zurück. »Auf dem Weg zur Autobahn ist ein McDonald's.«

»Ich trinke meinen Kaffee schwarz«, sagte Boger.

»Noch eine Gemeinsamkeit.«

Die graue Straße, in die sie schließlich einfuhren, sah genau so aus wie alle grauen Straßen hier in dieser merkwürdigen Stadt. Auch so ein Zwischenort, dieses Kaiserslautern, umzingelt von Wald und amerikanischen Militärlagern. Nicht wirklich idyllisch, aber auch nicht nur scheußlich. Nicht drinnen, nicht draußen, wie Bahnhofsvorhallen. Oder Autos. Das waren auch Zwischenorte.

Als er hinter Boger in den zweiten Stock stieg, hörten sie schon auf der Treppe Gemurmel und die Schritte der Spurensicherung. Ein vertrautes Szenario: weißgekleidete Männer mit Plastiktütchen, Kameras und Köfferchen voller Pinsel, Pulver, Pinzetten und Okulare, die wie Aliens herumschwirrten.

In der Mitte des Zimmers stand Michael Hauser. Unbeweglich und mit wachem Blick schien der schöne Kommissar sich den Tatort einzuprägen.

Büchner kniff leicht die Augen zusammen. Irgendwie passte dieser Mann in dieses Zimmer. Zu dem breiten Bett, der auffallenden Leuchtreklame an der Wand, den schäbiggemütlichen Möbeln, von denen kein Stück zum anderen passte. Was erzählte die Wohnung über die Bewohner? Nein, den Bewohner. Hier wohnte nur einer, und Büchner war sicher, dass es ein junger Mann war.

Als hätte er seine Gedanken erraten, wandte Hauser den Kopf. »Armin Hirschfeld. Gastronomiefachkraft, sprich Kellner. Arbeitet in einem Restaurant hier, die *Goldene Gans*.«

Büchner nickte und trat zu einem Mann von der Kriminaltechnik, der sich an dem zerwühlten Bett zu schaffen machte. Als er den Kommissar bemerkte, hob er den Kopf. »Spuren von Geschlechtsverkehr, relativ frisch.« Er hob die Pinzette hoch, an der er ein gekringeltes, rotes Haar hielt. »Sieh mal an!«

»Wo wurde die Restauratorin niedergestochen?«, fragte Büchner.

Der Techniker wies auf einen Fleck neben dem Sofa, der auf dem blauen Teppich nur nass aussah, nicht rot.

»Der Nachbar kam vom Kegeln zurück und bemerkte die offene Haustür. Als er näher kam, sah er eine blutverschmierte Hand. Frau Günther versuchte, aus der Wohnung zu kriechen. Der Mann war so erschrocken, dass er sofort die Polizei informiert hat. Kommissar Koldehoff hat uns angerufen, als er eine Tasche mit Einbruchswerkzeug und einem detaillierten Innenplan des Saarbrücker Museums gefunden hat«, berichtete Hauser.

Koldehoff? Wo war ihm Koldehoff nur in letzter Zeit untergekommen? Als Boger grunzte, fiel es ihm wieder ein.

»Wo steckt der Kollege?«, fragte Boger.

Mit einer Kopfbewegung wies Hauser zum Flur. »Befragung der Nachbarn.«

Sofort setzte sich Boger in Bewegung.

»Die Einbruchswerkzeuge?«, fragte Büchner.

Wieder eine Kopfbewegung von Hauser, diesmal zu einem Vorhang, der den Wohnraum von einer kleinen Küchenzeile trennte.

Auch dort war ein Kriminaltechniker am Werke.

»Der mikroskopische Abgleich der Meißelspuren ist noch nicht abgeschlossen. Sieht aber nach einem Treffer aus«, berichtete er auf Büchners Frage.

Währenddessen stand Michael Hauser in der Mitte des Zimmers – als würde er etwas suchen, das sich nicht finden ließ, zumindest nicht kriminaltechnisch.

Vom Flur näherten sich zwei Männer. Ein Kollege in Uniform und Schneider von der Fahndung. Als er Büchner sah, hob er grüßend die Hand und wandte sich an Hauser. »Die Such- und Fahndungsmaßnahmen im Wohnortbereich sind eingeleitet. Personenbeschreibung muss zum Bundesgrenzschutz.« Dann rief er in den Raum: »Habt ihr irgendwelche Fotos vom Wohnungsinhaber gefunden?«

Verneinendes Gemurmel von allen Seiten.

»Haben Sie in Ihrer Wohnung Fotos von sich?«, wandte sich Hauser an Büchner.

Der Kommissar schüttelte den Kopf. Dann fielen ihm die Alben ein, die in seinem Bücherregal standen, Urlaubsfotos, Familienbilder. Alte Passbilder waren bestimmt auch noch in irgendeiner Schublade.

»Ungewöhnlich, dass jemand gar kein Foto von sich hat.«

»Ist bei Kriminellen nicht selten«, gab Schneider zurück.

»Der Mann ist kein Krimineller. Er ist Gastronom. Schauen Sie sich mal seine Bücher an!«, warf Hauser ein.

Neugierig ging Büchner zu dem leicht schiefen IKEA-Regal neben der Tür. Allein zehn Bücher über Cocktails, Bücher über Serviettenfalttechniken – Büchner hatte gar nicht gewusst, dass es darüber Bücher gab –, Bildbände über die schönsten Hotels, Bücher über Tischdekorationen, Flambieren am Tisch, Tranchieren, Filetieren und jede Menge Weinbücher. Die meisten Bände sahen abgegriffen und viel benutzt aus.

»Und jetzt der Kleiderschrank«, forderte Hauser, der sich keinen Millimeter bewegte.

Brav öffnete Büchner die rechte Tür des Kleiderschranks, der in einer Ecke neben dem Bett stand. In einer durchsichtigen Hülle hingen ein Smoking und ein weißes Dinnerjackett, daneben zwei schwarze Jacketts, sechs schwarze Hosen, akkurat mit scharfer Bügelfalte, und mindestens fünfzehn weiße Hemden.

»Der Mann kann bügeln«, meinte er anerkennend.

»Muss er auch. Das ist Dienstkleidung. Und jetzt sehen Sie sich mal seine Privatklamotten an!«

Büchner öffnete die linke Tür, und sofort fiel ihm eine Unmenge von Pullovern, Jeans und T-Shirts entgegen. Die

Arme voller Kleider starrte er fassungslos in das Chaos, das die Tür gnädig verborgen hatte. In wilder Unordnung, teils ineinander verknäult, teils lieblos zusammengelegt, tummelten sich Unterhosen neben Pullis, Socken und einzelne Schuhe neben abgetragenen Jeans.

In diesem Moment kam Boger mit einem graubärtigen Mann in Jeans und Parka ins Zimmer gestapft.

»Die Nachbarn haben nichts gesehen und nichts gehört. Alle sagen, dass Armin Hirschfeld, der Mieter, ein netter junger Mann ist. Fand ich übrigens auch«, erzählte der Graubärtige Hauser, der konzentriert die Leuchtreklame musterte.

»Bruno hat Armin Hirschfeld bereits kennengelernt«, erklärte Boger seinem Kollegen.

Bruno? Woher kannte Boger den Mann?

Der Graubärtige tippte sich grüßend an die Stirn. »Koldehoff, Morddezernat Kaiserslautern. Wir hatten einen Verkehrsunfall mit Todesfolge, die zunächst ungeklärt schien.« Er kramte in seiner Jackentasche, zog einen Notizblock vor und blätterte: »Sebastian Huber, Aushilfskraft in der *Goldenen Gans*. Im Zug der Ermittlungen habe ich auch seinen Arbeitskollegen Armin Hirschfeld, 28 Jahre, Kellner, befragt. Und seine Küchenchefin, ganz junges Ding. Eine Wilhelmina Dachs. Und …«

»Dreimal darfst du raten«, warf Boger dazwischen.

»Wolfgang Pruckner«, Büchner schnippte mit den Fingern, »der wiederum Kontakt zum Korsen hat.«

»Da schließt sich der Kreis.« Boger nickte. »Erzähl uns von den Leuten. Deine Eindrücke.«

»Meine Eindrücke …« Koldehoff kratzte sich am Hinterkopf. »Dieser Hirschfeld schien mir ein ganz netter Kerl zu sein. Ziemlich attraktiv für einen Mann …«

Gerade noch konnte Büchner sich zurückhalten, Hauser einen Seitenblick zuzuwerfen.

»Die Küchenchefin hat mir imponiert. Sieht aus wie ein Junge, aber ihre Chefs haben sie in den Himmel gehoben. Die Goldene Gans gehört zwei Steuerberatern. Moment.« Er unterbrach sich, um in seinem Block zu blättern, wurde aber von Boger unterbrochen: »Spar dir Namen und Details für den Bericht. Erzähl weiter!«

»Wie gesagt, auch das Unfallopfer, fleißige junge Leute, nicht vorbestraft, unauffällig. Da gibt's ja nicht mehr viele von.«

Büchner verdrehte die Augen. Jetzt bloß keine Tirade darüber, wie alles schlechter wurde, inklusive der Menschen, insbesondere der jungen. Aber Koldehoff verschonte ihn.

»Nur dieser andere, dieser Wolfgang Pruckner passte nicht zu denen. Windiges Kerlchen, so ein Klugscheißer. Ich tippe: jähzornig. Aber ich habe mich ja wohl getäuscht in diesem Armin Hirschfeld. Mit der verletzten Frau und dem Einbruch ...« Koldehoff brach ab.

»Schuhgröße achtunddreißigeinhalb. Der Zwerg vom Einbruch«, sagte Boger plötzlich. »Das Mädchen war auch dabei!«

»Unsere Bilderdiebe. Wo mögen sie jetzt wohl stecken?«, fragte Hauser in den Raum.

»Und warum wurde Frau Günther niedergestochen?«, ergänzte Büchner.

»Sie ist ihre Komplizin – der Tippgeber aus dem Museum«, erklärte Boger triumphierend.

Büchner rümpfte zweifelnd die Nase.

»Herr Büchner«, sagte Hauser und bewegte sich tatsächlich von seinem Fleck, »Sie gehen ins Krankenhaus. Wenn diese Günther vernehmungsfähig ist, quetschen Sie sie aus. Sie haben doch einen Draht zu der Frau.«

Boger sah verwundert zu ihm herüber – was Büchner ziemlich unangenehm war.

»Boger, Sie reden mit den Angehörigen. Finden Sie heraus, wo die drei abgeblieben sein können. Ein Wochenendhaus, eine Wohnung in einer anderen Stadt, ein Jagdhaus, irgendwas. Schneider, Sie veranlassen, dass die Rechtshilfestelle eine Fahndungs- und Ermittlungsbitte an die französische Polizei stellt. Das Ausland ist hier verdammt nah.«

»An die Station de Recherche, Staatsanwaltschaft Luxemburg. Falls die Verdächtigen ins Dreiländereck geflohen sind«, entgegnete Schneider, der die ganze Zeit stumm an der Wand gelehnt hatte. Büchner hatte ihn schon fast vergessen.

Schneider hob die Hand und verließ, gefolgt von Boger und Koldehoff, den Raum. Büchner taperte hinterher. An der Schwelle blieb er stehen.

Ein Unfallopfer.

Kurz sah er eine hagere Silhouette im Nebel, hörte eine leise Stimme von Unfällen und Krankheiten erzählen, hörte: »Jeder, der mit dem Bild in Kontakt kommt, ist in Gefahr. Er ist wieder in Freiheit.« Einen Toten hatten sie ja jetzt.

»Ist noch was?«, fragte eine Stimme hinter ihm.

Er drehte sich um und sah zu Hauser, der sich schon wieder in die Mitte des Zimmers gestellt hatte.

»Warum stehen Sie eigentlich da?«, fragte er.

»Wer still steht, sieht mehr.« Hauser lächelte. »Probieren Sie es mal aus!«

26.

Noch bevor Willi die Augen aufschlug, merkte sie, dass etwas anders war. Sie lag nicht in ihrem Bett, sondern auf irgendeiner harten Unterlage.

Sie blinzelte und entdeckte den Zipfel eines grünen Schlafsacks. Ihr Arm, noch im Pulli von gestern, lag abgespreizt vor ihr. Daneben ein fremder Arm.

Sie spürte einen Körper an ihren Rücken gepresst. Der fremde Arm hielt sie.

Sie machte sich steif, atmete ganz flach.

Unmerklich löste sie sich. Nur wenige Millimeter, aber genug, um das flaue Gefühl in ihrem Magen, den unwillkürlichen Abscheu vor fremder Wärme zu vertreiben. Dann fiel es ihr ein: die Krähen auf dem Friedhof, Isabels Haar, wirr über ihrem Gesicht, Wolfs Plan, die Fahrt nach Manderen …

Schlag auf Schlag kamen die Bilder.

Manderen. Armin lag neben ihr.

Ein Fußboden aus unbehandelten Holzplanken, eine Holztür, durch deren Spalten ein grauer Morgen seine Spinnenfinger nach ihr streckte.

Sie fröstelte. Manderen. Die Anglerhütte. Armin hatte an die Schlafsäcke gedacht. Die überstürzte Flucht, die knappen Befehle von Wolf: Geld abheben, Papiere mitnehmen, Handys wegwerfen wegen Ortungsgefahr.

Darüber hatten sie mal geredet. Mit Bernd und Ralf, in einem anderen Leben, als Gerede von Ortungen übers Handy noch ein Spiel gewesen war.

Wolf spielte nicht.

Vorsichtig drehte sie den Kopf, sah einen bulligen Eisenofen, einen Körper in einen Schlafsack gewickelt.

Hastig wandte Willi sich ab. Die Hand neben ihrer zuckte.

Lange, schmale Finger mit hellbraunen Härchen auf den unteren Fingergliedern. Zu schmalen Bögen gefeilte Nägel. Ein breiter Handrücken, mit Härchen überzogen. Ein Handrücken.

Unwillkürlich rutschte sie näher zu Armin.

Der Druck von seinem Arm zeigte, dass er wach war, sie beruhigen wollte.

Sie war nicht mehr aufgeregt. Eine Ruhe, schwer wie Blei, hatte sich in ihr breitgemacht. Ihr alter Freund, der sie immer schützte. Vor den Schlägen ihres Vaters im Keller und seinen feuchten Küssen vor den Gästen. Die Ruhe hinterm Tresen, sie auf zwei Bierkästen, damit sie an die Zapfsäulen kam, Mama mit rot geheulten Augen in der Küche, immer in der Nähe vom Wandschrank mit dem Schnaps. Dieselbe Ruhe umfing sie auch jetzt. Wie ein schäbiger, aber vertrauter Mantel.

Sie setzte sich hoch, schlang die Arme um die Knie.

»Kalt, was?«, fragte Armin, der sich langsam auf den Rücken drehte.

»Selbst im Sommer finde ich Campen nicht toll«, entgegnete Willi und rieb sich das Gesicht wach.

Er setzte sich auf. »Gestern Nacht hab ich vor der Tür Holz gesehen. Vielleicht kann ich das Teil ja anwerfen.« Mit einer Kopfbewegung wies er zum Ofen.

»Zuviel Qualm«, knurrte es unter dem dritten Schlafsack. Wirre Haare, nicht mehr streng zurückgegelt, umrahmten ein verschlafenes Gesicht. Wolf spähte zu ihnen herüber. »Oder willst du Besuch von ein paar neugierigen Bauern kriegen?«

Armin zog sich den Schlafsack unter das Kinn. »Es ist November. Der Bauer eggt und sät im Märzen – glaube ich zumindest. Außerdem bist du doch Mitglied in diesem Angelverein und kannst die Hütte jederzeit benutzen, oder? Das kann man zur Not auch neugierigen Bauern erklären.«

Wolf schnaubte.

»Komm schon«, insistierte Armin. »Es ist saukalt!«

Das schien ihn zu überzeugen. Wolf schlüpfte aus seinem Schlafsack, zog sich Schuhe und seine Lederjacke über. Armin und Willi rappelten sich hoch.

»Feuer ist mein Ressort«, sagte Willi und näherte sich skeptisch dem Ofen. Das lange Rohr sah intakt aus. Die Feuerklappe war okay, der Aschekasten rostig, aber ohne Löcher.

Während ihrer Inspektion hatte sich Armin ebenfalls Schuhe und seinen Mantel übergezogen und öffnete die Tür.

Graues Licht flutete den Raum. Willi drehte den Kopf. Vor der Tür lag, nur durch einen schmalen Fußweg von der Hütte getrennt, der See. Umrahmt von Schilfstauden, vereinzelten Birken und Weiden, schimmerte sein Wasser wie die Oberfläche eines schweren, mit den Jahren stumpf gewordenen Silbertabletts. Ein Nebelhauch schwebte über ihm, verwischte die harten Uferbegrenzungen, ließ Land und Wasser eins werden. Im Rechteck der Tür lag eine verzauberte Welt.

»Eine Axt.« Armin schob sich vor das Bild, die erhobene Axt in der Hand. Kurz darauf die ersten Schläge, und viel zu schnell kamen die Jungs mit Armen voller Brennholz zurück.

Wolf schloss die Tür, die Zauberwelt verschwand.

Willi schichtete dünne Holzspäne auf den Brenner, kreuzte die dickeren wie ein Dach über ihnen und sah sich im Raum um. »Wir brauchen Papier. Zum Anzünden.«

Ein kurzes Stutzen, dann klopfte sich Armin auf die Brusttasche seines Mantels und zog ein kleines Notizbuch vor.

»Hier.«

Zögernd griff Willi danach. Sie wusste, was das war. Sein Bestellungsbuch der *Goldenen Gans*. Seiten über Seiten – welche Spirituosen er nachbestellen musste, welche Weine fehlten, wann die Wäscherei gestärkte Servietten liefern würde …

Willi riss ganz hinten ein paar weiße Seiten heraus und gab ihm das Buch zurück. Kurz hielt er es in der Hand. Dann riss er an den beschriebenen Seiten, zerknüllte sie, steckte sie in den Scheiterhaufen.

Wolf hielt die Flamme. Natürlich Wolf! Fast hätte Willi gelacht.

Der Ofen knisterte, fauchte ein bisschen, fing Feuer und brannte dann erstaunlich gleichmäßig.

Fröstelnd kauerten die drei vor ihm, hielten ihm ihre Hände und kalten Gesichter entgegen. Der Ofen tat sein Bestes, und das war nicht einmal schlecht. Schon nach kurzer Zeit wurde es in seinem Unfeld so warm, dass Armin und Wolf ihre Jacken auszogen und Willi sich aus ihrem Schlafsack einen Sitz baute.

»Wir brauchen was zum Essen. Kann sein, dass wir ein paar Tage hier bleiben müssen«, sagte Wolf.

»Ein paar Tage?« Armin sah so fassungslos aus, dass Willi beinahe wieder gelacht hätte.

»Weiß ich, wann die Abnehmer sich melden?«, fuhr Wolf hoch.

»Ist ja gut.« Gereizt öffnete Armin die Ofenklappe und legte einen neuen Scheit nach. »Also ein paar Tage. Und dann?«

»Wir brauchen neue Papiere. Das muss ich mit denen klären. Kohle und neue Papiere. Und dann …« Federnd sprang er auf und begann, durch den Raum zu tigern. »Dann steht uns die Welt offen, kapiert ihr? Wir können überall hin. Australien, zum Beispiel. Die Aussis, die ich während der WM gefahren habe, waren cool. Sidney. Oder wenn euch das lieber ist: Brasilien, die Karibik, Argentinien. Sucht's euch aus!«

Er wandte sich den beiden zu. Seine Augen schossen gelbe Blitze im Schein des Ofenfeuers. Ein schmales Grinsen verzerrte den Mund. »Wir sind frei – und kein Mensch hält uns auf.«

Willi schlang die Arme fester um ihre Knie, betrachtete ihre Turnschuhe. So fiebrig hatte er auch geredet, als er den Plan für den Bruch entwickelt hatte. Sie hatten an seinen Lippen gehangen, ihm die Bilder von Freiheit und Reichtum geglaubt. Und Sebastian hatte neben ihnen gesessen.

»Kennst du dich hier in der Gegend aus? Um etwas einzukaufen?«, fragte Armin.

Willi sah zu ihm herüber. Dankbar für seine Frage, die sich nach dem Nächstliegenden, dem Notwendigen richtete. Unbeeindruckt von Wolfs Zukunftsvisionen saß er da, scheinbar ganz entspannt, wenn man nicht zu genau hinsah. Willi sah jedoch genau hin, sah die angespannten Muskeln unter dem Jeansstoff, die Hände, die zu Fäusten geballt auf den Schenkeln lagen, die leicht zusammengekniffenen Augen. Armin war auf der Hut.

»In Manderen selbst lassen wir uns besser nicht sehen«, antwortete Wolf. »In Luxemburg sind jede Menge Einkaufstouristen zum Tanken und Zigarettenkaufen. Schengen, würde ich sagen. Aber das bedeutet mindestens zwei Stunden Fußmarsch.«

»Wir haben doch das Auto.«

»Das versenken wir im See.«

Ohne Auto würden sie hier festsitzen – in dieser Hütte

im Nirgendwo. Willi gefiel die Vorstellung überhaupt nicht. »Muss das sein?«, fragte sie.

Mit herablassendem Grinsen sah Wolf zu ihr herunter.

»Wir brauchen einen Wagen«, sprang Armin ihr bei.

»Das Taxi muss weg.« Mit verschränkten Armen stand Wolf da. »Über das Auto können die uns aufspüren. Kein Problem in Luxemburg-Stadt ein anderes zu kriegen. Auf dem Schwarzmarkt, mit Kennzeichen und allem.«

»Ich weiß nicht ...«

»Das ist mir scheißegal, was du weißt. Oder glaubst. Oder denkst. Wenn wir nicht geschnappt werden wollen, müssen wir alle Brücken abbrechen. Kein Auto, keine Handys, nicht an Geldautomaten abheben. Keine Spuren. Apropos: Wie viel habt ihr dabei?«

Nach einem kurzen Seitenblick zu Willi zog Armin aus der Hosentasche ein Bündel Geldscheine. »1200 Euro. Mehr als tausend konnte ich nicht abheben.« Mit schiefem Grinsen fügte er zu: »Mehr hab ich auch nicht.«

»Nicht grade üppig«, meinte Wolf. Er nestelte an seinem Pullover, zog einen Brustbeutel vor und legte eine Handvoll Scheine in die Mitte.

»Dollar?« Überrascht sah Armin zu ihm hoch.

»Klar Dollar. Müssten an die 3000 sein. Ich wechsele immer um.«

Beide Männer sahen zu Willi. Zögernd zog sie einen Zwanzig-Euroschein aus ihrer Jeans.

»Du verarschst uns, oder?«

Willi schüttelte den Kopf.

»Du warst doch am Bankautomat, bevor wir gefahren sind?«

Sie nickte.

»Mehr hast du nicht?«

Ein stummes Kopfschütteln.

Wolf kniete sich neben sie. »Hey, du bist Küchenchefin.

Du verdienst doch. Wieso kommst du mit einem lumpigen Zwanziger?«

Willi spürte, wie ihr das Blut ins Gesicht schoss. Selbst Armin sah sie ratlos an.

»Was machst du mit deiner Kohle? Klamotten kaufen ja offensichtlich nicht.«

»Wenn ich mehr hätte, hätte ich bei diesem Mist gar nicht mitgemacht«, erwiderte sie barsch.

»Ist ja gut«, meinte Armin. »Deine Dollars helfen uns im Moment auch nicht grade. Wir müssen eben klarkommen.«

Schnaubend federte Wolf wieder hoch. »Dann können wir nur hoffen, dass die Chose sich nicht zu lang hinzieht. Ich schau jetzt mal, an welcher Stelle wir das Auto versenken können.« Mit verächtlichem Seitenblick auf Willi fragte er Armin: »Kommst du mit?«

»Gleich.«

Missmutig stapfte Wolf nach draußen.

Willi spürte ihren Puls im Hals schlagen. Sie traute sich nicht den Kopf zu heben, aus Angst vor Armins Blick. »Tut mir leid«, murmelte sie und knüllte den Zwanziger zwischen den Fingern.

»Das ist jetzt unser kleinstes Problem«, sagte Armin.

Trotzig hob sie den Kopf. »Ich gebe mein Geld meiner Mutter. Jeden Monat, so viel ich kann.« Sollte er doch lachen!

Er lachte nicht.

»Deine Eltern, ich meine, die haben doch eine Kneipe, oder?«

Willi schluckte. »Eine Klitsche. Die läuft nicht, seit ich nicht mehr da bin. Mein Alter ist ein Idiot.«

»Du gibst ihnen dein ganzes Geld?«

Sie nickte. Der Kloß in ihrer Kehle tat weh. Böse sah sie ihn an. »Sie packen es nicht ohne mich.«

»Hey, das sind deine Eltern, die sind erwachsen. Ich meine, du bist doch nicht für die verantwortlich.«

»Bin ich doch.«

Armin stand auf und öffnete die Tür. Nasskalte Luft empfing ihn. Eine Sekunde lang wollte er die Tür wieder schließen, ließ es aber. Sobald man sich einen Schritt vom Ofen wegbewegte, war es sowieso saukalt. Er stützte sich mit einer Hand am Türrahmen ab und sah in den nebligen Morgen.

Wie lange arbeitete er schon mit Willi zusammen? Er hatte es einfach nicht gewusst. Hatte gedacht, ihr würde es gefallen, sich selber die Haare zu schneiden, so dass sie immer wie von Ratten angefressen aussahen. Sie würde gern alte Klamotten tragen und hätte einfach keine Lust auf ein zweites Bier, wenn sie mal zusammen ausgingen. Einmal hatte er die Mutter gesehen. Eine dürre Schnapsdrossel, die herumwankte. Aber er hatte nichts gefragt.

Er fragte nie. Auch nicht bei Wolf. Hätte er besser mal getan, vielleicht säßen sie dann nicht so in der Scheiße.

Müde lehnte er seinen Kopf gegen die Tür. *Armins.* Wie ein Bulldozer war er immer nur darauf zugesteuert. Ein eigenes Restaurant. Er wusste, dass er das konnte. Und verdammt, es war das Einzige, was er wollte. Dass der Preis dafür so hoch sein würde, damit hatte er nicht gerechnet. Rote Haare, die sich über ein bleiches Gesicht legten. Er schloss die Augen.

»Hey, Armin. Es tut mir leid«, kam eine dünne Stimme von hinten. Er wandte sich um. Sah sie da sitzen in ihrem zu großen Männerpullover, sogar die weißblond gefärbten Haare sahen unglücklich aus. Wieso war ihm nie aufgefallen, wie jung sie war?

Er musste sich um sie kümmern, dafür sorgen, dass ihr nichts passierte. Er war verantwortlich. Verantwortung, ein Mühlstein, den er immer weit von sich geschoben hatte. Komisch, jetzt fühlte es sich ganz leicht an, fast angenehm. Er würde sich um sie kümmern.

Er lächelte sie an. »Mach dir keinen Kopf. Wir kommen da wieder raus.«

Kein Lächeln in ihren Augen. Dunkelblau, fast veilchenfarben. Schöne Augen – auch das war ihm nie aufgefallen.

»Ich habe eine Stelle gefunden.«

Erschreckt drehte er sich um. Wolf stand vor ihm, schob sich mit einer Hand die Haare aus der Stirn. »Am anderen Ufer. Wir können die Karre ganz leicht reinschieben. Sieht so aus, als wäre es tief genug.«

Er schob sich an Armin vorbei, ging zu seinem Schlafsack und packte den Stapel Bilder, die er, immer noch in ihren weißen Hüllen, gegen die Wand gelehnt hatte. Er brachte sie zu Willi. »Du musst die Bilder aus den Rahmen lösen. Aber vorsichtig, kapiert? Fang mit dem an, da kannst du üben.« Damit legte er ihr das oberste Bild auf den Schoss. Es war der kleine Junge.

Er kniete sich neben sie. »Die Abdeckung ist an den Rahmen getackert. Das ist kein Problem. Aber guck mal hinten!« Er drehte das Bild um. »Siehst du die kleinen Nägelchen, mit denen die Leinwand an den Rahmen geheftet ist? Die musst du hochbiegen und die Leinwand drunter rausziehen. Aber sei bloß vorsichtig, dass sie nicht reißt!«

»Warum müssen die aus den Rahmen?«, fragte Willi, ohne den Blick zu heben.

»Um sie zu transportieren. Vielleicht können wir sie dann rollen. Weniger sperrig, kapiert?«

Sie drehte das Bild wieder um, sah nachdenklich auf die Leinwand. »Rollen ist schwierig. Dann blättert die Farbe. Oder sie kriegt Risse.«

»Dann lass dir halt was einfallen«, schnauzte er. »So können wir sie nicht mitnehmen. Schon gar nicht ohne Auto.«

Sie nickte.

»Dann los!«

Ein Lächeln von Armin, und die beiden verließen die Hütte. Kurz danach war Motorengebrumme zu hören.

Mit den Fingerspitzen fuhr Willi über das Bild, spürte die kleinen Unebenheiten der Leinwand, die Stellen, an denen die Farbe dicker oder dünner aufgetragen war. Unverwandt sah der Junge sie an. Sie strich mit den Fingerkuppen über seine braunen Haare, das bleiche Gesicht, die schreckensstarren Augen. Als würde sich unter ihrem Streicheln das Gesicht entspannen, sah der Kleine traurig aus dem Bild zu ihr hoch. Ob es stimmte, was die Frau ihnen erzählt hatte?

»Bringst du Unglück?«, fragte Willi leise. Aber da war nur ein kleiner Junge, der kläglich zu ihr heraussah.

27.

Noch bevor Isabel die Augen aufschlug, merkte sie, dass etwas anders war. Sie lag nicht in ihrem Bett. Und sie war nicht allein im Zimmer. So deutlich, als würde ein fremder Körper neben ihrem liegen, spürte sie eine andere Gegenwart.

Unwillkürlich versteifte sie sich, atmete flach und blinzelte. Durch den schattigen Wimpernvorhang sah sie ein weißes Bett, weiße Wände. Ein Ziepen am Arm, als sie sich unmerklich bewegte. Aus den Augenwinkeln sah sie einen Metallständer, Schläuche, die in ihrem Arm, in ihrer Hand endeten.

Sofort fiel ihr alles wieder ein: der Schmerz, die Angst, der fremde Mann, der Notarztwagen, die kreisrunden Lichter im Operationssaal. »Der kleine Tod«.

Verdammt! Sie hatten das Bild, ihr Bild. Dabei hatte sie es schon gehabt, es an sich gedrückt, beim Fallen die harten Kanten des Rahmens gefühlt. Er hatte es ihr aus den Armen gerissen, während sie verzweifelt versucht hatte, den Schmerz zu ignorieren, sich tot zu stellen.

Die Stimmen. Ganz fern das Keuchen des Mädchens wie ein Tier in der Falle. Armins aufgeregte Stimme, die nach einem Arzt, einem Krankenhaus, einem Ausweg verlangte. Die kalte Stimme, die dazwischenfuhr. Wolf, so hieß der Mann.

Die Erinnerung an seinen Geruch, ein wilder Geruch. Als er zustach, hatte sie es gerochen. Angst und noch etwas – etwas, das auch in seinen Augen schimmerte. Gelbe

Augen mit Pupillen, die sich zu einem Schlitz verengten. Sie hatte das Messer nicht bemerkt, aber in seinen Augen gesehen, dass etwas passieren würde.

Wolf hatte geredet. Mit dieser kalten Stimme. Auf die anderen beiden eingeredet, das Keuchen und die Panik zum Verstummen gebracht, während sie am Boden lag und versuchte, nicht zu atmen, nicht zu stöhnen.

Weit entfernt hatte die Stimme geklungen, aber sie hatte versucht zu hören, gegen die roten Schleier vor den Augen gekämpft.

Manderen. Darüber hatte er geredet.

Als es ihr einfiel, riss Isabel die Augen auf.

»Frau Günther?«

Jemand störte – gerade jetzt, wo sie einen Zipfel der Erinnerung erwischt hatte. Sie musste nachdenken. Abwehrend schloss sie die Augen, versuchte in das Zimmer zurückzukehren.

»Frau Günther, sind Sie wach?«

Sei doch still! Manderen, eine Anglerhütte …

»Haben Sie Schmerzen?«

Die Stimme ließ sie nicht los, drängte sich in den Vordergrund, verscheuchte die Bilder.

»Frau Günther?«

Sie öffnete die Augen, drehte den Kopf.

Dieser komische kleine Kommissar saß neben ihrem Bett. Mit seinen Dackelaugen musterte er sie, die Stirn in Falten.

»Frau Günther, was ist passiert?«

Sie sah in seinen braunen Augen Besorgnis. Wieso machte er sich Sorgen?

»Es tut mir leid, Sie zu belästigen, aber wir müssen Ihnen ein paar Fragen stellen. Können Sie mir sagen, was in dieser Wohnung passiert ist? Hat Armin Hirschfeld Sie niedergestochen?«

Fast hätte Isabel gelacht. Ausgerechnet Armin mit seinen liebevollen Händen. Sein entsetzter Gesichtsausdruck, als sie nach den Bildern fragte. Mit dem wäre sie spielend fertig geworden.

»Frau Günther, der Arzt sagt, Sie haben großes Glück gehabt, dass der Stich keine lebenswichtigen Organe verletzt hat. Sie hätten sterben können.«

Müde schloss Isabel die Augen. Na und? Ohne das Bild konnte sie genauso gut tot sein. Ihr kleiner Junge. Sie hatte ihn nicht retten können. Er wollte, dass sie ihn rettete – das hatte sie gesehen, als sie ihn hinter dem Schrank vorzog. Und sie …

Tränen quollen unter ihren geschlossenen Lidern vor.

»Ich weiß, das war ein schlimmes Erlebnis. Aber Sie müssen uns helfen, damit wir den erwischen, der Ihnen das angetan hat.«

Sie würde ihn erwischen – diesen verdammten Dieb. Und sie würde ihren Jungen zurückholen. Sie musste einen Plan schmieden. Aber erst einmal müsste sie aus diesem Bett heraus.

»Bitte, bleiben Sie liegen. Ganz ruhig.«

Hände, die sie auf das Bett pressten, eine Stimme, die nach dem Arzt rief … Wieso hielt er sie fest? Dieser Scheißkerl. Sie musste …

Erleichtert überließ Büchner der Krankenschwester seinen Platz neben dem Bett und verließ das Zimmer. Vor der Tür stieß er fast mit einer blonden Frau zusammen, die, einen jungen Mann im Schlepptau, gerade eintreten wollte.

»Vielleicht warten Sie noch ein paar Minuten. Die Schwester ist gerade …«

»Wie geht es ihr?« Augen vom gleichen Grün wie bei Isabel Günther waren auf ihn gerichtet. Die Frau, groß und schlank im hellbraunen Mohairmantel, knetete die Griffe einer braunen Handtasche.

»Sie sind …?«

»Rebecca Windmöller, ich bin Isabels Schwester.«

»Der Arzt sagt …«

»Ich weiß, was der Arzt sagt. Ich will selbst sehen, wie es ihr geht«, unterbrach sie ihn.

»Frau Günther ist ein bisschen aufgeregt. Wahrscheinlich der Schock. Könnten wir uns kurz unterhalten?«

Ihr Blick richtete sich auf die Tür hinter ihm, als hätte sie ihn nicht gehört.

»Momentan können Sie sowieso nicht zu ihr.«

Zögernd löste sich ihr Blick, richtete sich wieder auf ihn. Einladend wies er zu einer Sitzecke am Ende des Ganges.

»Also gut.«

Mit energischen Schritten ging Rebecca Windmöller voraus.

Die Sitzecke, einer der trostlosen Versuche, dem Krankenhaus etwas von seiner menschenfeindlichen Sterilität zu nehmen, war leer. Während sie Platz nahm, wies die Frau auf den jungen Mann. »Mein Sohn Paul.«

Büchner schätzte ihn auf siebzehn, achtzehn. Er sah seiner Tante auffallend ähnlich. Die gleichen rotbraunen Haare, das gleiche ebenmäßige Gesicht, volle Lippen, die jetzt zu einem nervösen Strich zusammengepresst waren. Der Junge war aufgeregt.

»Was ist mit Tante Isabel passiert?« Seine Stimme klang rau, ein bisschen atemlos.

»Wer sind Sie überhaupt?«, fragte die Mutter dazwischen.

»Büchner, Landeskriminalamt.«

Hörbar zog der junge Mann die Luft ein.

»Ihre Tante wurde in einer Wohnung in Kaiserslautern niedergestochen. Mehr kann ich Ihnen auch noch nicht sagen.«

»Aber wieso? Ich meine, Landeskriminalamt? Was hat

das alles zu bedeuten?« Rebecca Windmöller sah ihn verwirrt an. Sie war älter als ihre Schwester. Soweit Büchner das beurteilen konnte, durchaus attraktiv, aber weit entfernt von der Schönheit der Jüngeren.

»Sie wissen vielleicht von dem Einbruch im Museum?«

Ohne ihn aus den Augen zu lassen, nickte Rebecca Windmöller.

Ihr Sohn hielt seit der Auskunft »Landeskriminalamt« den Kopf gesenkt, die Hände ineinander verknotet.

Büchner beobachtete ihn. Mit diesem jungen Mann stimmte etwas nicht. Das war nicht nur Angst um die Tante.

»Nach dem Stand unserer Ermittlungen wurde Ihre Schwester in der Wohnung der Diebe verletzt.«

Die Frau neben ihm versteifte sich. »Sie glauben doch nicht, dass meine Schwester damit irgendetwas zu tun hat? Das ist lächerlich.«

»Tatsache ist, dass es eine Verbindung zwischen Isabel Günther und den Dieben geben muss.«

Abwehrend, fast feindlich sah Rebecca Windmöller auf ihn herab. »Meine Schwester arbeitet seit Jahren im Museum. Sie liebt ihre Arbeit, die Bilder. Wenn Sie glauben, dass sie … Sie sind verrückt.«

»Wissen Sie, ob Ihre Schwester finanzielle Probleme hat?«

Der Kopf ruckte noch ein Stückchen höher. »Nein, natürlich nicht. Und selbst wenn. Sie hätte sich an mich gewandt.«

Büchner hob eine Augenbraue. Wenn er Probleme hätte, würde er sich bestimmt nicht an seinen Bruder wenden. Lieber würde er sich die Hand abhacken. Nun ja, vielleicht nicht gerade die Hand, aber er würde einiges tun, um nicht als Bittsteller dazustehen.

Rebecca Windmöller schien seine Skepsis zu spüren. »Wir haben ein sehr enges Verhältnis.«

Der Sohn sah zu seiner Mutter.

Ungläubig? Zweifelnd? Büchner war sich nicht sicher.

»Unsere Eltern sind sehr früh bei einem Autounfall gestorben. Isabel war erst sieben. Wir sind bei unseren Großeltern aufgewachsen. So etwas verbindet, glauben Sie mir. Ich kenne meine Schwester.«

Büchner hätte ihr gerne geglaubt – wenn da nicht der Blick ihres Sohnes wäre.

»Also keine finanziellen Probleme. Vielleicht, entschuldigen Sie, aber ich muss das fragen, eine Männergeschichte?«

Kurz verengten sich ihre Pupillen. »Nein.« Abrupt wandte sie sich an den jungen Mann: »Paul, würdest du mir bitte ein Wasser holen? Im Eingang ist ein Automat.«

Paul verzog die Mundwinkel.

»Bitte.«

Mutter und Sohn schienen einen kurzen Kampf mit Blicken auszufechten. Der junge Mann verlor. Ergeben stand er auf und ging.

»Warum haben Sie ihn weggeschickt?«

Arrogant drehte Rebecca Windmöller sich ihm zu. »Ich denke nicht daran, das Liebesleben meiner Schwester vor meinem Sohn auszubreiten.«

Die Frau war ein harter Brocken, nicht direkt herrschsüchtig, aber sehr bestimmt.

»Wie steht es denn nun mit dem Liebesleben Ihrer Schwester? Ich frage nicht aus voyeuristischem Interesse.« Immerhin hatten sie die Spermaspuren und ein rotes Schamhaar gefunden.

Rebecca Windmöller schluckte. »Es gibt keins.«

Überrascht sah Büchner sie an.

»Sie hatte kein Liebesleben. Nie.«

Büchner räusperte sich. »Ich will Ihnen ja nicht zu nahe treten, aber das kann ich mir kaum vorstellen.«

Zum ersten Mal verlor Rebecca Windmöller ihre Sicherheit, senkte den Kopf. »Ich kenne sie, glauben Sie mir. Das Leben bei unseren Großeltern war nicht einfach. Nicht, dass sie sich nicht bemüht hätten.« Sie hob den Kopf, sah ihn provozierend an, als hätte er etwas Negatives über diese Großeltern gesagt. Ausdruckslos blickte er zurück.

»Unsere Großeltern waren alt. Isabel hatte Probleme, schwerwiegende Probleme ...«

Sie brach ab, nestelte aus der Handtasche ein Papiertaschentuch, zerknüllte es dann unbenutzt in der Hand.

Er versuchte, möglichst unbeteiligt an ihr vorbeizuschauen. Natürlich fiel es ihr schwer, einem Fremden Familiengeheimnisse anzuvertrauen. Er mochte dieses Stochern in der Vergangenheit auch nicht, diesen Übergriff in fremde Leben.

»Vielleicht hilft es Ihrer Schwester, wenn Sie mir erzählen, wieso es keinen Mann in ihrem Leben gibt«, sagte er auffordernd.

Er konnte sehen, wie Rebecca Windmöller sich wand, überlegte. Dann schien sie zu einem Entschluss zu kommen. Wieder setzte sie sich sehr aufrecht hin.

»Als unsere Eltern verunglückten, saß Isabel auf dem Rücksitz. Sie war ein sehr lebhaftes Kind.« Ein kurzes Lächeln glättete die angespannten Züge, verschwand aber sofort wieder. »Sie hat getobt, gesungen, ich weiß es nicht. Jedenfalls hat sie sich eingeredet, sie sei an dem Unfall schuld gewesen, habe meinen Vater abgelenkt.«

»Das ist sicher sehr schlimm, aber ...«

»Sie verstehen nicht«, unterbrach Rebecca Windmöller ihn erneut. »Sie hat sich eingeredet, sie hätte unsere Eltern ermordet.«

Büchner stockte.

»Natürlich habe ich eine Therapie für Isabel organisiert – gegen den Willen meiner Großeltern. Damit konnte sie nicht alleine fertig werden. Es hat ihr geholfen, aber eine gewisse Bindungsunfähigkeit ist geblieben. Sie kann keine Beziehungen eingehen. Ihr Arzt meinte, das sei die Angst, geliebte Menschen zu verlieren, der sie sich nicht aussetzen kann. Er glaubte, das würde sich mit der Zeit verlieren. Das hat es aber nicht.« Hilflos zuckte sie die Achseln. »Jedenfalls ist der Gedanke, dass Isabel wegen eines Mannes in diesen Diebstahl verwickelt ist, völlig abwegig.«

Vielleicht nicht wegen eines Mannes, aber vielleicht wegen eines kleinen Jungen. Dem Sohn eines Schächters, der seine Eltern ermordet hatte. Aber hätte sie tatsächlich geholfen, das Bild zu stehlen? Sie wollte es nach Haarlem schicken, beweisen, dass es von Frans Hals war. Ihr Entsetzen, als sie merkte, dass »Der kleine Tod« gestohlen war. Das passte alles nicht zusammen.

Die Frau neben ihm stand plötzlich und blickte den Gang hinunter. Büchner wandte den Kopf. Die Tür zu Isabels Zimmer hatte sich geöffnet, die Krankenschwester kam heraus.

»Entschuldigen Sie mich bitte«, murmelte Rebecca Windmöller. Ohne einen Blick an ihn zu verschwenden, eilte sie zu der offenen Tür.

Büchner machte keinen Versuch, sie aufzuhalten. Reglos blieb er sitzen, starrte den Gang hinunter und versuchte, Ordnung in seine Gedanken zu bringen.

Isabel Günther hatte eine Verbindung zu den Bilderdieben. Das war Fakt. Trotzdem konnte er sich nicht vorstellen, dass sie aktiv an dem Diebstahl beteiligt war. Wenn man ihrer Schwester glauben konnte, hatte sie kein finanzielles Motiv – und auch keine Männergeschichten. Dagegen sprachen die Spuren in Armin Hirschfelds Wohnung. Vielleicht hatte Isabel etwas mit Hirschfeld, hatte ihm von ihrer Arbeit erzählt, der Wechselausstellung, den ungesicherten Bildern. Um dann zu merken, dass er ihre Informationen für einen Einbruch genutzt hatte. Sie geht zu ihm, stellt ihn zur Rede, er sticht zu.

Aber da war die Geschichte der Schwester. Störungen psychischer Art – was auch immer das heißen mochte. Traumata. Vielleicht hatte Isabel die überwunden, hatte sich zum ersten Mal mit einem Mann eingelassen und hatte nun erkennen müssen, dass der sie benutzte. Aber hätte sie dann nicht eher den Mann niedergestochen? Es gab keine Kampfspuren …

Paul Windmöller bog mit einer Flasche Wasser um die Ecke, stutzte, als er den Kommissar alleine sah, und wandte sich zu Isabels Zimmertür.

Büchner stand auf. »Mit Ihnen wollte ich mich noch kurz unterhalten, Herr Windmöller.«

Zögernd kam der Junge näher.

»Sie wissen doch etwas über diesen Unfall ihrer Tante.«

»Ich?«

Er war ein schlechter Schauspieler.

»Sie sind erschrocken, als Sie hörten, dass ich vom LKA bin.«

Der Junge schluckte, sah ihn stumm und flehend an.

»Verdammt! Ihre Tante wurde niedergestochen. Sie könnte tot sein. Was genau wissen Sie?«

Wieder dieses trockene Schlucken. »Ich …« Seine Augen füllten sich mit Tränen. »Ich bin schuld, dass Tante Isabel so schwer verletzt wurde.«

28.

»Dieser kleine Mistkerl«, sagte Boger und lehnte sich im Autositz zurück.

»Höre ich da etwa Anerkennung?«, fragte Büchner.

Boger lachte. »Ist doch immerhin ein Ding, sich in unsere Computer zu hacken. Ich hätte geschworen, das so etwas nicht geht. Da werden einige Herren im Präsidium graue Haare kriegen.«

»Und das gefällt Ihnen?«

»Sagen wir mal, es ist ein netter Gedanke.«

Büchner schüttelte den Kopf und warf seinem Kollegen einen missbilligenden Blick zu.

»Jetzt siehst du aus wie eine pikierte Hausfrau«, kommentierte der Kollege unbeeindruckt.

Büchner schnaubte. »Jedenfalls scheint es möglich, dass Isabel Günther Armin Hirschfeld erst nach dem Einbruch kennengelernt hat.«

»Klar. Sonst hätte sie ja nicht in unserem Computer nach Todesfällen forschen müssen. Huber und Hirschfeld waren Kollegen. Wenn Isabel mit Hirschfeld befreundet gewesen wäre, hätte sie gewusst, dass sein Arbeitskollege verunglückt ist.« Nachdenklich fuhr sich Boger durch seine dichten Haare. »Aber wie kommt sie auf die Idee mit den ungeklärten Todesfällen?«

Büchner zögerte. Boger würde ihn auslachen – so wie die anderen Kollegen, als er die Geschichte erzählt hatte. Er konnte es ja selbst kaum glauben. »Das Bild«, sagte er leise.

»Welches Bild?«

»›Der kleine Tod‹. De la Haye hat Isabel Günther die Geschichte erzählt. Dass das Bild Unglück bringt. Vielleicht hat sie es einfach versucht – und bingo!«

Vorsichtig riskierte er einen Blick. Boger grinste nicht. Konzentriert sah er durch die Windschutzscheibe. Seine Kaumuskeln waren angespannt.

Erleichtert lehnte sich Büchner zurück. Wieso war es ihm nur so wichtig, dass Boger nicht lachte? Bei der SOKO-Sitzung hatte er das auch nicht getan. Hauser und er waren die Einzigen gewesen, die de la Hayes Geschichte ernst genommen hatten.

»Isabel Günther kann bei dem Einbruch nicht dabei gewesen sein. Sie hat Schuhgröße 40. Habe ich nachgeprüft.«

Büchner stutzte. Daran hatte er überhaupt nicht gedacht, dabei war es naheliegend.

»Nehmen wir also mal an, sie nimmt die Spur der Diebe auf, indem sie ihren Neffen die unnatürlichen Todesfälle überprüfen lässt«, fuhr Boger fort. »Das allein ist schon …« Er brach ab.

»Unheimlich«, ergänzte Büchner.

Die Blicke der Kommissare trafen sich.

»Ja«, sagte Boger. »Es ist unheimlich, weil es geklappt hat.«

»Es kann auch Zufall gewesen sein«, erklärte Büchner. »Ich meine, dass dieser Huber nach dem Einbruch verunglückt ist.«

Eine kurze Zeit war es still im Wagen. Schließlich nahm Boger den Faden wieder auf: »Die Frage bleibt: Warum tut sie das? Warum überlässt sie das nicht uns?«

»Was hättest du gesagt, wenn sie zu uns gekommen wäre: Hey, überprüft doch mal alle unnatürlichen Todesfälle, die Diebe haben nämlich ein Bild geklaut, das Menschen umbringt?«

Boger wandte sich ihm zu. »Du hast mich geduzt.«

»Habe ich nicht.«

»Doch, hast du.«

»Herr Boger, das ist doch jetzt völlig irrelevant.«

»Manfred.«

Büchner seufzte. »Also gut. Manfred.«

»Komisch, ich duze dich schon die ganze Zeit, und du hast dich nie beschwert, immer so getan, als würdest du es gar nicht mitkriegen.«

Entnervt verdrehte Büchner die Augen. »Was soll das? Kollegiale Psychotherapie?«

Boger lachte und startete den Wagen. Schweigend fuhren sie Richtung Innenstadt, jeder mit seinen Gedanken beschäftigt. Als Büchner merkte, dass sein Kollege nicht zur Autobahn abbog, wandte er sich ihm fragend zu. Boger hatte offensichtlich nicht die Absicht zu antworten, sondern hielt überraschend in einer Sackgasse.

»Was wird das?«, fragte Büchner, als sich Boger abschnallte und aus dem Wagen schälte.

»Frühstück«, lautete die lapidare Antwort.

Das Café war etwas Besonderes. Schon im Verkaufsraum empfing sie der Duft von Frischgebackenem, und das rosige Mädchen hinter der Theke sah genauso appetitlich aus wie die marzipanverzierten Tortenstücke vor ihr.

Boger wählte sich ein Marzipancroissant und bestellte Kaffee. Als Büchner es ihm nachtat, lächelte er. »Auch von unserer Seite?«

»Mmh?«

Gutgelaunt wandte sich Boger zu dem schweren Vorhang, der zum eigentlichen Innenraum führte. »Da scheidet sich die Menschheit: Marzipan oder Lakritz.«

Der Besitzer des Cafés war eindeutig frankophil. Kleine Bistrotische mit schmiedeeisernen Stühlen drängten sich vor der Sprossenfensterwand; ein Flügel, alte Kaffeemühlen und große Grünpflanzen bevölkerten neben Bildern von französischen Stars das Interieur. Jean Gabin hing neben Edith Piaf, Jeanne Moreau, Jean-Paul Belmondo und George Brassens. Daneben gab es gerahmte Fotos von Simone de Beauvoir, Jean-Paul Sartre und anderen, die Büchner nicht kannte.

»Das Marzipan machen sie selber. Ein Gedicht«, erklärte Boger und ließ sich auf eins der Stühlchen fallen. Er stützte die Arme auf und rieb sich sein müdes Gesicht.

Das rosige Mädchen brachte ihre Bestellung, und Büchner goss sich dankbar eine Tasse Kaffee aus seinem Kännchen ein. Der erste Schluck war wunderbar, vertrieb die Müdigkeit und die klamme Kälte, die draußen herrschte.

»Wir haben uns nie gefragt, warum sie allein ist«, sagte Boger plötzlich.

Überrascht von dem Themenwechsel ließ Büchner sein Croissant wieder sinken. »Wie bitte?«

»Isabel Günther ist doch eine schöne Frau. Trotzdem haben wir uns nie gefragt, warum sie keinen Kerl hat. Ist doch ungewöhnlich, oder?«

Büchner zuckte die Schultern. »Ich bin auch allein.«

»Du bist ein Bulle. Da ist das normal.«

Statt einer Antwort biss Büchner in sein Croissant. Der Geschmack von warmem Teig, Butter und Marzipan war köstlich. Vielleicht war es für einen Polizisten tatsächlich normal, allein zu sein. Die wenigsten Kollegen, die er kannte, lebten in intakten Beziehungen. Die Belastungen des Jobs, Wechseldienste, Grausamkeiten, die man sah und über die man nicht sprechen konnte – zumindest nicht mit dem Partner ... Gut, bei ihm gab es noch andere Gründe. Aber Boger wirkte auch wie einer dieser einsamen Wölfe.

»Ihre Schwester hat uns ja eine mögliche Erklärung geliefert. Der Tod der Eltern, die Schuld.«

»Unsinn«, raunzte Boger mit vollem Mund. »Bevor sie

sich mit diesem Typen in der Wohnung einließ, war Isabel Günther auch keine Jungfrau gewesen.«

»Darum geht es doch gar nicht. Sie geht keine festen Beziehungen ein. Das heißt nicht, dass sie nicht irgendwelche Geschichten mit Männern hat.«

»Dieser Armin Hirschfeld hat wohl nichts anbrennen lassen. Sagt zumindest sein Chef. Der Mann war ziemlich außer sich, dass seine Leute heute Morgen nicht zur Arbeit erschienen sind. Hält es für ausgeschlossen, dass sie etwas mit der Sache zu tun haben. Außer bei diesem Pruckner, den kann er offenbar nicht leiden.«

Büchner winkte der Kellnerin, warf einen fragenden Blick zu seinem Kollegen und bestellte dann nochmals zwei Croissants und zwei Kaffee. Er hatte gar nicht gemerkt, wie hungrig er war.

Boger zog einen Schmierzettel aus seiner Lederjacke. »Bernd Schulz, Steuerberater, ihm gehört die *Goldene Gans*, zusammen mit einem Freund. Ein harmloser Typ, bisschen naiv. Den Laden geführt haben Hirschfeld und die Köchin, Wilhelmina Dachs. Die Kleine mag er besonders. Warte mal.«

Wieder ein Griff in die Jacke, und er warf ein paar Fotos auf den Tisch. Interessiert griff Büchner danach.

Die Fotos waren offensichtlich bei einem Ausflug im Sommer aufgenommen worden. Ein junges Mädchen mit streichholzkurzen, platinblonden Haaren lachte in die Kamera. Sie saß auf einem Gartenstuhl in einem Biergarten.

»Das ist die Köchin«, erklärte Boger.

Auf dem Foto sah sie nett aus. Nicht unbedingt hübsch, dazu war ihr Kinn zu ausgeprägt und die Nase zu lang. Aber sie hatte schöne Augen von einem merkwürdigen Blau, sehr dunkel, so dass sie, zumindest auf dem Foto, fast schwarz wirkten.

»Kommt angeblich aus schwierigen Familienverhältnissen«, fuhr Boger fort. »Die Eltern haben eine Kneipe, heruntergekommener Laden, zumindest seit die Tochter dort nicht mehr kocht. Schulz hält sie für eine Art Genie am Herd. Die Mutter ist Alkoholikerin, der Vater ein Choleriker. Die Kleine hat ihren Chef schon ein paar Mal angepumpt, wenn der Gerichtsvollzieher bei den Eltern vor der Tür stand, aber alles brav zurückgezahlt.«

Büchner griff das nächste Foto, auf dem zwei junge Männer zu sehen waren. Der eine hielt den anderen im Klammergriff und machte mit gespreiztem Zeige- und Ringfinger ein Victory-Zeichen.

»Der Blonde ist der Tote – Sebastian Huber, Küchenhilfe. Armer Kerl, ein Hilfsarbeiter. Seine Freundin kriegt ein Kind.«

Der junge Mann lachte gelöst in die Kamera. Offensichtlich genossen sie den Ausflug. Die Sonne ließ seine blonden Haare leuchten, die ein wenig plumpen Gesichtszüge waren entspannt.

»Der Typ daneben ist der schöne Armin.«

Der dunkelhaarige Mann, der den Blonden hielt, sah wirklich gut aus. Dunkle Locken, graue Augen, ein markantes Kinn und strahlend weiße Zähne, die er lachend entblößte. Trotzdem wohl nicht besonders eitel, wenn Büchner sein ausgewaschenes T-Shirt betrachtete. Und an den Kleiderschrank in seiner Wohnung dachte. Ein nettes Lachen. Oder waren ihm automatisch alle schönen Männer sympathisch?

Die Kellnerin brachte ihre Bestellung, und Büchner reichte die Fotos an seinen Kollegen zurück.

»Hirschfeld ist Gastronomiefachmann. Komischer Beruf, wenn du mich fragst. Kommt wie Wilhelmina Dachs aus einer Gastronomenfamilie. Seine Eltern haben ein Hotel in der Nähe von Kaiserslautern. Wohl eine Art Landgasthof. Soweit Schulz weiß, hat Hirschfeld wenig Kontakt zu ihnen. Sechs Geschwister, alle irgendwie in der Gastronomie beschäftigt. Na ja, wer's mag.«

Nachdenklich nippte Büchner an seinem Kaffee. »Junge Leute, in geregelten Arbeitsverhältnissen, zwei davon mit einer Ausbildung. Warum machen die so etwas?«

Boger zuckte mit den Schultern. »Langeweile, Kohle, Übermut – such es dir aus. Der härteste Brocken scheint Pruckner zu sein.«

Laut und schrill tönte der Nokia-Ton aus Bogers Lederjacke. »Ja?«

Mit einem Ruck stand er auf, stieß gegen den Tisch, dass der Kaffee in Büchners Tasse überschwappte, und knurrte in den Hörer: »Was soll das?«

Überrascht sah Büchner zu ihm hoch. Groß und drohend stand der Kollege vor ihm, sein blondes Haar fiel ihm ins Gesicht, die Lippen hatte er fest zusammengepresst. Thor, der germanische Donnergott, wie er da grimmig in sein Handy lauschte.

Unangenehm berührt, Zeuge eines privaten Telefonats zu sein, sah Büchner auf die Tischplatte. Über sich hörte er grollend: »Das ist mir scheißegal. Ich rate dir, mich in Ruhe zu lassen.«

Schnaufende Atemzüge.

Als Büchner vorsichtig nach oben blickte, stand sein Kollege reglos vor ihm und starrte auf sein Handy, als hätte es sich in eine Schlange verwandelt.

Büchner hob seine Tasse an und schüttete aus dem Unterteller den übergeschwappten Kaffee zurück. Unnötigerweise blies er hinein, obwohl das Gebräu nur noch lauwarm war. Ohne hinzusehen, merkte er, dass sich Boger wieder gesetzt hatte. Er riskierte einen Blick.

Zusammengefallen und irgendwie verloren saß ihm sein Kollege gegenüber und stierte ein Loch in die Luft.

Zaghaft biss Büchner in sein Croissant und wünschte

sich im selben Moment, er hätte es nicht getan. Jede normale Form der Lebensäußerung wirkte plötzlich pietätlos, so als säße er einem Schwerkranken gegenüber. Er legte das süße Stückchen auf den Teller zurück.

Boger räusperte sich: »Entschuldige. Das war ... was Privates.«

Abwehrend zuckte Büchner die Schulter, aber wie unter Zwang fuhr sein Kollege fort: »Eine Frau ... Ich habe da ... Ärger eben.«

Betont unbeteiligt trank Büchner. Gott, er wollte es gar nicht wissen. Bloß keine Details über Beziehungsdramen. Er setzte die Tasse ab. »Ist die Öffentlichkeitsfahndung schon angeleiert?«

Natürlich war sie das. Es fiel ihm sonst nur nichts ein.

Wie in Trance nickte sein Kollege, atmete dann heftig aus und sagte: »Danke.«

Verwirrt sah Büchner in braune Augen, die ihn musterten, festhielten.

»Dafür, dass du nichts fragst. Auch nicht über meinen Dienststellenwechsel. Du bist ein feiner Kerl.«

Klirrend stellte Büchner seine Tasse zurück. O Gott, jetzt benahm er sich auch noch wie eine errötende Jungfrau beim ersten Kompliment. Hastig schaute er sich nach der Kellnerin um. »Wie geht es weiter?«

»Irgendwohin müssen sie ja abgehauen sein. Also das Übliche. Befragung der Angehörigen, der Freunde. Haben die einen Fluchtpunkt? Morgen sind die Fotos von den Dreien in allen Zeitungen. Die gemeinsame Stelle für grenzüberschreitende polizeiliche Zusammenarbeit ist informiert. Gendarmerie und Police nationale haben die Fotos auch schon.«

Erleichtert registrierte Büchner, dass ihr Gespräch wieder in normalen Bahnen verlief. Sogar das rosige Mädchen tauchte auf, und er machte ihr ein Zeichen, dass sie zahlen wollten. Fast schien es, als hätte es den mysteriösen Telefonanruf und Bogers verstörende Reaktion darauf gar nicht gegeben.

»Wenn es stimmt, dass der Korse in der Sache mit drinsteckt, wäre es besser für die Drei, wir würden sie zuerst finden. Die sind ihm nicht gewachsen«, sagte Boger, während er sich erhob.

Büchner nickte. »Pech für wen?«, hatte Isabel Günther gefragt, und diese Frage hatte ihn alarmiert. Vier junge Leute. Einer war schon tot, und die übrigen hatten einen Mordversuch am Hals.

29.

Polternd öffnete sich die Holztür. Armin blieb unvermittelt stehen, so dass Wolf gegen ihn stieß.

»Den Rauch sieht man kilometerweit«, maulte Wolf.

»Mensch, Willi«, sagte Armin nur.

Neugierig schob sich Wolf an ihm vorbei. Willi hockte immer noch vor dem Ofen, der kräftig bullerte. Vor der geöffneten Ofentür standen drei lange Stecken, auf die jeweils ein Fisch aufgespießt war.

»Steckerlfisch«, sagte Willi, ohne die sanft brutzelnden Fische aus den Augen zu lassen. »Muss man nur alle paar Minuten drehen, damit sie von allen Seiten braten. Leider hab ich keine Gewürze.«

»Mensch, Willi«, sagte Armin noch einmal und setzte die vollen Plastiktüten ab, die ihm in die Finger schnitten. Sie wandte ihm ihr Gesicht zu, rot von der Hitze des Ofens, und lächelte. Der ganze Raum duftete nach warmem Fisch.

»Wie hast du die gefangen?«

»Kein Problem. An der Rückwand der Hütte sind Kescher und Kram. Außerdem sind die Viecher so träge, dass du die glatt mit der Hand rausholen kannst.«

»Es riecht super«, sagte er anerkennend und schälte sich aus seiner Jacke.

»Es raucht!«, insistierte Wolf.

»Dann sollten wir uns beeilen«, meinte Armin und begann, die Taschen auszupacken. Er förderte Plastikflaschen mit Mineralwasser, Dosen mit Ravioli, abgepacktes Brot und Käse zutage. Wolf machte sich über seine Tüten her und warf Willi ein Päckchen zu.

»Färbemittel für dich.«

Verständnislos besah sich Willi die Packung.

»Wir haben drüber geredet«, erklärte Armin. »Wahrscheinlich geben sie unsere Fotos an die Presse. Wir müssen uns also verändern. Wolf und ich schneiden uns die Haare, und du könntest dich dunkel färben.«

»Na, wie seh ich aus?«, feixte Wolf, der aus einer Plastikverpackung eine Lesebrille vorzog und sie sich auf die Nase setzte. Dazu schnippte er mit einer Schere in der Luft herum. Mitten in der Bewegung hielt er inne. »Wo sind die Bilder?«

Mit der Hand deutete Willi in eine Ecke des Raums, in der, übereinander gestapelt, die Leinwände lagen. »Wir können sie nicht rollen. Die Farbe bricht sonst.«

Wolf schnaubte und kniete sich neben den Stapel. Er griff sich die erste Leinwand und rollte sie eng zusammen.

Willi federte hoch und war mit zwei Schritten bei ihm. »Du machst sie kaputt.«

Ohne sie zu beachten, nahm Wolf das nächste Bild, um es aufzurollen. Willi schlug ihm auf den Arm. Wolf sprang auf, packte sie und schleuderte sie quer durch den Raum. Armin stürzte sich auf Wolf und brachte ihn zu Fall. Die beiden Männer kämpften verbissen und mit keuchendem Atem.

Plötzlich fiepte ein durchdringender Ton durch den Raum. Die Kämpfer verharrten. Willi, die noch am Boden kauerte, schreckte hoch. Der Ton kam so unerwartet, dass alle drei ein paar Sekunden brauchten, um ihn einzuordnen. Ein Handy klingelte.

In dem Moment, als Armin das Geräusch einordnen konnte, hatte sich Wolf schon unter ihm vorgeschoben und kroch zu seiner Jacke, die er beim Hereinkommen auf den Boden geworfen hatte. Er zerrte das Handy vor und keuchte »Ja?« in den Apparat.

Armin und Willi sahen sich an. Ein Handy!

Ohne sie zu beachten, rappelte sich Wolf hoch und ging, das Handy am Ohr, durch die Tür nach draußen.

»Wieso hat er ein Handy?«, keuchte Armin und rieb sich über seine Nase.

»Du blutest«, stellte Willi fest.

Gleichgültig sah Armin auf seinem Handrücken die verschmierte Blutspur. »Wieso hat er ein Handy? Uns hat er gezwungen, die Mobiltelefone wegzuwerfen.«

Willi zuckte die Schultern, kramte ein Tempo aus ihrer Hosentasche und hielt es Armin hin.

Er drückte es sich an seine blutige Nase und rappelte sich hoch. »Wer, zum Teufel, ruft ihn an?«

»Er ist verrückt.«

»Ich weiß.« Armin schob sie beiseite und ging zur Tür. Im Türrahmen blieb er stehen und beobachtete Wolf, der, eifrig telefonierend, um den See ging.

»Wir sollten abhauen, so lange wir noch können«, sagte Willi in seinen Rücken.

»Wir stecken zu tief drin«, antwortete Armin, ohne Wolf aus den Augen zu lassen.

»Egal. Er ist verrückt.«

Mit einem Ruck drehte er sich ihr zu. Sie kniete bei den Bildern und entrollte sie. Müde lehnte er sich gegen den Rahmen. Zurück? Zur Polizei? Sich stellen? Und dann?

»Es passiert etwas mit uns. Merkst du das?«, hörte er ihre Stimme.

Mühsam öffnete er die Augen wieder. Sie kniete immer noch bei den Bildern, eins davon lag auf ihrem Schoß. Er ging neben ihr in die Hocke.

»Das ist die Anspannung.«

Stumm schüttelte Willi den Kopf.

Er sah auf das Bild in ihrem Schoß. Braune Augen glitzerten triumphierend zu ihm hoch. Unwillkürlich zuckte er zurück. Es war nur das Bild. Der kleine Junge.

»Vielleicht bringt er ja wirklich Ärger«, sagte Armin und sah in die gemalten Augen. Eine Welle von Übelkeit stieg in ihm auf.

»Na, ihr Turteltäubchen?«, kam es von der Tür. Unbemerkt war Wolf wieder hereingekommen.

»Wieso hast du ein Handy? Wer hat angerufen?«, herrschte Armin ihn an.

Beschwichtigend hob Wolf beide Hände und kam näher. »Fragen, Fragen, tausend Fragen«, säuselte er. Als er bei ihnen stand, sah er zu dem Bild. »Da ist ja auch mein kleiner Glücksbringer.« Mit einem raschen Griff nahm er das Bild an sich und tänzelte mit ihm durch den Raum.

»Gib es her!«, sagte Willi.

»Woher dein plötzlicher Kunstsinn?«, fragte Wolf und blieb an der offenen Ofentür stehen. »Du kannst doch ein Tatoo nicht von einem Kandinsky unterscheiden.«

Willi machte einen Schritt auf ihn zu. Mit dem Fuß trat Wolf die Stecken mit den Fischen um und hielt das Bild nah an die Flammen.

»Nicht!«, schrie sie auf.

Wolf lächelte. »Wo werde ich denn? Wir sollten unsere Eintrittskarten in ein neues Leben sorgsam behandeln.«

»Hör auf mit dem Scheiß«, mischte Armin sich ein. »Wer hat dich angerufen?«

»Es ist alles klar. Morgen kriegen wir neue Pässe und das Geld.«

»Die Abnehmer?«

»Ich treffe sie in Luxemburg, mitten unter tausend Passanten. Unauffällig, verstehst du? Und sicher.«

»Wir treffen sie!«

Wolf hob die Augenbrauen. »Traust du mir nicht?«

»Wir sollten etwas essen«, sagte Armin und begann, die Stecken mit den Fischen aufzuheben. »Dann Haare schneiden und einen Plan für die Übergabe machen.«

»Dich behalte ich«, sagte Wolf und drückte dem Bild einen Kuss auf. »Als Glücksbringer.« Er reichte die Leinwand an Willi weiter. »Pass gut auf meinen Kleinen auf.«

Betäubt nahm sie das Bild. Die Augen des Jungen funkelten wütend.

30.

Schon der Anblick des Krankenhauses bereitete ihm Übelkeit. Wieder so ein quadratischer Betonblock, dazu geschaffen, Schmerz und Leid einen möglichst neutralen Anstrich zu geben.

Am liebsten wäre er zurück zum Parkhaus gegangen, hätte sich in seinen Benz gesetzt und wäre wieder gefahren. Geflohen.

Vor der gläsernen Drehtür blieb er stehen, stützte sich auf seinen Stock und betrachtete die steinernen Aschenbecher, die überquellend von der Nervosität der Besucher und Patienten erzählten.

Er versuchte, sich zu wappnen. Vor den langen Fluren mit den glänzenden Böden, den Türen mit Aufschriften, die unheimliche Gerätschaften, mittelalterlichen Folterinstrumenten gleich, beherbergten. Und dem Geruch. Diesem leicht scharfen Geruch nach Desinfektionsmitteln und Angst.

Er hatte keine Angst vor dem Tod – dazu war er ihm schon zu oft begegnet. Aber die Angst vor dem Sterben wurde mit jedem Schritt größer, mit dem er sich dem Sterben zwangsläufig näherte.

Er atmete durch und trat ein. Die Vorhalle beherbergte das übliche Gewimmel von Patienten in Morgenmänteln oder Jogginganzügen, Besuchern und weißgekleideten Aasgeiern, je nach Naturell geschäftig-freundlich oder geschäftig-professionell.

Wieder kämpfte er den Impuls nieder, sich umzudrehen

und diese Hölle zu verlassen. Stattdessen suchte sein Blick pflichtschuldig die Aufzüge. »Vierter Stock, Zimmer 209«, hatte die Restauratorin am Telefon gesagt.

Vor den Aufzugstüren standen zwei Frauen, die bei seinem Anblick stutzten. Er wusste, dass er schlecht aussah, dass die Leute erschraken, wenn sie ihn sahen. Er selbst hätte sich, wäre er Maler, durchaus als Modell für den Tod gewählt. Der Tod im Krankenhaus, ein schlechter Witz.

Rote Ziffern leuchteten auf, verkündeten den Standort des Aufzuges. Als sich seine breiten Türen öffneten, quoll ein Schwarm Menschen heraus. Die beiden Frauen stellten sich von ihm entfernt in eine Ecke, bemüht, ihn nicht anzustarren, ihn ihr Unbehagen nicht merken zu lassen. Sein Skelettfinger drückte die Vier.

Er lehnte sich gegen die verchromte Wand, schloss die Augen, versuchte, das halblaute Gespräch der beiden Frauen zu ignorieren, auch wenn Wortfetzen und halbe Sätze seine Ohren streiften.

Im vierten Stock stieg er aus, hörte beim Hinausgehen Getuschel. »Hast du den gesehen?«

Langsam, um nicht auf dem spiegelnden Linoleum zu rutschen, durchquerte er einen weiteren Flur, öffnete eine Glastür. Überall dieser schreckliche Geruch.

Endlich erreichte er die 209, pochte an die Tür und öffnete sie vorsichtig.

»Endlich«, sagte die blasse Frau, die, mit dem Rücken an Kissen gelehnt, ihm entgegensah.

Umständlich schloss er die Tür, näherte sich dem Bett. Ein Zweibettzimmer, das zweite Bett leer, aber noch aufgeschlagen wie eine Mahnung für die Fliehende. Ein kleiner Tisch, zwei Stühle, ein großes Fenster mit grauem Blick auf den nächsten Betonklotz.

»Ich hätte Blumen mitbringen sollen, verzeihen Sie. Aber der Anruf kam so überraschend.«

Die Frau im Bett winkte ab, das Gesicht so farblos, dass sich selbst die Lippen kaum von der Haut abhoben. Nur die rötlichen Haare hatten Farbe und Lebenskraft behalten.

Er zog sich einen Stuhl neben das Bett, faltete den Mantel über seine Knie, setzte sich vorsichtig. »Wie geht es Ihnen?«

Ein trockenes, angedeutetes Lächeln, das sonst klare Grün der Augen verhangen.

»Ich habe ihn gehabt.« Ihre Stimme klang rau.

Ein Schmerz in seiner Brust, kurz und wütend wie eine Stichflamme. Er wusste, von wem sie sprach.

Isabel Günther umfasste mit beiden Händen ihren Oberkörper, als würde sie frieren. »Ich habe versprochen, ihn zurückzubringen. Und ich hätte es fast geschafft.«

Er konnte sie schlucken sehen, hart durch die Kehle.

Der Schmerz in seiner Brust flammte wieder auf. Er legte die Hand auf ihre Schulter. Unter dem dünnen Nachthemd fühlte er ihre Schulterknochen, zerbrechlich wie bei einem Vögelchen.

»Es ist vorbei«, murmelte er.

Die Schulter unter seiner Hand straffte sich.

»Nein.«

Er sah in wütende Augen.

»Nein«, wiederholte sie.

Er senkte den Kopf. Sie hatte recht. Es war nicht vorbei, würde nie vorbei sein. Er war schuld. Er hätte das Bild verbrennen müssen. Schon vor Jahren, als er erkannte, was es war.

Kurz schloss er die Augen, horchte in sich hinein. Keine Schmerzen, aber ein Gefühl, als wäre sein Innerstes hohl. Ausgehöhlt von Schuld.

»Sie müssen mir helfen«, kam es vom Bett – fordernd.

Er hob den Blick und sah in ihren Augen den bekannten Ausdruck.

Sie war besessen. Wie vor ihr schon so viele, angefangen

bei dem Maler. So oft hatte er ihn sich vorgestellt, diesen alten Mann aus einer anderen Zeit. In einem kalten, staubigen Atelier, angetan mit einem Schlafrock. Die buschigen Brauen fest zusammengekniffen auf die Leinwand gerichtet. Und dort entstand, Pinselstrich für Pinselstrich das Böse.

Entsprang es seiner Phantasie? Materialisierte sich und wurde auf seltsame Art lebendig? Oder malte er aus der Erinnerung diesen kleinen Jungen, der ihm ab und an begegnet war, begegnet sein musste in den engen Straßen von Haarlem. Der Sohn des Schächters.

Ihr Blick hielt ihn fest, zerrte ihn in die Gegenwart zurück.

»Ich weiß, wo sie ihn hinbringen.«

Er verstand nicht.

»Ich habe sie belauscht. Ich weiß, wo sie sind, wo sie die Bilder hinbringen«, erklärte sie.

Elektrisiert horchte er auf. »Sie müssen es der Polizei sagen.«

Sie schüttelte den Kopf.

»Hören Sie! Die Polizei wird die Bilder zurückbringen.«

Wieder ein Kopfschütteln.

»Hat er Ihnen noch nicht genug angetan?«

Verwundert sah sie ihn an. »Wer?«

»Wer? ›Der kleine Tod‹.«

Sie warf den Kopf zurück, öffnete den Mund. Eine Sekunde lang dachte er, sie würde schreien, aber sie schrie nicht. Sie lachte – laut und ausgelassen. »Sie glauben diesen Quatsch wirklich«, stellte sie lachend fest. »Sie denken tatsächlich, dass das Bild den Tod bringt.«

»Sie doch auch.«

»Nein.«

Er horchte diesem »Nein« nach, als müsse noch etwas kommen – eine Abschwächung, eine Relativierung.

»Ich glaube, dass Frans Hals es gemalt hat.« Hochmütig verzog Isabel Günther die Brauen, sah ihn an, wie eine Mutter ihr ängstliches Kind – ein wenig belustigt, ein wenig besorgt. »Natürlich wird sich diese Legende vom Unglück in der Öffentlichkeit gutmachen. Bilder mit einer spektakulären Geschichte sind publikumswirksam.«

Sie hatte es nicht begriffen – trotz allem, was ihr passiert war. Oder war sie schon so verhext, dass sie es gar nicht mehr merkte?

»Ich werde das Bild herausbringen. Ein unentdecktes Meisterwerk.« Er starrte auf ihren Mund, aus dem hart und klar die Worte kamen.

»Die Diebe sind dumme Kinder«, fuhr sie fort.

Dumme Kinder, die sie niedergestochen hatten.

»Ich werde das Bild zurückholen.«

Ohne Rücksicht auf Verluste würde sie das Bild in die Öffentlichkeit bringen. Und wieder würde Schreckliches passieren. Weil er sich gedrückt hatte. Weil er das Bild nicht aus der Welt geschafft hatte.

»Ich soll Ihnen helfen?« Er lehnte sich zurück, spannte seine Wangenmuskeln, bis es wehtat.

»Leider bin ich gehandikapt«, sagte sie. »Sie müssen mich fahren.«

»Wohin?«

»Das sage ich Ihnen, wenn es soweit ist.« Ein maliziöses Lächeln. »Unsere Freunde von der Polizei sollen ja nicht vor uns dort ankommen.«

Ausdruckslos sah er sie an. Er musste es tun. Diesmal musste er es vernichten.

»Wann?«

»Heute Abend. Ich erwarte sie um dreiundzwanzig Uhr am Haupteingang. Mit laufendem Motor.«

31.

Als Büchner den hell erleuchteten Raum betrat, fühlte er sich schon fast zu Hause. Die Wärme und der Mief von über zwanzig zusammengepferchten Männern hatten etwas Heimeliges. Jeder hatte seinen festen Sitzplatz, seine Gesprächspartner, mit denen er flachste oder Neuigkeiten tauschte, seinen Gang zur Pinnwand, um sich zu informieren. Fern von den eigentlichen Arbeitszimmern mit ihren Telefonen, Computern und Akten herrschte in diesem Besprechungsraum eine fast familiäre Atmosphäre. Nicht zuletzt, weil die Zusammenkunft das Ende des Arbeitstages signalisierte.

Automatisch suchte sein Blick Boger. Schon vor einer halben Stunde hatte sein Kollege kommentarlos ihr gemeinsames Büro verlassen. Jetzt stand er allein am Fenster, starrte auf die Nieselschauer, die der Wind gegen die Scheiben presste, und nippte an seinem Plastikbecher.

In der Spiegelung des halbdunklen Fensters konnte Büchner sein Gesicht ahnen. Niemand stand bei ihm. Seine breiten Schultern bildeten einen Wall gegen den Raum, gegen die schwatzenden Kollegen.

»Wie macht er sich denn so?«, fragte eine Stimme neben ihm. Ertappt fuhr Büchner herum und stand Hamm gegenüber. Ausgerechnet Hamm hatte seinen Blick zu Boger bemerkt.

Missmutig musterte er den Kollegen mit dem affigen Dreitagebart, der unverwandt zu Boger hinsah, als würde er ein zwar interessantes, aber ekelhaftes Insekt beobachten.

»Warum fragst du?«

»Interesse?«

»Oder Neugier? Sensationslust?«, meinte Büchner.

Hamm beugte sich näher und zischte: »Ich mag einfach keine Bullen, die nicht mehr wissen, auf welcher Seite sie stehen.«

Büchner hob eine Augenbraue. »Nicht, dass mich deine Zu- und Abneigungen nicht interessieren – aber erzähle es der Parkuhr.«

Hamm wollte auffahren, da betrat die SOKO-Leitung den Raum.

Ficht lächelte – ein ungewöhnlicher Anblick, der wohl dem Erfolg des heutigen Tages zu verdanken war. Fat Man Memmler watschelte aktenbewehrt und ebenfalls zufrieden neben ihm. Hauser wirkte nicht ganz so aufgeräumt, wie er, die Hände in den Hosentaschen, hinter den beiden herlief. »Wenn man stillsteht, sieht man mehr«, fiel Büchner ein. Das hatte ihn beeindruckt, dieses aufmerksame Beobachten am Tatort. Ein merkwürdiger Mann, dieser Hauser. Dabei hätte er doch allen Grund, zufrieden zu sein. Sie kannten die Diebe. Endlich kam die SOKO einen Schritt weiter. Sogar die Verletzte war nicht schlecht. Das schlechte Gewissen, das Büchner bei diesem Gedanken durchfuhr, drängte er schnell beiseite. Bilderdiebstähle waren nicht gerade die beliebtesten Delikte. Die Ermittlungen wurden meist schnell eingestellt, wenn sich zu spät Erfolge zeigten.

Jetzt gab es zumindest neue Anhaltspunkte und ein Verbrechen, mit dem jeder hier im Raum etwas anfangen konnte.

»Meine Herren«, rief Ficht seine Männer zur Ordnung. Pflichtschuldig suchte sich jeder seinen Platz.

»Alles klar?«, fragte Büchner seinen Kollegen Boger, der sich auf seinen Stuhl drückte. Ein Boger-Grunzen war die einzige Antwort. Seit diesem merkwürdigen Telefongespräch, dessen unfreiwilliger Zeuge er gewesen war, wirkte Boger abwesend und gereizt.

»Das ist der Clou, Leute«, schallte es von der Tür. Schneider von der Fahndung und Kruse, der Vierte der SOKO-Leiter, stürmten den Raum.

Schneider wedelte triumphierend mit Papieren. »Gerade reingekommen.« Damit legte er die Papiere vor den erstaunten Ficht und ließ sich, leicht atemlos, auf seinen Stuhl fallen.

Ficht und Hauser beugten sich über die Papiere, und Kruse wandte sich der Gruppe zu: »Eben kam ein Fax aus Antwerpen. Unsere belgischen Kollegen beobachten schon seit längerer Zeit Jan van Steen, einen Diamantenhändler in Antwerpen. Van Steen steht unter Verdacht, Privatkredite an kriminelle Vereinigungen zu vergeben.«

Hauser blickte auf. »Und für die Absicherung der Kredite nimmt er auch gerne mal einen gestohlenen Rubens. Jan van Steen war offensichtlich auch im Fall der gestohlenen Beit-Sammlung in Russborough House der Geldgeber. Nachweisen konnten wir ihm das damals allerdings nicht.«

»Und jetzt ratet, wer sich in Antwerpen auf ein Schwätzchen mit Steen getroffen hat?«, fuhr Schneider dazwischen.

»Michel Castelot!« Ficht schob die Papiere von sich und blickte in die Runde.

»Und wenn wir jetzt noch den Zauberer dazuzählen, wird die Sache ganz rund«, ergänzte Boger.

»Der Zauberer«, sagte Schneider und griff sich wieder seine Papiere. »Mit bürgerlichem Namen Mark Doubeck.« Er zog ein grobkörniges Foto aus den Akten und ließ es herumgehen. »Doubeck ist so was wie ein Ein-Mann-Rekrutierungsbüro des Korsen. Er ist übrigens wirklich Zauberer, offizielles Mitglied im magischen Zirkel.«

Das Blatt erreichte Büchner, und er betrachtete interessiert den Mann, der, offensichtlich ohne sein Wissen, in einer Einkaufspassage aufgenommen worden war. Doubeck blickte über die Schulter – ein schmales Gesicht mit hoher Stirn und ausgeprägten Wangenknochen, weiße Schläfen, die dem noch jungen Gesicht etwas Distinguiertes gaben.

»Michel Castelot will ins Drogengeschäft einsteigen. Zur Finanzierung plant er den Bilderdiebstahl. Kunst ist eine der international am besten vermarktbaren Hehlerwaren«, fasste Ficht zusammen.

»Ein denkbares Szenarium«, pflichtete Hauser ihm bei.

»Über Mark Doubeck rekrutiert er diese vier jungen Leute, er knüpft Kontakte zur Drogenszene in Marbella, beschafft sich einen Kredit aus Antwerpen«, spann Ficht den Faden weiter.

»Aber dann geht es schief«, ergänzte Boger. »Huber, Dachs, Hirschfeld und Pruckner nehmen dummerweise dieses eine Gemälde mit. Sebastian Huber stirbt, und sie haben Isabel Günther am Hals.«

»Der Unfall von Sebastian Huber ist wirklich merkwürdig. Ich habe mir den Unfallbericht angesehen«, sagte Büchner.

Hamm, der ihm gegenüber saß, verdrehte die Augen. »Kommst du schon wieder mit diesem Killerbild?«

Büchner spürte, wie sich Boger neben ihm versteifte. Gerade wollte er begütigend die Hand auf Bogers Arm legen, da schoss sein Kollege hoch. »Fakt ist, dass alles schiefläuft, sobald sie das Bild haben! Persönliches Versagen im Fahrerbereich – jeder hier weiß, was das heißt, nämlich gar nichts. Es gibt keine Erklärung. Fakt ist, dass die Günther die Spur der Diebe über die unerklärlichen Todesfälle gefunden hat. Welchen Stein wir auch umdrehen, immer ist da das Bild. Mich nervt, dass du das nicht siehst.«

»Fakten!«, schoss Hamm zurück. »Wenn es nach Fakten ginge, dürftest du gar nicht hier sitzen.«

Es wurde still im Raum. Nur das leise Blubbern der Heizung und vereinzelte Atemzüge waren zu hören. Boger stand blass und aufrecht da, nur ein leichtes Wanken verriet, dass er getroffen war.

»Fakt ist, dass persönliche Animositäten bei der Arbeit nichts zu suchen haben, Herr Hamm.« Gelassen lehnte sich Fat Man Memmler in seinem Stuhl zurück. »Falls Sie anderer Meinung sind, Herr Hamm, müssen wir Ihre Mitarbeit in der SOKO überdenken.«

Jetzt war es an Hamm, blass zu werden. Hilfesuchend ließ er den Blick über die Anwesenden wandern, aber keiner schaute zurück. Jedem war klar, dass Memmler recht hatte.

»Kommen wir von den Fakten zu den Spekulationen«, ließ sich Hauser vernehmen. »Nehmen wir also an, die Ausgangssituation ist so, wie von Herrn Ficht beschrieben. Alle Weichen sind gestellt, die Auftraggeber brauchen nur noch die Bilder. Wenn unsere Diebe clever sind, werden sie die Bilder los und setzen sich ab. Immerhin haben sie jetzt außer dem Einbruch auch noch einen versuchten Mord am Hals.«

»Eine schnellstmögliche Übergabe ist für beide Seiten sinnvoll«, bestätigte Ficht.

Die Situation im Raum entspannte sich. Jeder war dankbar, sich wieder dem Fall zuwenden zu können. Schwer ließ sich Boger auf seinen Stuhl fallen.

»Die Frage ist: Wo sind die Diebe? Und wo findet die Übergabe statt?«

»Die Befragung von Verwandten, Freunden, Arbeitgebern hat nichts Konkretes ergeben. Keinen möglichen Aufenthaltsort«, sagte Boger. »Nur Professor Pruckner hat etwas von einer Anglerhütte erzählt, zu der sein Sohn manchmal gefahren ist. Irgendwo in Frankreich. Genaueres weiß er nicht, und ich habe auch keinen Hinweis in Wolfgang Pruckners Zimmer gefunden.«

»Das kann überall sein«, seufzte Büchner. »Von der Pfalz aus am ehesten im Elsass. Kann aber auch Lothringen sein.«

Ficht klatschte in die Hände. »Wir brauchen Karten, auf denen jeder See, jeder Tümpel verzeichnet ist. Sinnvoll sind vor allem die Grenzländer.«

»Die Adressen der Anglervereine«, ergänzte Kruse. »Und dann werden wir jede Pfütze absuchen.«

Sofort kam Bewegung in den Raum. Ein paar Kollegen sprangen auf, um Karten und Adressen zu besorgen, andere nutzten die Unterbrechung, um sich neuen Kaffee zu holen oder eine Zigarette zu rauchen. Memmler ging zu Hamm und redete auf ihn ein. Boger verließ den Raum.

Einige Minuten später ging Büchner ihm nach. Wieder stand sein Kollege an einem Fenster, diesmal am letzten im Flur.

»Alles in Ordnung?« Büchner stellte sich neben ihn und legte seine Hände auf den lauwarmen Heizkörper, der unter dem Fenster die Zugluft durcheinander wirbelte.

»Ich kann ihn verstehen«, sagte Boger, ohne Büchner anzuschauen.

»Wen? Hamm?«

»Kollegen nicht trauen zu können, das ist das Übelste überhaupt.«

Büchner blickte in den Abendhimmel. Sich auf Kollegen zu verlassen, war in ihrem Job lebenswichtig. Im wahrsten Sinne des Wortes. In gefährlichen Situationen musste man sich mit einem Blick, einer Handbewegung verständigen. Vom Reaktionsvermögen, der Konzentration des Kollegen hing oft das eigene Überleben ab. Wie oft hatte er sich blind auf die Deckung eines Kollegen verlassen? Auf dessen Einschätzung der Situation, seinen Schutz?

Traute er Boger wirklich, wie er großspurig Liebs gegenüber erklärt hatte? Konnte er ihm trauen, solange Boger nicht erzählte, was wirklich passiert war? Ob er die Razzia verpfiffen hatte?

Müde wandte er sich ihm zu. »Wir sollten wieder reingehen.«

Boger nickte.

32.

Ihr war schwindelig. Das Zimmer drehte sich. Aber mit jedem Atemzug wurden das Bett, der Boden, die Decke und die Tür ein wenig langsamer, bis sie endlich stillstanden.

Die Außenbeleuchtung warf ihr orangefarbenes Licht über das zweite Bett. Der fremde Deckenhügel schlief.

Isabel setzte ihre Füße langsam auf den Boden, drückte sich ab und stand. Es ging.

Wieder ein tiefes Atmen, das den Verband um den Brustkorb dehnte. Ganz entfernt, vergraben, lauerte der Schmerz. Gedämpft durch die Medikamente durchaus erträglich.

Sie schlich zum Schrank, öffnete lautlos die Türen. Auf Becky war Verlass. Nachthemden, Unterwäsche, Pullover, Hosen und Schuhe. Ihre schwarze Jogginghose mit dem breiten Bund, damit der Verband nicht drückte, ein schwarzer Pullover, Turnschuhe. Sie raffte alles zusammen und verschwand im Bad.

Bücken war schwieriger als Stehen. Sitzen war am besten. Auf dem Toilettendeckel sitzend, schaffte sie es, Hose, Strümpfe und Schuhe überzustreifen. Wieder ein leichter Schwindel, als sie sich vorbeugte, um die Klettverschlüsse der Schuhe zu schließen.

Zurück im Zimmer nahm sie einen Armvoll Kleider aus dem Schrank, legte sie ins Bett, drapierte die Decke darüber. Wenn man nicht zu genau hinsah, ging das als schlafender Körper durch. Früher bei Großmutter hatte es geklappt. Fast hätte sie gekichert.

Eine Bewegung im Bett gegenüber ließ sie erstarren. Mit

angehaltenem Atem stand sie da. Zäh zerrannen die Minuten. Nichts. Die andere Frau blieb ruhig.

Isabel griff sich ihre Tasche vom Nachtschrank, schlich zur Tür, öffnete sie einen Spalt. Der Korridor, hell erleuchtet, aber leer. Wo war die verdammte Nachtschwester?

Leise trat sie auf den Gang und drückte den Rücken durch. Ganz normal gehen, das würde am wenigsten Aufsehen erregen.

Als die silbernen Fahrstuhltüren sich hinter ihr schlossen, lehnte sie sich erleichtert gegen die Wand und beobachtete die Stockwerkanzeige. Bei Nummer zwei gab es einen leichten Ruck, der Fahrstuhl stand, die Türen öffneten sich.

Ein Pfleger trat ein, stellte sich nah bei der Tür auf, musterte sie mit gleichgültigem Blick. Ihr Herz raste. Im Erdgeschoss stiegen sie gemeinsam aus. Der junge Mann bog nach links. Ungläubig sah Isabel ihm nach.

Natürlich, niemand hatte es mehr nötig, sich aus dem Krankenhaus zu schleichen. Man konnte sich jeder Zeit auf eigene Gefahr selbst entlassen – falls man nicht unter Polizeibeobachtung stand.

Die Schultern immer noch durchgedrückt, durchquerte Isabel die Eingangshalle. Kein Pförtner hielt sie auf, fragte, wohin sie wolle. Ein paar Schritte, und sie stand auf dem Bürgersteig.

Kalter Nieselregen mischte sich mit den Schweißperlen auf ihrem Gesicht. Scheinwerfer kamen ihr entgegen, glitten gleichgültig über sie hinweg.

Was, wenn er nicht kam? Er würde kommen, musste kommen.

Wieder näherten sich Lichter, wurden größer, stoppten. Ein alter, silbergrauer Benz hielt neben ihr. Der Fahrer beugte sich herüber, öffnete die Verriegelung. Hastig stieg sie ein.

Im Wagen lehnte sie sich gegen die weiche Polsterung des Sitzes und schloss die Augen. Geschafft. Ohne Probleme.

»Sie sehen nicht gut aus.«

»Fahren Sie los!«

Schnurrend setzte sich der Wagen in Bewegung. Eine ganze Weile hielt sie die Augen geschlossen, versuchte gleichmäßig zu atmen und das leichte Pochen, die Vorboten des Schmerzes, in ihrem Brustkorb zu ignorieren.

»Wohin fahren wir?«, unterbrach die Stimme vom Fahrersitz das beruhigende Motorenbrummen.

Mühsam öffnete Isabel die Augen, setzte sich aufrecht. »Danke, dass Sie gekommen sind.«

Der Alte sah zu ihr herüber. »Ich hatte keine andere Wahl, oder?«

»Wir müssen bei mir zu Hause vorbei. Ich brauche eine Jacke und muss etwas mitnehmen.«

»Also nach Saarbrücken?«

Sie nickte.

Er bog auf die vierspurige Straße, die zur Autobahn führte. Überdeutlich sah sie die Backsteingebäude rechts und links, den begrünten Mittelstreifen, der seine nackten Büsche der Straßenbeleuchtung entgegenreckte, eine langgezogene Brücke, Wohnhäuser. Alles glitt in Zeitlupe an ihr vorbei.

»Es wäre sinnvoll, mir zu sagen, was Sie vorhaben.«

Wieder lehnte sie sich zurück, betastete vorsichtig den Verband.

»Frau Günther, das ist doch Wahnsinn.«

Kein Wahnsinn. In Wirklichkeit war es sehr einfach. Sie hatten ihr das Bild gestohlen, sie würde es zurückholen.

»Diese Leute, diese Bilderdiebe, sind gefährlich.«

Ein Lächeln verzog ihre Lippen. »Nein. Zwei junge dumme Männer und ein Mädchen.«

»Die Sie niedergestochen haben.«

»Nur einer. Einen muss ich im Auge behalten. Diesmal kommt er mir nicht zu nahe.«

»Und wie wollen Sie das verhindern? Sollen wir einfach hereinspazieren und die Bilder mitnehmen?«

Ja. Genauso würde sie es machen.

»Diesmal bin ich nicht allein.«

»Halten Sie mich etwa für furchteinflößend? Was erwarten Sie von mir? Soll ich diese jungen Männer bedrohen? Niederschlagen?«

Die Vorstellung brachte sie zum Lachen, aber Lachen schmerzte, deshalb ließ sie es bleiben. »Keine Sorge, ich habe eine Waffe.«

Der Wagen schlingerte auf den Autobahnzubringer. Sie warf dem Alten einen Blick zu. Hatte sie ihn jetzt nervös gemacht? »Ich kann auch allein gehen.«

Sie sah, wie sich seine Wangenmuskeln spannten. Der Wagen beschleunigte. Auf der Autobahn waren nur wenige Fahrzeuge unterwegs. Der Benz raste mit 180 über den Asphalt.

Da la Haye hatte sich offensichtlich zum Schweigen entschlossen. Konzentriert fuhr er durch die Nacht.

Schade, sie hätte ihn gerne dabei gehabt. Einen Verbündeten, auch wenn er keine große Hilfe war. Bis auf das Fahren natürlich. Aber sie würde es auch allein schaffen. Auch der Wille ist ein Muskel. Das hatte ihr Großvater ihr beigebracht. Das einzig Sinnvolle, das sie aus ihrer Kindheit herübergerettet hatte. Den Spruch und die Pistole.

Kraft tanken. Wieder schloss Isabel die Augen, horchte auf das Brummen des Motors und das Pochen in ihrem Inneren.

Als der Wagen plötzlich hielt, riss sie erschreckt die Augen auf. Hatte sie geschlafen? Tatsächlich hielt de la Haye vor ihrem Haus.

Der Schlaf hatte gut getan, auch wenn er das dumpfe Pochen in ihrem Körper näher an die Oberfläche gebracht hatte.

Als sie sich zum Fahrzeugboden bückte, um ihre Tasche zu angeln, verwandelte sich das Pochen in ein schmerzhaftes Ziehen. Ein wildes Tier schlug seine Zähne in ihr Inneres. Sie hielt inne. Schweißperlen auf der Oberlippe. Eine Tablette. Sie hatte noch eine vom Krankenhaus.

Vorsichtig richtete Isabel sich auf, stieg aus. De la Haye hatte das Auto umrundet, bot ihr den Arm. Dankbar stützte sie sich auf ihn.

Sie ließ ihn im Wohnzimmer zurück, ging ins Bad. Der Spiegel zeigte dunkle Ringe unter den Augen und bleiche, schweißüberzogene Haut. Fahrig fischte sie die Tablette aus der Tasche, trank aus hohlen Händen gierig das Wasser, gemischt mit dem bitteren Arzneigeschmack. Ein paar Minuten stand sie ganz ruhig da, die Hände am Waschbecken abgestützt, den Kopf gesenkt. Dann verwandelte sich das Reißen wieder in dumpfes Pochen, und sie atmete auf.

Es würde gehen. Auch der Wille ist ein Muskel. Mit beiden Händen warf sie sich Wasser ins Gesicht. Das tat gut, milderte die Betäubungsversuche des Schmerzmittels. Sie kämmte sich kurz durch die Haare und fand, dass sie schon viel besser aussah.

Im Schlafzimmer musste sie sich wieder bücken, in den Tiefen des Kleiderschrankes den Karton vorziehen. Es ging besser als erwartet. Sie setzte sich aufs Bett, öffnete den Karton, und da lag sie – metallisch glänzend, handlich. Eine Walther PPK, Kaliber 7,65 mm. Isabel nahm die Waffe, spannte den Hahn, überprüfte das Magazin. Geladen und bereit. Zuverlässig, trotz ihres Alters.

Wie in ihrer Kindheit wurde sie beim bloßen Berühren der Waffe, beim Spüren ihres Gewichtes ruhig. Schießübungen mit Großvater, die Lektionen in Waffenpflege.

Sie hatte das gemocht. Die Waffe war immer ein möglicher Ausweg gewesen. Eine Tür, weg von Sauerkraut und Schuld, den Albträumen aus Blech und Blut, der Düsternis des Hauses. Isabel hatte die Tür nicht benutzt, aber das Wissen um sie war beruhigend.

Sie griff sich aus dem Schrank ihren dunklen Anorak, verstaute die Waffe in der Innentasche und ging ins Wohnzimmer. Sie war bereit.

De la Haye erhob sich vom Sofa, als sie den Raum betrat.

»Sie haben gar keine Bilder an den Wänden«, sagte er.

Verwundert blieb sie stehen.

»Bei meinem ersten Besuch bei Ihnen ist mir das gar nicht aufgefallen«, fuhr er fort. »Ich dachte, Sie lieben Bilder.«

Hatte das nicht schon einmal jemand zu ihr gesagt? Vor hundert Jahren? Wieder antwortete sie: »Eben.«

Er nickte, schien zu verstehen. Was sollte sie sich schon an die Wände hängen? Billige Reproduktionen? Drittklassige Gemälde? Drucke?

»Das einzige Bild, das ich aufhängen würde, ist ›Der kleine Tod‹«, sagte sie.

»Sie werden es niemals besitzen. Das wissen Sie doch?«

Seine Stimme klang freundlich, ein bisschen mitleidig. Irritiert sah Isabel ihn an. Natürlich nicht. Nicht, wenn sie nachwies, dass Frans Hals ihn gemalt hatte. Er würde in irgendeinem Museum hängen, unter vielen anderen Bildern. Er würde nicht ihr gehören. Fremde Augen würden ihn anstarren, beurteilen.

»Gehen wir!«

»Wollen Sie es sich nicht noch einmal überlegen? Ein alter Mann und eine verletzte Frau. Das ist lächerlich. Die Polizei hat ganz andere Möglichkeiten, das Bild zurückzubringen.«

Statt einer Antwort zog sie die Waffe aus der Innentasche.

Er wich einen Schritt zurück. »Das macht es nicht besser. Im Gegenteil.«

Isabel sah ihn an – diesen alten Mann mit dem Totenschädel und dem vornehmen Getue.

»Sie sind doch derjenige, der glaubt, das Bild bringe seine Besitzer um. Die drei jungen Leute, die es haben, sind vielleicht ganz nett. Haben ihr Leben noch vor sich. Je länger wir warten, desto geringer sind ihre Überlebenschancen, oder? Das glauben Sie doch?«

Der Alte vor ihr sah betroffen zu Boden.

»Lassen Sie uns fahren!«

33.

»Je vous remercie de vous avoir donné tant de peine, Monsieur.«

Ergeben lauschte er in den Hörer. »Oui.« Der Redeschwall nahm kein Ende. »Oui, j'attends votre réponse. Merci.«

Mit einem entschlossenen Tastendruck unterbrach er die Verbindung.

Peter Schiele, der ihm gegenübersaß, grinste. »Nervensäge?«

»Nervensäge!«

»Bildung macht sich nicht bezahlt. Wer französisch kann, den bestraft das Leben.« Mit diesen Worten griff Schiele zum Hörer und weckte den nächsten Vereinsvorsitzenden. Büchner machte sich derweil eine Notiz, dass der Angelsportverein Mittersheim zurückrufen würde. Unglaublich, wie viele Angler es im deutsch-französischen Grenzgebiet gab. Und alle schön brav in Vereinen organisiert, mit Vereinsgewässern, Vereinshütten, Vereinsverzeichnissen, Vereinsläden und Mitgliederlisten. Auch wenn die wie in Mittersheim nicht immer greifbar waren.

Irgendwie hatte er ein anderes Bild von Anglern. Wahrscheinlich ein Jugendrelikt aus den Zeiten, in denen er und sein Bruder mit selbstgebastelten Angeln und frisch ausgegrabenen Würmern die heimischen Gewässer unsicher machten. Temps perdu.

Missmutig betrachtete Büchner seine Liste. Das konnte noch die ganze Nacht dauern. Schiele ihm gegenüber quatschte schon wieder. In besserem Französisch als er, das musste ihm der Neid lassen.

Büchner streckte sich und verschränkte die Arme hinter dem Kopf. Ein Blick auf die Uhr zeigte, dass er seit Stunden an diesem gottverdammten Telefon hing.

Boger hatte es gut. Der war nach Kaiserslautern gefahren, um die Taxikollegen von Pruckner über den möglichen Standort dieser ominösen Anglerhütte zu befragen. Hätte sich längst wieder melden müssen.

Er unterdrückte ein Gähnen und stand auf. In Zeichensprache fragte er Schiele, ob er ihm Kaffee mitbringen solle. Der Kollege legte kurz die Hand über den Hörer, zischte »viel Milch« und versuchte dann wieder, den Franzosen am anderen Ende zu überzeugen, im Mitgliederverzeichnis seines Vereins nach Wolfgang Pruckner zu suchen.

Auf dem Weg zum Automaten begegnete Büchner niemand. Memmler hatte die meisten Kollegen nach Hause geschickt. Der Arbeitstag dauerte schon wieder über fünfzehn Stunden. An der Tür zum SOKO-Raum hielt er inne.

Das gesamte Leitungsteam saß da. Ficht und Hauser waren über Karten gebeugt und steckten Fähnchen in schon abgearbeitete Gebiete. Kruse telefonierte mit der Police national, und Memmler versuchte, unwillige Gendarme in den traurigsten Kaffs dazu zu bewegen, zu den abgelegenen Anglerhütten zu fahren und nach Spuren von Benutzern zu fahnden.

Müde schlurfte Büchner weiter. Als er vor dem Automaten stand, merkte er, dass er kein Geld dabei hatte. Resigniert sah er sich um, aber da war niemand. Nur die dunklen Gänge, ein paar geöffnete Türen, durch die Licht fiel, das entfernte Gemurmel von Stimmen und sein eigener, müder Körper.

»Gregor, Gregor. Du lässt dich gehen«, dröhnte eine Stimme hinter ihm. Erschrocken fuhr er herum.

Boger sah nicht weniger müde aus. Trotzdem strich er sich siegessicher die blonden Haare aus der Stirn. »Komm mit! Ich glaube, ich habe da was.«

Ficht und Hauser blickten erwartungsvoll von den Landkarten auf, als sie den SOKO-Raum betraten.

»Manderen«, rief Boger ihnen entgegen. »Einer der Fahrer glaubt, dass Pruckner Manderen erwähnt hat. Das muss im Dreiländereck liegen.«

Er umrundete den Tisch und quetschte sich zwischen Ficht und Hauser. Zu dritt beugten sie sich über die Karte.

»Da ist Schengen«, murmelte Ficht und führte seinen Zeigefinger spazieren. »Hier ist Sierck-les-bains. Dahinter. Hier: Apach und dann Manderen.«

Die drei am Tisch sahen sich an. Memmler hatte aufgehört zu telefonieren, wuchtete seine Massen vom Stuhl und watschelte mit Zetteln in der Hand zu ihnen. »Außerhalb von Manderen liegt eine Hütte. Die Gendarmerie ist dort vorbeigefahren. Moment.« Er kramte in seinen Unterlagen, bis er das richtige Blatt gefunden hatte. »Alles dunkel, kein Fahrzeug.«

Die elektrisierte Stimmung, die mit Bogers Eintritt den Raum erfüllt hatte, verflüchtigte sich.

»Aber … wartet mal. Einer der Gendarme hat gemeldet, dass mittags Rauch zu sehen war.«

»Rauch?«, fragte Hauser alarmiert.

»Aus dem Schornstein.«

Eine Sekunde herrschte Schweigen.

»Ich sehe mir das mal an«, sagte Hauser.

»Kein Fahrzeug«, sagte Ficht halblaut. »Vielleicht sind sie schon wieder weg.«

»Oder sie waren nie da«, ergänzte Kruse.

»Herr Boger? Herr Büchner?« Auffordernd sah Hauser die beiden an. Beide nickten.

34.

Der Regen hatte aufgehört, die Temperaturen waren gefallen. Konzentriert sah Theophil de la Haye auf die gewundene Straße, die sich Stück für Stück im Scheinwerferlicht zeigte. Keine Randbegrenzung und ein Mittelstreifen, der den Namen nicht verdiente. Sie waren in Frankreich.

Zweimal hatten sie anhalten müssen, um die Karte zu Rate zu ziehen, aber der Weg war sein geringstes Problem.

Sein Problem war die stumme Frau auf dem Beifahrersitz – so entschlossen, so starrsinnig. Gefangen in ihrer Obsession. Seit sie das Haus verlassen hatten, hatte Isabel Günther außer kurzen Weganweisungen nicht mehr gesprochen. Die Fahrt ging ins Dreiländereck, soviel war ihm klar. Das endgültige Ziel kannte er immer noch nicht. Sie misstraute ihm.

Aber was hätte er schon tun können, selbst wenn er wüsste, wo die Fahrt enden sollte? In den Straßengraben steuern, sie überwältigen, die Polizei informieren?

Nicht, dass er nicht mit diesem Gedanken gespielt hätte. Aber damit wäre er seinem Ziel keinen Schritt näher gekommen. Die einzige Chance, das Bild zu vernichten, war, mit ihr gemeinsame Sache zu machen.

Die Pistole. Ein echtes Problem. Eine Walther, vermutete er nach dem kurzen Blick. Einmal hatte er kurz gehofft, Isabel würde einschlafen. Wie auf dem Weg von Kaiserslautern. Dann hätte er zumindest versuchen können, die Waffe an sich zu bringen. Vielleicht konnte sie gar nicht schießen?

Ein müßiger Gedanke. Was verstand er schon von den Frauen heutzutage?

Sie hielt ihn für einen vergreisten Trottel, einen sentimentalen Dummschwätzer, der an Gespenster glaubt. Das war ein Vorteil. Ein weiterer Vorteil war sein Stockdegen. Ein Stockdegen gegen eine Walther. Lachhaft!

Etwas anderes hatte er nicht. Nein, es gab keinen Plan. Sooft er es auch drehte und wendete. Er musste die Situation auf sich zukommen lassen. Dann waren da noch die drei jungen Leute, diese Diebe. Vier gegen einen alten Mann.

Die Scheinwerfer erhaschten ein weißes Straßenschild. *Apach.* Einstöckige Häuser aus grauem Quaderstein säumten die Straße.

»Hinter Apach links den Berg hoch«, kommandierte die kalte Stimme vom Beifahrersitz.

Isabel hatte sich aufgerichtet. Wach und angespannt. Das Ziel war nah. Unwillkürlich griffen seine Hände das Lenkrad fester.

Das Dorf schien kein Ende zu nehmen. Ein typisch französisches Straßendorf, das sich kurvenreich durch die Landschaft schlängelte. Endlich wies die Bebauung Lücken auf, die Häuser standen nicht mehr dichtgedrängt, hörten schließlich ganz auf. Das Ortsschild, jetzt mit einem roten Querstrich versehen. Direkt dahinter bog eine kleine Straße ab mit dem Hinweisschild *Manderen*. Der Weg wurde noch schmaler. Sie fuhren direkt auf den halbrunden, kalten Mond zu, der sich über den Hügeln zeigte.

Isabel Günther hatte sich nach vorn gebeugt und sah nach draußen. »Es muss ein Schild geben. Ein Hinweis auf einen See, ein Naturschutzgebiet, irgendetwas in der Art. Fahren Sie langsamer!«

Gehorsam schaltete er zurück, drosselte die Geschwindigkeit, ließ den alten Benz kriechen.

»Da! Hier nach links!«

Ein verwittertes Holzschild deutete in Pfeilform auf einen besseren Feldweg. Er bog ab, versuchte, den schlimmsten Unebenheiten und Schlaglöchern auszuweichen. Die Stoßdämpfer rumpelten. Er fuhr im Schritttempo, die Straße hinter ihnen verschwand, und sie näherten sich einem Birkenwäldchen.

»Halten Sie!«

Er bremste und schaltete den Motor ab. Der Lichtkegel der Scheinwerfer reichte nur ein paar Schritte weit.

»Schalten Sie das Licht ab!« Isabel stieg aus.

Langsam folgte er ihr, streckte seine müden Beine. Die Fahrt und die Anspannung hatten ihm mehr zugesetzt als ihm lieb war. Er griff sich vom Rücksitz seinen Stock und stützte sich schwer darauf.

»Kommen Sie schon!«

Ungeduldig stand sie am Wegrand und spähte in das Wäldchen hinein. Er sah in den Himmel. Die Nacht war klar. Tausend Sterne am Himmel, so nah, dass man sie fast berühren konnte.

»Sie können auch hier auf mich warten.«

Irrte er sich, oder klang ihre Stimme zaghafter als eben?

Er irrte sich. Ohne sich nach ihm umzusehen, stapfte sie los.

»Einen Moment noch. Ich habe eine Taschenlampe.« Noch einmal beugte er sich in den Wagen, griff die Stablampe aus dem Handschuhfach und beleuchtete den holprigen Weg.

Es war sehr still hier oben auf dem Hügel. Kein noch so entfernter Straßenlärm, keine Tierlaute, kein Rauschen der Bäume. Eine Stille, die er in dieser Intensität nicht gewohnt war. Eine laute Stille, die sie umschloss, ihre Schritte krachen ließ. Seine Atemzüge donnerten in seinen Ohren.

Schweigend lärmten sie durch die Nacht, immer dem ausgetretenen Weg folgend, der sich durch das Wäldchen zog.

Vorsichtig setzte er seine Schritte, achtete auf das nasse Laub, die Rillen und Unebenheiten des Weges, die sich als Stolperfallen unter seine Füße schoben. Der Weg wurde breiter, die Bäume wurden spärlicher. Dann öffnete sich der Blick. Überrascht blieb er stehen.

Vor ihnen lag der See, schwarz schillernd, von Schilf und zarten Birken umrandet, und über ihm spannte sich, fremd und nah, der sternenübersäte Nachthimmel. Eine windschiefe, aus rohen Balken gezimmerte Hütte duckte sich zwischen zwei Birkenstämmen.

Ein perfektes Bild, bis auf den Rauch, der aus dem Schornstein quoll, der verriet, dass in diese Idylle aus Nacht und Natur Menschen eingebrochen waren.

Isabel war neben ihm stehen geblieben, wandte ihm das Gesicht zu und lächelte. Ihr Lächeln war so überraschend, so vertrauensvoll. Eine Sekunde stand die Zeit still, eine Sekunde lang war es unwichtig, weshalb sie hergekommen waren, was sie vorhatten.

Dann zog sie die Waffe und ging zur Hütte. Er folgte ihr. Die Tür knarrte protestierend. Der Geruch von brennendem Holz und den Ausdünstungen schlafender Menschen war übermächtig. Der Schein der Taschenlampe irrte über raue Holzwände, einen grob gezimmerten Tisch, einen Eisenofen, aus dessen Ritzen es rot leuchtete. Heftete sich auf die Bündel am Boden. Verschreckte Gesichter, vom Schlaf verquollen, die ins Licht blinzelten.

Mein Gott, das waren ja Kinder! Die Hand mit der Taschenlampe senkte sich.

»Bleibt liegen! Ganz ruhig! Wenn ich ein Geräusch höre, schieße ich.«

»Isabel?«

Die Stimme klang ungläubig.

»Armin, steh ganz langsam auf. Ich will jede Bewegung hören.«

Unwillkürlich hielt er die Lampe auf das Knistern des Schlafsacks, die vorsichtigen Bewegungen. Ein junger, dunkelhaariger Mann schälte sich aus dem grünen Ungetüm, blinzelte.

»Ich mache Licht«, sagte er, war mit zwei Schritten am Tisch und entzündete eine Petroleumlampe, die, zunächst flackernd, dann immer heller die Hütte erleuchtete.

»Isabel ...«

»Bleib stehen!« Sie hielt die Waffe auf ihn gerichtet.

Er stoppte mitten in der Bewegung.

»Los, ihr zwei! Aufstehen, aber langsam!«

Ein zweiter Junge kroch vom Boden hoch. Das war gar kein Junge – ein Mädchen, ein zartgliedriges junges Mädchen. Sie strahlte. Strahlte Isabel an, als stünde dort ein lieber Gast, keine Frau mit einer Waffe in der Hand.

»Sieh mal an, von den Toten auferstanden«, kam es von der dritten Person, die sich vorsichtig aufrichtete. Noch so ein Kind mit verwuselten Haaren, ein Junge mit scharfem Profil und hungrigem Blick.

Das also waren die Diebe. De la Haye kamen sie wie verirrte Kinder vor, die bei einem unerlaubten Spiel entdeckt worden waren.

»Und als Verstärkung ein Gerippe. Hut ab!«

Abschätzig verzog der Hungrige die Mundwinkel nach unten. Der Einzige, der sich sofort von der Überraschung erholt hatte, eher neugierig als beeindruckt.

»Als Verstärkung habe ich meine kleine Freundin hier.« Mit der Waffe wies Isabel zu den anderen beiden: »Los, darüber Wolf.«

Der mit Wolf angeredete hob übertrieben demütig die Hände und stellte sich neben die anderen.

»So sieht man sich also wieder.«

»Du sagst es«, antwortete Isabel. »Und jetzt die Bilder. Wo habt ihr sie?«

»In der Ecke«, sagte das junge Mädchen eifrig. »Ich habe sie aus den Rahmen gelöst. Ganz vorsichtig.« Sie lächelte immer noch.

Isabel hielt den Blick unverwandt auf den Jungen namens Wolf gerichtet. »Du bringst sie her, Willi. Eins nach dem anderen. So, dass ich sie sehen kann.«

Ohne zu zögern, als sei sie froh, die Bilder endlich los zu werden, ging die Kleine zur hinteren Ecke der Hütte. Mit beiden Händen hielt sie das erste Bild ausgestreckt vor ihrem Körper.

Bunt und fremd leuchtete das blaue Pferdchen. Wie eine Opfergabe legte das Mädchen das Bild zu Isabels Füßen, lief in die Ecke zurück und kam mit dem Corinth wieder.

»Isabel, ich ...«, kam es von dem Dunkelhaarigen.

»Ich will nur die Bilder.«

Der junge Mann senkte den Kopf. Wolf neben ihm machte eine kurze Bewegung. Sofort schwenkte die Waffe zu ihm. Er biss sich auf die Lippen.

Als das Mädchen mit dem dritten Bild kam, sah de la Haye, dass sich auf Wolfs Oberlippe Schweißperlen sammelten. Angespannt und weit entfernt von seiner ersten Überlegenheit beobachtete er den Opfergang.

Ungerührt, als wäre sie eine alttestamentarische Gottheit, ließ sich Isabel die Bilder zu Füßen legen. Unverwandt hielt sie die Waffe auf die Männer gerichtet. Die Spannung im Raum wuchs mit jedem Bild, das vor ihr abgelegt wurde.

De la Haye spannte die Muskeln. Jetzt musste es kommen! Das letzte Bild!

Als das Mädchen sich umdrehte, schien es kurz zu zögern. Zum ersten Mal waren ihre Schritte nicht ganz so eifrig, und zum ersten Mal löste Isabel neben ihm den Blick von den Männern und sah erwartungsvoll in die Ecke.

Das Mädchen kam, den »Kleinen Tod« in beiden Händen vor sich ausgestreckt wie die anderen Bilder. Neben ihr ein heftiges Atmen. Ein Zucken von Wolf. Der Schritt des Mädchens, der immer langsamer wurde. Das war die Chance – die einzige.

Millimeter für Millimeter zog de la Haye den Degen aus dem Stock, berechnete die Entfernung, den Winkel.

Ein Ratschen, als der Degen durch die Leinwand stieß, das Bild den Händen entriss. Den Aufschrei neben sich hörte er nicht.

Ein Schuss! De la Haye hörte den Schuss. Er spürte den Schlag in seiner Brust. Einen Schlag, der ihn von den Beinen riss, fortriss von den braunen Augen. Augen, die ihn anblitzten – triumphierend, hämisch. Augen …

Willi stand da, die leeren Hände vor sich ausgestreckt, als würden sie immer noch das Bild halten. Der Schuss hatte sie in der Position erstarren lassen. Sie sah den alten Mann fallen. Und sie wunderte sich über all das Blut. Soviel Blut in einem so dürren Körper.

Das passierte nicht. Nicht wirklich. Irgendwie war sie in einem Film. Mit dieser rothaarigen Frau, die sich über den Körper beugte. Das Bild von der Degenspitze löste.

Undeutlich nahm sie Armin und Wolf wahr. Genauso starr wie sie. Ein Film, in dem man sich nicht bewegen konnte, eingesperrt im Körper. Nur sehen, wie rotes Blut langsam in die rissigen Dielen sickerte, kleine Pfützen bildete. Niedlich, eigentlich. Ein Holzspänchen hielt das Blut auf, staute es. Zuerst suchte sich das Blut einen Weg um den Span herum. Dann wurde es mehr, überschwemmte ihn, weichte ihn auf, bis er sich beugte, dem Strom nicht mehr standhielt.

Ein Schwall Nachtluft drang durch die geöffnete Tür. Das Blut kräuselte sich. Wie Wasser im Wind. Genau wie der See draußen. Blut war nicht dicker als Wasser.

Stimmen hinter ihr, neben ihr. Wolf mit der Axt in der Hand. Er trat in das Blut, in die Pfütze, den kleinen, roten See. Armins Stimme.

Sie konnte nicht verstehen, was er sagte. Konnte nur dem Blut zusehen, das sich neue Wege auf dem Boden suchte. Ein rotes munteres Flüsschen.

Weit entfernt, in der Welt, in der sich Menschen noch bewegen konnten, knallte ein zweiter Schuss.

35.

»Verdammt, ich habe doch gesagt, zwei Krankenwagen. Zwei!«

»Komm wieder runter, Büchner. Der zweite kommt schon«, versuchte Peter Schiele seinen aufgebrachten Kollegen zu beruhigen.

Aber Büchner wollte sich aufregen. »Und wann, bitte schön? Wir warten jetzt schon anderthalb Stunden. Verdammte geschlagene anderthalb Stunden!«

Schiele murmelte etwas wie »Is ja gut«, kehrte ihm den Rücken und ging zu der von Polizeischeinwerfern erleuchteten Hütte.

Das ganze Gebiet wimmelte von Gendarmerie, deutschen Polizisten und der französischen Spurensicherung.

Zwei Gendarme, die mit einem Absperrband den Tatort sicherten, verscheuchten Büchner von seinem Platz. Ein Techniker, der dabei war, einen Scheinwerfer für seinen Kollegen aufzubauen, rempelte ihn an, und als er sich auf den Weg zur Hütte machte, hielt ihn ein Fotograf mit einem lauten »Merde« auf.

Plötzlich, inmitten all der Geschäftigkeit, inmitten der frierenden, hin und her eilenden Menschen kam er zur Ruhe. Die Leiche und der Verletzte waren weggebracht, die Spurensicherung arbeitete den Tatort ab.

Eine Hand legte sich auf seine Schulter. »Alles in Ordnung?« Hauser stand hinter ihm. »Die französischen Kollegen haben Kaffee. Wie wär's?«

Jetzt erst merkte Büchner, dass er gotterbärmlich fror. Der Gedanke an heißen Kaffee hatte etwas Verlockendes. Dankbar nickte er und folgte Hauser an den Rand des Sees. Dort stand ein Van mit geöffneter Heckklappe, dessen Inneres drei große Thermokannen und einen Stapel Plastikbecher barg.

»Sehr effizient, die Franzosen«, sagte Hauser und zapfte ihnen Kaffee.

»Seit anderthalb Stunden warten wir schon auf den zweiten Krankenwagen«, entgegnete Büchner.

»Die Kleine fängt sich schon wieder. Die Sanitäter haben ihr was gegen den Schock gegeben. Sie friert nicht mehr so stark«, beruhigte ihn Hauser und reichte einen Becher weiter.

Gierig griff Büchner danach. Der Becher war fast zu heiß für seine klammen Finger.

»Hat sie etwas gesagt?«

»Die Kleine nicht, aber Armin Hirschfeld. Es war tatsächlich Isabel Günther, die das Blutbad veranstaltet hat.«

»Wir hätten sie überwachen sollen und einen Kollegen im Krankenhaus vor ihrer Tür platzieren sollen.«

Michael Hauser beugte sich über seinen Becher und nahm einen vorsichtigen Schluck. Dann schüttelte er den Kopf. »Hinterher ist man immer klüger.«

»Sie ist eine Verdächtige. Zumindest als Tippgeberin. Wir hätten …«

»Isabel Günther ist verletzt. Niemand konnte damit rechnen, dass sie aus dem Krankenhaus verschwindet.«

Gedankenverloren nahm Büchner einen Schluck und verbrannte sich die Zunge. Als er den Becher vom Mund riss, schwappte Kaffee über seinen Ärmel. »Warum hat sie de la Haye erschossen?«

»Hirschfeld sagt, sie sei mit de la Haye in die Hütte gestürmt, habe sie mit der Pistole bedroht und die Herausgabe der Bilder gefordert. Alles lief glatt, bis das Mädchen ihr das letzte Bild brachte. Den ›Kleinen Tod‹. Da ist de la Haye wohl durchgedreht, hat mit einem Degen das Bild durchbohrt und an sich gerissen.«

»Den Stockdegen hat die Technik sichergestellt. Altertümliches Ding, aber ganz wirksam«, sagte Büchner.

»Sie hat de la Haye erschossen und ist mit den Bildern zum Wagen. Pruckner ist ihr mit einer Axt nach. Was dort geschehen ist, weiß Hirschfeld nicht. Er hat sich um die Kleine gekümmert. Den Schuss haben beide gehört.«

»Vielleicht kommt Pruckner durch. Dann kann er uns den Rest erzählen.«

»Ja.« Wieder nahm Hauser einen Schluck. »Vielleicht.«

Die beiden Männer standen schweigend nebeneinander und nippten an ihrem Kaffee. Langsam begann Büchner aufzutauen. Ihm war kalt geworden, als sie aus dem Auto gestiegen waren und als erstes über den blutüberströmten Pruckner stolperten, der zusammengekrümmt auf dem Weg lag. In der Hütte wurde die Kälte noch stärker.De la Haye. Er hatte den Alten gemocht.

»Wahrlich, keiner ist weise, der nicht das Dunkel kennt, das unentrinnbar und leise von allen ihn trennt.«

»Wie bitte?«

Büchner hob den Kopf. Er hatte gar nicht gemerkt, dass er laut gesprochen hatte. »De la Haye hat das zitiert – Hermann Hesse.«

»Ich frage mich, wieso er sie begleitet hat. Was war das für eine Verbindung zwischen de la Haye und Isabel Günther? Sie hat mit dem Diebstahl zu tun. Aber er?« Hauser schüttelte den Kopf.

»Die Verbindung ist das Bild. Beide waren davon besessen. Sie wollte es besitzen, er wollte es vernichten.«

»Das Bild. Möglich.« Michael Hauser wandte sich um und sah über den dunklen See. Büchner trat neben ihn.

Ihre Anwesenheit hatte den Ort verwandelt. Als er nur mit Hauser und Boger auf die Kollegen gewartet hatte, war es hier schön gewesen – schmerzhaft schön. Daran erinnerte er sich. Jetzt waren die Sterne über dem See durch das grelle Licht der Scheinwerfer nicht mehr ganz so funkelnd und nah. Die Wege waren zertreten und lehmig, die verwunschene Uferbegrünung war dürres Wintergestrüpp, der See einfach nur schmutzig-kaltes Wasser.

Aber das war immer das Problem mit der Realität: Sie wandelte sich. Oder gab es mehrere Realitäten, die nebeneinander existierten? Pruckner zum Beispiel. Sie hatten einen aggressiven, zur Gewalttätigkeit neigenden Kriminellen gesucht. Gefunden hatten sie einen schwer verletzten, jungen Mann, der hilflos weinte, als er aus seinem Albtraum von Schmerz und Angst erwachte.

Theophil de la Haye. Irgendwie hatte er im Tod realer ausgesehen als im Leben, weniger erschreckend.

»Dieses Bild – ›Der kleine Tod‹ …«, begann Büchner zögernd. »Hat das Gemälde damit zu tun oder nicht?«

Als Hauser nicht antwortete, riskierte er einen Seitenblick. Das ebenmäßige Profil war dem See zugewandt, verriet nichts im Halbdunkel. Eine dumme Frage – was hatte er erwartet?

»Ich glaube, dass Kunst etwas bedeutet, etwas bewirkt«, antwortete Hauser plötzlich. »Ein großartiges Musikstück kann Ihre Stimmung ändern, Sie glücklich oder traurig machen. Ein gutes Buch kann Sie dazu bringen, Ihr Leben zu überdenken, eine perfekte Skulptur einen Eindruck von Ewigkeit schenken. Wenn wir an Kunst denken, denken wir an etwas Erhebendes. Warum sollte es einem Maler nicht gelungen sein, das Gegenteil herzustellen?«

»Sie meinen, etwas, das Böses schafft?«

Hauser wandte sich ihm zu. »Verraten Sie das jetzt nicht den Kollegen. Sonst bin ich unten durch.«

Sie lächelten sich an.

»Dann wollen wir mal wieder.« Hauser ging zum Van und stellte seinen Becher zurück. »Einen Ansatzpunkt haben wir. Pruckner wollte sich morgen mit den Auftraggebern zur Übergabe der Bilder in Luxemburg treffen. Hirschfeld hat uns Ort und Zeitpunkt genannt. Falls die Günther doch einen Alleingang macht, ist das eine kleine Chance, an die Hintermänner zu kommen.«

»Wie hoch ist die Wahrscheinlichkeit?«

Hauser zuckte mit den Schultern. »Wo ist übrigens Ihr Kollege?«

Ja, wo steckte eigentlich Boger?

Ein Krankenwagen mit Blaulicht und Sirene näherte sich der Hütte. »Na endlich«, knurrte Büchner und wollte hinübereilen.

»Wir machen das schon«, meinte Hauser. »Kollege Memmler und ich bringen die beiden ins Krankenhaus.«

Büchner spürte, wie ihm endgültig wärmer wurde.

Es gab für ihn nichts mehr zu tun. Der verletzte Pruckner und der tote de la Haye waren abtransportiert, Hirschfeld und das Mädchen kamen jetzt ins Krankenhaus. Die Fahndung nach Isabel Günther lief, und Schiele würde für den Rest der Nacht bei der Spurensicherung bleiben.

Sein Nacken schmerzte von der Anspannung der letzten Stunden, er war todmüde. Nur noch Boger einsammeln und dann ab nach Hause.

Suchend ließ er seinen Blick über den Platz schweifen. Da war kein Boger, keine Bulldogge, die die Techniker umkreiste. Nicht beim Krankenwagen, nicht bei den Männern, die in Decken gehüllte Gestalten zum Auto führten, nicht bei den Uniformierten, die sich frierend auf eine lange Nacht einstellten.

Wo steckte der Kerl? Gerade wollte Büchner losstapfen, da sah er eine vertraute Silhouette am anderen Ufer. Ein schwarzer Berg von einem Mann, der unbeweglich an einer Birke lehnte und ins Wasser starrte. Winken war zwecklos. Büchner bohrte die kalten Hände in die Manteltaschen, zog die schmerzenden Schultern hoch und umrundete den See.

Als er nur noch wenige Schritte entfernt war, hob sein Kollege den Kopf. Selbst im Nachtlicht konnte Büchner die schweren Tränensäcke und tiefen Falten sehen. Das blonde Haar fiel wirr in die Stirn, aber Boger machte keine Anstalten, es beiseite zu schieben.

»Alles in Ordnung?«, fragte Büchner.

»Nichts ist in Ordnung«, kam es dumpf zurück.

Verblüfft blieb Büchner stehen.

»Wie ein braver Apportierhund komm ich mit jedem Fitzelchen Information sofort zur SOKO gerannt. Warte drauf, dass mich einer streichelt, mir sagt, dass ich ein guter Bulle bin. Da bin ich so versessen drauf, dass ich meine Arbeit nicht mache.«

»Wie bitte?« Büchner war ehrlich verblüfft. Oder war er einfach zu müde, um Boger zu folgen?

»Ist doch so. Früher hätte ich sofort die Taxifahrer gefragt. Sobald ich die Information hatte, dass Pruckner angeln geht. Dann hätten wir die verdammte Hütte schon heute Mittag gefunden, und die ganze Scheiße wäre nicht passiert.«

Plötzlich kapierte er. Die Polizistenkrankheit. Sich verantwortlich fühlen für jeden Mist, der geschah.

»Wenn ich Isabel Günther im Krankenhaus hätte bewachen lassen, wäre die ganze Scheiße auch nicht passiert. Also, wer ist schuld? Du oder ich?«

Boger betrachtete seine Schuhspitzen. Dann hob er den Kopf. »Du darfst einen Fehler machen – ich nicht.«

Natürlich, die interne Untersuchung, das Misstrauen der Kollegen. Das verschärfte die Situation. Jetzt wäre der richtige Zeitpunkt, Boger zu fragen, was wirklich passiert war.

»Manfred, wir sind seit über zwanzig Stunden auf den Beinen. Lass uns einfach nach Hause fahren, ja?«

Der Zeitpunkt verstrich. Auf der Heimfahrt sprachen sie kein Wort.

36.

Das AC war zu dieser Nachtstunde immer noch gut besucht. Fernfahrer vor allem, die in kleinen Grüppchen oder allein an den weißen Resopaltischen lümmelten, zwei Tische weiter eine holländische Familie, die auf dem Transit Belgique nach Hause fuhr, ein paar Luxemburger, die sich die Zeit vertrieben.

Es war gut, sich hier zu verabreden. Unter Menschen. Isabel hatte sich so gesetzt, dass sie den Eingang der Raststätte im Auge hatte. So würde sie ihn sofort sehen, wenn er hereinkam.

Dieses Mal hatte er sie nicht abgewimmelt, als sie anrief. Im Gegenteil, so höflich und zuvorkommend wie bei ihrem Kennenlernen. Sie lächelte in ihre halbleere Kaffeetasse. Sie würde ihn zappeln lassen. Seine Weigerung, ihr die Namen der Diebe zu sagen, würde ihm noch leid tun. Das trieb den Preis in die Höhe.

Wann die Polizei die Hütte wohl fand? Sie würde sie finden, und dann gäbe es eine Fahndung. Vielleicht war es dumm gewesen, Armin und Willi nicht zu erschießen. Das hätte ihr Zeit verschafft. Dieser kleine Scheißer mit der Axt! Um den tat es ihr nicht leid. Und de la Hay? Er hatte ihr das Bild wegnehmen wollen.

Kurz stieg Zorn wie eine heiße Welle hoch. Sie hatte sich auf ihn verlassen. Und dann das! Er hatte es verdient zu sterben.

Schon besser, dass sie die beiden anderen nicht erschossen hatte. Sie war kein Killer. Die Kleine hatte ihr die Bilder brav ausgehändigt. Wie lange sie wohl brauchen würden, um Hilfe zu holen? Besser, Mark käme endlich.

Unruhig rutschte Isabel auf ihrem Stuhl nach vorne. Ein kurzes Ziehen erinnerte sie daran, besser keine unkontrollierten Bewegungen zu machen. Noch drängte das Adrenalin die Schmerzen beiseite.

Sie brauchte einen Plan. Wenn dieser alte Idiot sich nicht eingemischt hätte, wäre alles so einfach gewesen. Sie hätte das Bild der Öffentlichkeit präsentiert. Ihr Bild.

Ja, jetzt war es ihr Bild, gehörte wirklich ihr. Niemand würde es sehen, nur sie selbst. Wieder stieg eine heiße Welle der Erleichterung in ihr hoch.

Alles fügte sich. Ein Haus am Meer, blauer Himmel, Sonne. Und eine große, weiße Wand, an der er hängen würde. »Der kleine Tod«. Vielleicht würde sie ein Zimmer einrichten, nur für ihn. Mit einem weißen Ledersessel, auf dem sie sitzen und ihn betrachten könnte.

Eine Million jetzt, die zweite später. Und ein Land ohne Auslieferungsvertrag. Ein anderer Name, eine neue Identität.

Wieso machte sie sich überhaupt Gedanken? Sie brauchte keinen Plan.

Ein Glucksen stieg in ihr hoch, breitete sich aus, erreichte ihren lächelnden Mund. Sie hätte singen mögen, auf dem Tisch tanzen.

Ein Mann in einem erstklassig geschnittenen, staubgrauen Mantel trat ein. Sein schmales Gesicht unter weißen Schläfen leuchtete auf, als er sie sah. Dieser Heuchler.

»Mein Zauberer«, begrüßte sie ihn.

»Meine Schöne. Gut siehst du aus.«

Isabel wusste, wie sie aussah. Trotzdem wies sie gelassen mit der Hand auf den Stuhl ihr gegenüber.

Er setzte sich. »Du bist also unser neuer Geschäftspartner. Eine interessante Entwicklung.«

Sie legte den Kopf schräg und lächelte ihn an.

»Wenn ich das geahnt hätte …«

»Hättest du mich nicht zu einer Zusammenarbeit überredet?«, unterbrach sie ihn.

Er lächelte fein. »Niemand kannte das Museum so gut wie du. Doch, ich hätte auf deine Mitarbeit Wert gelegt. Ich wäre vielleicht etwas vorsichtiger gewesen.«

»Bedauerst du unsere Nacht?«

Er langte über den Tisch und griff ihre Hand. Den Impuls, die Hand angewidert zurückzuziehen, unterdrückte sie.

»Niemals, meine Schöne. Die Nacht mit dir war unvergesslich.«

Sie überwand ihren Ekel, setzte ein geschmeicheltes Lächeln auf.

»Und wie hast du dir die veränderte Zusammenarbeit vorgestellt?«

Nun zog sie ihre Hand doch zurück. »Zwei Millionen, eine neue Identität, ein neues Land.«

Sein distinguiertes Lächeln verstärkte sich. »Ist das nicht ein wenig viel verlangt?«

Ohne Lächeln antwortete sie: »Es ist angemessen.«

»Rein interessehalber: Wieso hast du dich eingemischt? 20.000 für eine kleine Information war doch ein guter Preis?«

Isabel biss sich auf die Lippe. Er hatte recht. Es war ein guter Preis, wenn alles glatt gelaufen wäre. Genug für eine Analyse, für die Präsentation.

Auf einmal fühlte sie eine hohle Stelle in ihrem Magen. Kindische Träume.

Abwartend sah er sie an – als würde ihre Antwort ihn wirklich interessieren. Sie würde den Teufel tun, etwas von dem Bild zu erzählen. Bloß keine Begehrlichkeiten wecken. Das Bild gehörte ihr.

»Gut.« Entspannt lehnte er sich zurück. »Zwei Millionen, ein neues Land, eine neue Identität. Vermutlich auch einen neuen Wagen?«

Ein neuer Wagen? Was redete er? Der Wagen. Der Benz. Die Bilder im Kofferraum. Wieso lächelte er?

Isabel sprang auf. Rannte durch den Raum. Ohne die erstaunten Blicke zu bemerken. Ohne darauf zu achten, dass das Ziehen und Pochen wieder einsetzte. An den geparkten Wagen vorbei. Zu den LKW. Sie rannte. Das Bild im Kofferraum. Das Stechen, unerträglich. Keine Luft. Rote Rückleuchten, die sich entfernten. Der Benz raste vor ihren Augen zur Autobahn.

Sie hielt inne. Zusammengekrümmt, mit keuchendem Atem. Ihr Junge – sie hatten ihr den Jungen weggenommen. Ein Schmerz, schlimmer als jede Wunde, brannte, ließ sie aufheulen, Tränen schossen in ihre Augen, nahmen ihr die Sicht.

»Glaubst du, wir lassen uns von Amateuren hereinlegen?«

Die Stimme hinter ihr. Amüsiert und kalt. Dieses Schwein, dieses verdammte Schwein! Die Welle aus Zorn wurde rot, drohte überzuschwappen.

Isabel fuhr herum.

Der Zauberer stand hinter ihr, die Hände lässig in seinem Mantel vergraben. »Deine Fragerei nach den Dieben war ein Fehler, meine Liebe. Wir haben dich ein wenig im Auge behalten. Die Stümper übrigens auch. Interessant, was ihr da veranstaltet habt.«

Plötzlich bekam sie wieder Luft. Die Tränen versiegten. Und der Zorn war nicht mehr rot, sondern blau – eisblau.

»Übrigens nett von dir, dass du sie uns vom Hals geschafft hast.«

Isabel zog die Waffe.

Er lächelte nur.

»Zu deinem Wagen!«

Wieder sein überhebliches Lächeln.
Sie schoss.
Erschrocken sprang er zurück.
»Glaube nicht, dass ich bluffe.«
Jetzt nahm er sie ernst. Sein Blick schweifte über den Parkplatz. Noch hatte der Knall niemanden alarmiert.
»Zu deinem Wagen, los!«
Stolpernd setzte er sich in Bewegung. Als er in seine Manteltasche griff, schoss sie wieder.
»Verdammt, ich nehme nur den Schlüssel.« Gehetzt drehte er sich um, zeigte den Autoschlüssel. »Ich habe keine Waffe.«
Als er ihren Blick sah, stolperte er weiter. Hielt den Türöffner in der ausgestreckten Rechten. Ein kurzes Piepsen, und die Schlösser eines kleinen, dunkelblauen Sportwagens sprangen auf.
»Du machst einen Fehler.«
»Einsteigen!«
Sie setzte sich möglichst weit entfernt von ihm, die Waffe im Anschlag. Er startete den Motor.
»Wenn du langsamer als zweihundert fährst, schieße ich dir das Ohr ab. Damit du weiterfahren kannst. Dann suche ich mir andere Stellen. Ich schieße gut.«
Mit aufheulendem Motor setzte er zurück und raste zur Autobahnauffahrt. Sie hatte den Tacho im Blick. Die Nadel zitterte nach oben.
»Das ist doch Wahnsinn. Ich …«
»Fahr!«
Sie fuhren mit quietschenden Reifen hinter einem Lkw auf die Überholspur. Der betonierte Mittelstreifen, Hinweisschilder, Autos – alles wirbelte an ihnen vorbei. Sie rasten auf einen Audi zu, der langsamer als sie die Spur blockierte. Als der Zauberer Gas wegnahm, spannte Isabel den Hahn. Ein leises Klicken. Er wechselte auf die rechte

Spur, knapp vor einen PKW, der hupend zur Seite wich, überholte den Audi rechts, setzte sich vor ihn.

Die Jagd durch die Nacht, der gehorsame Mann neben ihr, die Autos, die er mit seiner Lichthupe aus dem Weg scheuchte – es war wunderbar. Sie würden den Benz einholen. Ganz sicher! Und sie würde das Bild zurückbekommen. Niemand konnte sie hindern. Adrenalin kochte in ihrem Körper, verdrängte die Schmerzen, die Wut.

Jetzt, in diesem Moment, in diesem rasenden Auto, war Isabel glücklich. Die Rücklichter vorne. Das war er – der Benz mit ihrem Bild.

Aufgeregt setzte Isabel sich näher an die Windschutzscheibe, sah die roten Lichter. Sie näherten sich – unaufhaltsam.

Ein harter Griff um ihr Handgelenk. Ein Ruck. Eine Sekunde lang sah Isabel sein angespanntes Gesicht. Dann schoss sie.

Der Wagen schlingerte, erwischte mit den Vorderreifen die Betonpfeiler des Mittelstreifens. Funken sprühten.

Die Wucht des Aufpralls schleuderte ihn quer über die Fahrbahn. Er streifte die Betonpfeiler des Seitenstreifens, schleuderte zurück, überschlug sich, rutschte auf dem Dach noch einige hundert Meter und wurde erst gestoppt, als er sich unter einem LKW-Anhänger verkeilte.

37.

Die Gänge summten vor Betriebsamkeit. Aus den offenen Türen tauchten immer wieder Männer auf, Papiere unter den Arm oder Telefone ans Ohr geklemmt, die mit eiligen Schritten die Flure kreuzten und wieder verschwanden. Ein ständiges Kommen und Gehen. Manche fanden die Zeit, Büchner kurz zuzunicken, die meisten waren so in ihre Gedanken vertieft, dass sie ihn nicht einmal bemerkten.

Die Tür zu seinem Büro war geschlossen. Also war Boger noch nicht aufgetaucht. Als Büchner eintreten wollte, kam ihm Schneider von der Fahndung entgegen.

»Ausgeschlafen?«

Büchner nickte, obwohl er sich keineswegs ausgeschlafen fühlte.

»Die Operation Place d'Armes läuft schon. Aber die werden keinen Erfolg haben.«

»Place d'Armes?«

Schneider sah ihn ungläubig an. »Die Übergabe der Bilder. Am Paradeplatz, du weißt schon.«

Place d'Armes – Bilder eines rechteckigen, sonnenbeschienenen Platzes blitzen in ihm auf. Umgeben von schattigen Bäumen, ein Musikpavillon, Straßenmusiker und jede Menge Fast-Food-Ketten. Kein schlechter Ort für eine Übergabe. Belebt und anonym.

»Seit zehn Uhr heute Morgen überwachen wir den Platz. Aber da tut sich nichts.«

Büchner nickte. Er hatte weder gewusst, wo genau die Übergabe verabredet war, noch wann. Er war nur erleichtert gewesen, als Memmler ihn benachrichtigt hatte, dass er nicht vor zwölf ins Kriminalamt kommen musste.

»Aber als klar war, dass die Günther die Bilder nicht …«

»Ihr habt die Günther?«, unterbrach Büchner.

»Selig sind die Unwissenden«, meinte Schneider und verdrehte die Augen. »Du hast wirklich alles verpennt. Die Günther hat's erwischt. Verkehrsunfall auf dem Weg nach Luxemburg-Stadt. In der Nähe vom Flugplatz. Aber die Bilder hatte sie nicht bei sich. Dafür aber den Zauberer.«

»Mark Doubeck?«

»Er hat endgültig ausgezaubert, es sei denn, er beherrscht den Trick mit der Auferstehung. Jedenfalls war mir da sofort klar, dass der Korse sich die Bilder längst gekrallt hat. Aber Ficht wollte es trotzdem versuchen. Na ja, war ja auch eine Chance.«

Isabel Günther war tot. Kurz spürte Büchner einen leisen Stich. So eine schöne Frau! Hatte »Der kleine Tod« sie also auch erwischt. So wie de la Haye. Und diesen Küchenhelfer.

Irritiert versuchte er, den Gedanken abzuschütteln. Vielleicht besser, es hatte so geendet. Ein Leben im Gefängnis konnte man niemandem wünschen. Trotzdem – da waren Menschen, die sie geliebt hatten. Ihre Schwester, der Neffe. Dieser Nachmittag im Museum, als sie ihm von dem Bild erzählte. Sie hatte es geliebt. Amour fou würden die Franzosen sagen. Aber welche Liebe war nicht verrückt?

»Hey! Du pennst ja immer noch«, unterbrach Schneider seine Gedanken. »Die Jungs werden bald zurück sein. Um ein Uhr ist SOKO-Treffen.«

Büchner nickte und betrat das Büro. Vor dem Fenster, im Halbdunkel dieses grauen Tages, stand massig und unbeweglich Boger.

»Tust du eigentlich noch etwas anderes, als Löcher in die Luft zu starren?« Er schaltete das Licht an.

Ohne sich umzudrehen, fragte sein Kollege: »Warum haben die uns nicht mitgenommen?«

»Wie? Mitgenommen?«

»Zur Übergabe.«

»Memmler hat uns ausschlafen lassen«, antwortete Büchner.

In diesem Moment öffnete sich die Bürotür, und Peter Schiele steckte den Kopf ins Zimmer. »Na, auch schon aus den Federn?«

Zu Boger, der sich endlich umgedreht hatte, machte Büchner eine Geste in Schieles Richtung, die so viel heißen sollte wie: Na also, Schiele ist auch nicht dabei – keine Verschwörung.

Aber Schiele zerstörte den Ansatz sofort. »Die Aktion ist abgeblasen. Entweder hat Castelot die Bilder längst, oder es gab mal wieder einen Quatscher unter uns.«

Boger machte einen drohenden Schritt auf ihn zu. Schiele zog den Kopf ein und schloss hastig die Tür.

»Mensch, Manfred«, sagte Büchner, seufzte und schälte sich aus seinem Mantel. Er hängte ihn an die kleine Garderobe neben der Tür, drehte sich um. Boger stand immer noch unbeweglich in der Zimmermitte.

»Peter Schiele und die anderen – das sind Dummköpfe. Sie reden, ohne nachzudenken.«

Boger schüttelte den Kopf. »Sie haben recht. Ich war damals der Quatscher. Die undichte Stelle.«

Kurz fühlte sich Büchner, als habe ihm jemand einen Magenschwinger versetzt. Damit hatte er nicht gerechnet. Betäubt ließ er sich auf seinen Stuhl sinken.

»Nicht ich direkt, aber …« Boger verstummte. Abrupt drehte er sich um und trat wieder ans Fenster.

Büchner musterte konzentriert seinen Schreibtisch. Den ausgeschalteten Computer, das Telefon, die säuberlichen Aktenberge. Ihm gegenüber, auf Bogers Schreibtisch, herrschte das Chaos. Dort lagen die Akten verstreut, dazwischen ein angebissener Apfel, ein paar Plastikbecher mit Kaffeeresten, eine Socke. Eine Socke? Tatsächlich eine schwarze Männersocke, die seinen Blick geradezu hypnotisch bannte. Wieso hatte Boger eine Socke auf seinem Schreibtisch?

Mühsam riss er den Blick und die Gedanken von diesem faszinierenden Ungetüm los. Er wollte eigentlich keine Erklärungen hören, wollte nicht glauben, dass er sich die ganze Zeit getäuscht hatte in diesem Mann am Fenster. Aber den Kopf in den Sand stecken? Das ging auch nicht.

»Also?«

Er sah, wie sich Bogers Schultern langsam hoben und senkten, als er tief Luft holte. »Der Anruf, im Café. Erinnerst du dich?«

Natürlich erinnerte er sich. Bogers Freundin oder Lebensgefährtin oder wer auch immer. Warum fing er jetzt damit an? Irgendeine rührselige Geschichte über Geldnöte?

Den Grund, warum es unumgänglich war, den Kollegen in den Rücken zu fallen?

»Die haben … meine Partnerin angezapft, verstehst du? Sie hat ihnen alle Informationen gegeben. Die wussten, dass ich mit der Sache zu tun hatte. Glücksspiel und Drogen. Die hatten sie in der Hand und auf mich angesetzt.«

Büchner senkte den Kopf und betrachtete zur Abwechslung seine Beine. Dürre Beine in edlem Tweed. Leise stieß er die Luft aus. Das war übel – die eigene Partnerin.

»Dann ist das doch klar, ich meine, der Ausschuss hat doch …«

»Hat er nicht«, unterbrach ihn Boger. »Ich habe dem Ausschuss nichts davon gesagt.«

»Warum nicht? Ist sicher kein Ruhmesblatt zuzugeben, dass die eigene Partnerin … Aber dann wäre die Sache doch aus der Welt gewesen. Die Kollegen würden feixen, klar, aber sie würden dir trauen.«

»Sie hätten sie verhört.«

Natürlich hätten sie das. Aber strafrechtlich wäre nicht wirklich etwas zu machen gewesen. Konnte er sich zumindest nicht vorstellen. Und zusammen waren sie doch offensichtlich auch nicht mehr, wenn er das Telefongespräch richtig interpretierte.

»Ja und?«

Plötzlich fiel es ihm wie Schuppen von den Augen. Diese Partnerin – »die hatten sie in der Hand« – hatte Boger gesagt. Vermutlich war sie aus dem Rotlichtmilieu. Das war peinlich. Andererseits passierte das hin und wieder. Boger war bestimmt nicht der erste Polizist, der mit einer Prostituierten … Aber davon verstand er nichts.

Büchner räusperte sich.

»Okay. Ist ja auch egal.« Ein Ruck ging durch den Mann am Fenster. Er drehte sich um, setzte sich mit Wucht auf seinen Drehstuhl und schob ihn dicht an den Tisch. Dann lehnte er sich so weit vor, dass er fast auf Büchners Schreibtisch landete. »Diese Partnerin ist in Wahrheit ein Partner. Kapiert? Ich bin schwul. Noch Fragen?«

Dieser Schlag traf Büchner noch unvorbereiteter als der erste. Tatsächlich blieb ihm eine Sekunde die Luft weg. »Warum liegt eine Socke auf deinem Schreibtisch?«

»Wie?«

»Das ist meine Frage. Warum liegt auf deinem Schreibtisch eine Socke?«

»O Mann – du bist eine Nummer.« Boger warf sich in seinem Stuhl zurück und betrachtete fassungslos seinen Kollegen. »Ich oute mich zum ersten Mal in meinem Leben. Und du fragst nach dieser gottverdammten Socke?«

»Was erwartest du? Dass ich in Ohnmacht falle?«

Boger erstarrte, saß ganz still und unbeweglich. Sah an

Büchner vorbei zum Fenster in den ewigen Regen hinaus. Vom Flur waren Stimmen und Schritte zu hören.

»Ja«, sagte er plötzlich. »Ich erwarte, dass du in Ohnmacht fällst. Dass der Himmel sich auftut, mich ein Blitz erschlägt. Mein ganzes Leben lang habe ich mich genau davor gefürchtet. Es versteckt wie eine Krankheit, mir mein Leben zusammengelogen, Frauenwitze erzählt und Fickgeschichten erfunden. O Mann!«

Büchner betrachtete den Mann ihm gegenüber. Zu groß, zu massig, zu männlich. Er kannte diese Stunden, in denen man mit Kollegen zusammensaß, bei einer Observierung, bei endlosen Autofahrten, beim Polizeisport, den Schießübungen, den Feiern. Das Gerede über die Familie, die Frauen, das Privatleben. Das Feixen und Aufschneiden.

Eine Männergemeinschaft. Immer noch, trotz der Frauen, die langsam dazu stießen.

»Ich überlege immer öfter, bei dem Verein auszusteigen. Ich schaffe das nicht mehr. Ein schwuler Bulle – das ist wie …«

»Eine Socke auf dem Schreibtisch?«, schlug Büchner vor.

Ein ganz kleines Lächeln zuckte um Bogers Mundwinkel.

Büchner bückte sich, nestelte einen seiner braunen Lederschuhe auf, streifte ihn ab, zog seine Socke aus und legte sie vor sich auf seinen Schreibtisch.

Bogers Lächeln wurde breiter, weitete die Mundwinkel, zauberte einen Fältchenkranz um die Augen, erreichte sein Zwerchfell und explodierte. Er lachte – laut und anhaltend.

Das Lachen erreichte Büchner, steckte ihn an.

In diesem Moment betrat Michael Hauser das Büro.

Verwundert betrachtete er die beiden Männer, die sich lachend gegenübersaßen, jeder mit einer Socke vor sich.

Automatisch strich ein Lächeln um seine Mundwinkel. Ein müdes Lächeln. Seit gestern Morgen hatte er kein Bett mehr gesehen.

Sein Anblick ernüchterte die kichernden Männer ein wenig.

»Leider habe ich keine lustigen Neuigkeiten«, sagte er. »Wolfgang Pruckner hat es nicht geschafft.«

Schlagartig verstummte das Lachen.

»Da hat ›Der kleine Tod‹ ja ganze Arbeit geleistet«, sagte Boger und sah dabei zu Büchner.

Büchner hob die Augenbrauen.

Hauser kam es so vor, als herrsche eine neue Vertrautheit zwischen den beiden. Irgendetwas war verändert. Aber er war zu müde, um darüber nachzudenken.

»Unsere Aktion in Luxemburg war ebenfalls ein Misserfolg.«

»Und wie geht es jetzt weiter?«, fragte Büchner.

Hauser zuckte die Schultern. »Kunstraub ist schwer zu untersuchen. Das ist ein langwieriger und kostspieliger Prozess. Die SOKO wird sich auflösen, ich werde dranbleiben. Und vielleicht, irgendwann werden die Bilder wieder auftauchen.«

»Wir haben die Diebe«, sagte Büchner. Vielleicht war ja ein schwacher Trost besser als gar keiner. Obwohl ihm Armin Hirschfeld und Wilhelmina Dachs eher leid taten.

Als hätte er seine Gedanken erraten, sagte Boger: »Ich habe dem Chef der beiden heute Morgen Bescheid gesagt. Er wird sich um einen Anwalt kümmern. Er mag sie.«

Hauser nickte. »Wir treffen uns in zehn Minuten. Herr Ficht feilt wohl schon an seinen Abschiedsworten.« Damit wandte er sich zur Tür.

»Es tut mir leid«, sagte Büchner.

Überrascht drehte sich Hauser um. »Mir auch. Vielleicht sollte ich mich selbstständig machen, bei dem Verein aussteigen, mir private Auftraggeber suchen. Museen, Versicherungen.«

»Wenn Sie dabei noch ein paar Männer brauchen können, sagen Sie Bescheid«, sagte Büchner.

Die drei sahen sich an.

»Aber jetzt geht's erst mal nach Hause. Ich werde nämlich in zwei Wochen Vater.« Hauser zwinkerte den beiden zu.

Als er die Tür hinter sich geschlossen hatte, sagte Boger: »Ich habe gedacht, alle schönen Männer seien schwul?«

»Sind sie doch auch. Sieh uns an«, antwortete Büchner.

Wie auf Kommando brachen beide wieder in Lachen aus.

38.

In den Hallen war nichts vom Frühling zu spüren. Es war kühl. Nur durch die Dachfenster fiel die Sonne ab und an in breiten Streifen, ließ hier und da Silber blitzen, Spiegel in ihren vergoldeten Rahmen leuchten oder tanzte kurz über warmem Holz.

Flohmarkt in Metz – das war ein Gemisch aus Kitsch, Kunst und Krempel, dazu ein Sprachgemisch aus Französisch, Englisch, Deutsch und ab und an sogar Japanisch.

Mit großen Augen schlenderte ein junges Paar durch die Menge. Sie betrachteten Wandteppiche aus Flandern, Erotica aus China, Kristalllüster aus Florentiner Glas, deutsche Bauernschränke, Régence-Kommoden, italienisches Tafelsilber, Glasvitrinen voll alter Diamanten und vor allem Bilder.

Jedes Genre war vertreten. Landschaftsbilder und Interieurs, Porträts und Abstraktes, Kreidezeichnungen, Ölbilder, Aquarelle. Original oder Fälschung? Wer konnte das schon sagen?

Vor einem kleinen Stand in der Nähe des Ausganges kniete sich die junge Frau auf den Boden. Der Händler hatte seine Bilder auf einem Teppich vor sich ausgebreitet.

»Das ist doch Krempel«, sagte der junge Mann. Trotzdem blieb er geduldig hinter ihr stehen, betrachtete ihren zarten Nacken, um den sich kleine Löckchen ringelten.

»Das hier ist gut gemalt«, sagte sie und erhob sich aus der Hocke. In den Händen hielt sie das Porträt eines kleinen Jungen, der, mit einer Kerze in der Hand, erschreckt aus dem Bild heraussah.

Der junge Mann beugte sich über ihre Schulter. Kurz streifte ihr sanfter Duft seine Nase, und er drückte einen Kuss auf ihren Hals. Kichernd entwand sie sich.

»Sieh doch mal!«

»Das Bild ist beschädigt«, sagte er und schloss seine Arme um sie.

»Nur ein kleiner Riss in der Ecke. Schau mal, wie traurig der Kleine aussieht.«

Der Händler hatte ihr Interesse bemerkt. »Pour vous cinquante Euro, Madame.«

»Fünfzig Euro. Das ist nicht viel. Bitte, ja?«

Mit halbem Blick musterte der junge Mann das Bild. Der Kleine gefiel ihm nicht – er sah heimtückisch aus.

»Bitte, bitte, bitte.«

Aber wenn es ihr Freude machte …

Aus seiner Jeanstasche zog er einen Fünfziger und stutzte. Eine Sekunde lang hatte er sich tatsächlich eingebildet, der Junge auf dem Bild würde lächeln. Ein böses, triumphierendes Lächeln.

Nachwort

Natürlich sind die Personen und Begebenheiten dieses Buches frei erfunden. Auch das beschriebene Museum ist ein rein fiktiver Ort. Nicht fiktiv sind die Bilder, und es lohnt sich, sie zu besuchen. Sie hängen – hervorragend bewacht – in der »Modernen Galerie« in Saarbrücken. Einzig »Der kleine Tod« existiert nur in meiner Phantasie, Frans Hals hat ihn nie gemalt. Die Fakten über Kunstraub dagegen entsprechen leider der Realität, erschreckend oft nachzulesen in der Tagespresse und bei Nora und Stefan Koldehoff, die hervorragende Bücher darüber geschrieben haben. Nicht erfunden ist, dass Bilder mehr sind als nur Farbe auf Leinwand und dass sie den Betrachter verändern können …

Danksagung

An diesem Buch haben sehr viele Menschen mitgearbeitet. Mein besonderer Dank gilt – wie schon so lange – meinem Freund, dem Polizeidirektor Hugo Müller. Er hat wirklich versucht, mir die Arbeit der Polizei zu erklären. Alle Fehler, die trotzdem in den Abläufen stecken, gehen zu meinen Lasten oder dienen der Fiktion. Ein Dank auch an meine Freunde aus der Gastronomie: Michael Kröner, dem meine Willi ihre Liebe zum Kochen und ihre Kreativität verdankt, an Wilfried Gansmann und Thomas Frey, die Paten von Armin Hirschfeld, und besondere an Christa Bernhardt, die – fast wie im richtigen Leben – *Armins* geplant und ausgestattet hat.

Ein Dank auch an meine Testleser, meine Mutter und meine Schwester Hanna und an meinen immer wieder wunderbaren Agenten Bastian Schlück. Und wie immer, aber von ganzem Herzen, mein Dank an Rainer! Für das erste Lesen, die Diskussionen, die Ideen, für die guten Nerven und die grauen Haare.

Lisa Gardner: Thriller mit Gänsehaut-Garantie

Lisa Gardner, geboren 1971, gehört zu den erfolgreichsten Thrillerautorinnen Amerikas und steht in einer Reihe mit Kathy Reichs, Karin Slaughter und Nora Roberts. Sie lebt mit ihrem Mann in New England. »Lisa Gardner nimmt den Leser mit auf eine halsbrecherische, atemberaubende Fahrt.«
PUBLISHERS WEEKLY

Lauf, wenn du kannst
Eine Frau, die ihren schrecklichsten Alptraum nach 25 Jahren noch einmal durchleben muss. Ein Polizist, dessen Leben aus den Fugen gerät. Ein sadistischer Mörder, der auf Rache sinnt. Und ein einziger entsetzlicher Augenblick. Während sich in der sogenannten besseren Gesellschaft von Boston das Grauen breit macht, sucht Catherine Rose Gagnon verzweifelt nach einer Möglichkeit, diesem Alptraum zu entrinnen.
»Spannend und komplex.«
SUNDAY JOURNAL
Thriller. Aus dem Amerikanischen von Karin Dufner. 430 Seiten. AtV 2373

Schrei, wenn die Nacht kommt
Lorraine Conner, eine ehemalige FBI-Agentin, ist verschwunden. Ihr Wagen steht mit laufendem Motor auf einer gottverlassenen Straße in Oregon. Die Handtasche liegt auf dem Fahrersitz, doch von Lorraine fehlt jede Spur. Bald meldet sich der Entführer und beginnt ein übles Spiel mit Polizei, Presse und ihrem Ehemann, einem FBI-Profiler. Um seinen Forderungen Nachdruck zu verleihen, kidnappt er auch noch die kleine Dougie, um die sich Lorraine zuletzt gekümmert hat – und der Fall erhält eine noch viel größere Dimension. Ein Thriller mit Gänsehaut-Garantie.
»Ein brillantes Buch, das man nicht verpassen sollte.« THE INDEPENDENT
Thriller. Aus dem Amerikanischen von Manuela Thurner 448 Seiten. AtV 2423

Mehr Informationen über Lisa Gardner erhalten Sie unter www.aufbauverlagsgruppe.de oder bei Ihrem Buchhändler